U0511211

诗文杂录

姚奠中 著

商务印书馆
The Commercial Press
创于1897

2015年·北京

图书在版编目(CIP)数据

诗文杂录/姚奠中著.—北京:商务印书馆,2014
(山右中文学术丛书)
ISBN 978 - 7 - 100 - 10915 - 4

Ⅰ.①诗…　Ⅱ.①姚…　Ⅲ.①诗词—作品集—
中国—当代　Ⅳ.①I227

中国版本图书馆 CIP 数据核字(2014)第 275314 号

本书获得
中西部高校提升综合实力中央财政专项支持计划:
中国语言文学学科建设经费支持

诗 文 杂 录

姚奠中　著

商 务 印 书 馆 出 版
(北京王府井大街 36 号　邮政编码 100710)
商 务 印 书 馆 发 行
山西人民印刷有限责任公司印刷
ISBN 978 - 7 - 100 - 10915 - 4

2015 年 1 月第 1 版　　　开本 787×1092　1/16
2015 年 1 月山西第 1 次印刷　印张 16¼
定价:36.00 元

目 录

序言篇

杂记篇

序　言

姚奠中先生的学术思想与实践

姚奠中先生是章太炎先生最后的一位弟子，也是当代少见的博学鸿儒。他淹贯经史子集，艺精诗书画印。冯其庸先生对他的评价是："雄才博学百年身，四海堂堂第一人！""论学于今推独尊，章门一脉赖传存。"霍松林先生也说："姚老奠中先生雄才博学，其人品学问书艺均为当代典范。"周汝昌先生的评价是："姚奠中先生身为鸿儒，而通于艺者亦造上乘……非等闲可望其项背。"近日，这位大儒于山西大学家中安坐仙逝，习近平、俞正声、刘云山等党和国家领导人以及学术界、文化界的许多名流，先后用不同方式表示哀悼。认识与不认识而前来吊唁的人多达二千余。人们在痛惜、哀悼一代大师离去的同时，也在思考这样一个问题：用当代学术界普遍采取的评价指标——项目级别、课题经费、文章档次、专著数量等来考核，姚奠中先生似乎表现平平，何以当代几位泰斗级的前辈对他却有如此高的评价？何以会得到这么多人发自内心的尊崇和景仰？我们在梳理姚先生的学术思想及其治学实践的过程中，发现了其中的奥秘。

百年来，在西方文化的冲击下，中国学术由以札记、评点、注释、考辨为主要形式的研究格局，变而为纵横驰骋的论说、演绎。由对精神内核的把握与探求，变而为对问题的学科归类与系统研究。虽说成果累累，前所未有，然而中国学术也由此改变了原初的方向，逐渐脱离了传统以健全人格为第一要义的治学宗旨与明道救世的治学理念，而走向了以著述为能事的技术性竞争；

用西方概念规范中国学术成为普遍法则，中国文化的精魂在被规范中不断流失；学者以专深为能，以填补所谓空白为荣，而不知博通融贯、回真向俗。学术研究失去了为人类创造健康、快乐、幸福生活服务的原则，变成了少数人谋生、获利的手段。"学而时习"的"不亦说乎"，为论文生产的数量、质量要求带来的疲惫、焦虑所取代。学术与人格分离，学术与人生分离，学术与社会分离。著作等身，人格萎地，剽窃之风，愈演愈烈，学界英俊，接连早逝，这一幕幕现实，变成了时下的哀叹曲。然而正是在浩浩荡荡的人群于"西行"颠沛之中发出无奈的感叹时，回首发现了姚奠中先生——这位充满欢乐的百岁老人，他坚守着中国学术传统的方向，笃志进德修业，由此而成就了他的高尚人格、雄才博学与百岁之躯。千百万人"高山仰止"的感受和敬意，正是在这样的背景下产生的。

著名学者吴相洲先生说："姚奠中先生是中国学术正脉的守护者。"我认为这个评价十分精准。所谓中华学术正脉，就是未被西方观念和概念所规范的中华传统学术。正是在对中华学术的坚守中，姚先生成就了他的百年辉煌人生。

姚奠中先生是如何守护这个中华学术正脉的呢？我们可从以下三个方面来论述。

一、秉持"修己治人"的治学理念

早在20世纪40年代，姚奠中先生就精辟地概括中国学术说："中国之所重，惟在所谓'内圣外王'之道，亦即'修己治人'之道也。虽间有偏重，而大较则不出此范围。道家然，儒家亦然，其他各家亦无不然。而西人于此等问题，则远不如中国之博大精深也。"（《姚奠中论文选集·论治诸子》）"修己"是要提升自己；"治人"是要用智于世。这是中国传统的一种治学理念。孔子说："古之学者为己，今之学者为人。"荀子也说："君子之学也，以美其身；小人之学也，以为禽犊。"这是两种不同的价值取向。"为人"则是"小人之学"，其目的是把学问作沽名钓誉之具，以著述为能事，夸博于世，邀取名利。"为己"则是"君子之学"，旨在"美身"，提升自己的精神境界与人生智慧，以求用于"化民易俗"的济世事业中。清儒李容在《与友人书》中曾说："著述一事，大抵古圣贤不得已而后作，非以立名也。"又批评他的朋友说："比见足下以其所著诸书，辄出以示人，人之服我者固多，而议我者亦复不少。其服我者，不过服我之闻见精博，能汇集而成书也。其议我者，直谓我躬行未懋，舍本趋末，欲速立名，适滋多事也。"意思是说专事著述，拿著作向人炫耀，是一条舍本趋末之路。

从20世纪西风始倡之日起，中国学术界就开始把这条"舍本趋末"之路合法化、合理化，到20世纪后期"趋末"之学变本加厉。大学校园里在纯粹以项目、成果论英雄的价值导向下，出现了延聘、缓聘、低聘、解聘等等的用人政策，使得很多学人——从博士生到教授，在生存竞争与利益驱动之下，变成了生产文章、著作的机器，失去了"健全人格"的概念，也失去了以健康、快乐、幸福为原则的人生目标。很多人已无暇考虑内在精神的提升或如何去培养德才兼备的人才，而是一心为著述、为论文、为博士文凭、为职称、为绩效工资、为虚荣奋斗。许多书不是去读，而是检索、查找，在电脑上搜索，根本谈不上"学而时习之"。读书的目的是要在其中获取信息，网罗写文章的材料，提高文章生产效率，快出成果，多出成果，而不是提升自身的修养。在生存压力下，有人焦虑、抑郁，甚至自杀；有人人格变态，沦为文窃；有人为争"高产"，而付出生命代价。

在这种潮流中，姚先生则始终坚持"君子之学"的原则，他曾为学生拟定十则教条，其中第一条就是"以正己为本"，而他自己则躬身行之，终身不倦。他并不是没有受到时代潮流的冲击，但他知道，提高自身的素质与人格境界比著述更重要。因而不汲汲于去做著述竞争，而是把读书、看报、自省当作每天的功课，以人格修养为第一要义。为此他也曾失去了本来可以获得的学术荣誉和地位，但他没有表示出一点儿遗憾来。最终他却获得了他人想获得而未能获得的崇高声望，达到了常人难以企及的人生境界。这种境界的标志，便是能为人所不能为。今略举数端以为明之：

时下学界时因经济而生纠纷，而姚先生则视金钱为济世之物，"凡民有丧，匍匐救之"，每邻人有丧或国家有难，他上礼、捐资，往往是山西大学最多的。生前他把百万存款捐给社会，成立了国学教育基金；把书画捐给山西大学，建立了艺术馆。他的四个子女也各拿出了一部分钱，来支持父亲的义行。这不仅反映了他自己修养所达到的境界，而且也反映了他由"正己"而确立的"以从义为怀"的家风。

时下高校教师多以著述为能事，而姚先生则始终定位自己是一位教师，育人始终被放在第一位。学生上门求教，从不拒绝；社会上的求学者，也络绎其门。对他教过的本科生，大多他都能呼出其名。在1978年为他平反、恢复教授名誉的大会上，学校的一位领导在念到他的名字时，特意做了介绍，说："此人很有学问，是老师的老师，希望他能为国家多培养些人才。"所谓"老师的老师"，即对他学问的肯定，也说明了他不仅教学生，也在教老师。具以使自己成名的文章，对他来说反成了余事。临终前在医院的病床上，大夫问他是谁，做什么的，他用左手吃力地写了五个字："姚奠中教师"。

时下知识群体每以张扬个性为美，稍有成就，便以大腕自居，恃才傲物，难以容人，有谁说自己水平不行，那便会终身成仇。姚先生则以仁人之心对待身边事物，允恭克让，从不给人难堪。有一年他负责职称评审，当他夸一位老学生材料不错时，一评委告他："你这学生在背地里还骂你呢，你不值得为他说话。"姚先生却出人意料地说："政策又没有规定，说学生骂老师就不能评职称的呀。"他的宽容大度，让在场的人都感到吃惊。

时下学人重著述而轻修养，著述之外，兼诗、书、画、印者寥若晨星，而姚先生则把读书、治学、书法、绘画、篆刻等俱当作了人生修养的课程，将这几方面的知识和体验，融汇一体，熔铸成了他的人文素质。20世纪80年代，先生到柳州参加关于柳宗元的学术研讨会。与会代表参观了柳侯祠后，会议承办方准备了纸墨笔砚，希望学者们能留下墨宝。姚先生则即兴作诗，挥毫立就。其诗曰："迁客何妨去柳州？好山好水足相酬。牛刀小试终堪慰，民到于今说柳侯。"不仅用词贴切，而且立意新颖，境界高远，笔力雄健，为在场者所叹服。

这就是他人生修养所达到的一种境界。他像一棵大树，或许如他自号所云，是一棵"老樗"。从经济学的角度来看，"其大本拥肿而不中绳墨，其小枝卷曲而不中规矩"，没有经济实用价值。然而他巨大的绿荫，营造了一方文化生态，成为我们时代的一个文化标志。无数旅途疲倦者，在这里休息、避日、解困，振作起了继续前进的精神。当这棵大树失去的时候，人们顿时会感到空虚，精神似乎失去了归依。有人觉得姚先生在山西无人不晓，凡与他接触过的人，无不感受到他的人格魅力。可在娘子关外，却知者不多。但要知道，一个人最了解他的就是自己周围的人。如果周围人对他的评价很高，这说明此人名不虚传。如果周围的人对他评价低，而在外名头却很大，这多半为江湖术士之类。我有一个比喻：火有两种，一种是虚火，一种是实火。虚火老远都能看见，像房屋失火，即属此类。这种火连红薯也烧不好，给周边人带来的只能是灾难。而实火，远处看不见，周边人却能感受到它带来的做饭烧水的实惠。姚先生就是这样的实火。

"治人"则是要"用世"，要对现实问题进行思考。姚先生在给学生拟定的教条中，强调"以用世为归"，这里体现出的是一种责任感，一种使命感。追根溯源，章太炎先生推崇的明末清初的大学者顾炎武就曾说过："君子之为学，以明道也，以救世也。"（《文集》卷四《与人书二十五》）"明道"、"救世"，这体现的是一种胸怀，一种境界，一种以天下为己任的精神。章太炎先生本名炳麟，字枚叔，之所以要叫太炎，就是出于对顾炎武先生崇敬的缘故。他说："上天以国粹付余。自炳麟之初生……至于支那阂硕壮美之学，而遂斩其统绪，国故民纪，绝于余手，是则余之罪也。"（《太炎文录初编·癸卯狱中自记》）不难看出太炎先生那种强烈的文化使命感来。作为章太炎先生的关门弟子，姚先生继承了章先生的这种传统，他在讲台上给学生说："现在的大学分科，历史系讲授的是世界史、中国史，把历史分成了两半；哲学系主要讲授的是西方哲学，中国哲学变成了附庸。只有中文系是以'中'字打头的，因此承传中国文化的使命就落在了中文系的头上。"从顾炎武，到章太炎先生，再到姚先生，我们从中看到了中国传统知识分子一脉相传的精神。这种使命，姚先生始终坚持着，坚守着，从而影响了他的学术价值趋向。他是在这种理念之下做学问的，因而在他早期的论文中，便频繁提到"民族之精神"、"固有文化"的问题，频繁提到中国学术特色的问题。而在此后的教学实践中，也无时不坚持此理念。他无论早年办莿汉国学讲习班，还是晚年设立国学教育基金，其志无不在于中华文脉之承传。此与时下唯名利是务者，其精神境界之高低相去何啻天壤！

二、坚守中国学术的传统路径

如果说"学以正己"、"学以用世"，这是治学的理念，那么坚守传统学术的路径，则是一个治学方法问题。姚先生在这方面最突出的有两点：第一，坚持文史哲不分，反对学科分割过细。第二，坚持秉本执要，反对用西方概念规范中国学术。

　　"坚持文史哲不分，反对学科分割过细"，这是针对当下所谓科学的教育与学术思想而做出的抉择。自从西方学术输入中国之后，"科学"思想便开始占据主导地位，建立分科的知识体系，成为现代学术的一个主要走向。这种分科的知识体系，非常有利于技术层面上的单项突破，也有利于问题深入，如终身研究诸子，就可把诸子中许多细微的往往根本不被人所注意的问题拿出来讨论，专著也可因此一本接一本地产出。也正因如此，科学思想与分科的实践，创造了现代学术的辉煌。但由此推进的结果，使得学科越分越细，越分越多。一个学科之中又分开了若干个方向。因此在大学校园里，出现了很多专业性很强的研究机构和研究方向，如"中文"学科里，一个古代文学，还要分开先秦、两汉、魏晋南北朝、唐宋、元明清等几个研究方向，搞"先秦文学"的不涉足于"唐宋文学"，搞"唐宋文学"的不过问小说戏剧。在一个语言学科中，也要分开古代汉语、现代汉语。而现代汉语中又要分开语法、修辞、方言、语言学概论等不同方向。历史、哲学等各个学科，情况都大致相同。最使人感到不安的是，在这种学科分割中，学科之间出现了高大的隔离墙。几乎每一个学科的人，都守护着自己的领地，如同封建诸侯一般。于是出现了一个新的名词："学术圈子"。属"圈子"中的成果，则要么写书评以捧之，要么摘引以宣之。若非"圈子"中人进入自己的领地，则要么以笔伐之，要么冷漠视之。此种风气愈演愈烈，以致学术失去了正常的评价判断。

　　在这种"分科知识体系"被强化的背景下，学校专业设置、教师职称评定、社科成果评奖、人才支持计划等等工作，都制定了相应的制度与评价标准。由此而形成了一条条著作技术生产线，"专家"丛出，"大家"消失。一个很显著的事实：在 20 世纪早期，由于有中国传统学术的早期教育和旧学功底，涌现出了如章太炎、王国维、胡适、郭沫若等一大批大师级的人物。而 20

世纪后半期至今，在分科教育的培养模式下，半个多世纪过去了，文史哲领域却没有培养出一个大家公认的大师来。同时以此为背景的评价制度，使一些本可成为"大家"的人才，在所谓"没有稳定的研究方向"、"杂而不专"的非议中，被排出支持计划之列。一些狭小而偏的问题被发掘，且以创新与填补空白的名义被宣传、奖励。而一些重大的综合性的问题，却无人问津。这种种问题引起了有志之士的担忧。

在这种潮流中，姚奠中先生则始终坚持着"以小学为基础，文史哲不分"的治学传统。他认为：当下分科的学术格局，虽然有利于具体问题的深入，但并不利于问题的根本性解决。面对具体问题的时候，"具体分析"固然重要，但更应该注意"整体把握"。整体把握下的具体分析，才有可能把问题看透彻。站在地球上看太阳，认为太阳围着地球转是颠扑不破的真理。但如果站在宇宙间看，则发现正好相反。学术研究也是如此。但要整体把握，就必须有广阔的学术视野，拆除学科之间的隔离墙。庄子在《天下篇》中提出过两个概念，一个是"道术"，一个是"方术"。所谓"道术"，就是对事物做全面性、整体性把握的学问，是对道的全面体认，所把握的是基本精神。而"方术"则是拘于一方的学问，它所得到的只是事物的局部，根本不能把握大道的基础精神。"方术"是由"道术"分裂而形成的。方术之士各执一端，就像是耳目口鼻，虽都有各自的功能，却不能相通。鼻子能嗅到味，却不能嗅到颜色，嘴能尝出酸甜，却不能尝出声音。把事物割裂开来分类认识，自然难以获得对事物本质的真正把握。现在这种过细的学科分类，其实就是庄子所说的"方术"，学者也变成了庄子所谓的"一曲之士"。此虽然有利于一得之见，但对学术整体的发展十分不利。

正是基于这种认识，姚先生在指导研究生时，一直强调要从小学入手，由小学入经学，通文史，而后归于诸子。他认为，只要把这个基础打扎实，在这个基础上就可以要文而得文，要史而得史。但要走他这条路很艰难，因为这要有很大的知识储备。如同用铁制器，要打造一根针很容易，有一点铁就够了，而要打造一个锤子，显然几百根针的铁也不够。而且针可以扎得很深，锤子却不行，没有深度。这在一般人看来，就是锤子不如针了。正是由于针"投入少，产出多"，所以学术界人们都争着去做"针"，在自己专业的一亩三分地上，做上几年，就成专家了，立起一面旗帜，建立一个高地，自己便称起老大来。但要知道，锤子砸下去产生的震撼力，是一千根一万根针也做不到的。而且一个锤子的铁，既可以打造很多针，也可以造茶杯、茶壶、菜刀等等的许多工具。但若只是一根针，那就只能是针，其他的什么也做不了。现在大学校园里培养人才，大多是在制造针，而不是制造锤子。姚先生也深明打好"国学"根基之艰难，因此对于学生，他根据不同情况，因材施教。对年龄偏小的，则要求从小学入手。而有些学生对小学没有兴趣，或者年龄偏大，他则强调文学史必须通，历史必须要读，这则是硬性要求，而且还要布置这方面的作业，不允许学生只抱住唐或宋一小段文学而不及其他。他自己则是经史子集，不曾偏废。因而读了《姚奠中讲习文集》，很难说出他搞的是历史还是文学，而书画界的专家，又把他认作是泰斗。这就是文史哲融通的结果。

为了打破"分科知识体系"培养人才的局限，姚先生几十年来，一直想在太炎先生教学经验的基础上，结合自己的教学经验，建立一套新的教学模式，并落实于教育实践中。有人曾做过研究，民国时期，章太炎先生一人培养的著名文史学者，比北大、清华加起来都多。其中一个原因，就是因清华、北大采用的是西方的分科教育模式，而章太炎先生则是传统的"以小学为基础，文史哲不分"的教学模式。故而姚先生相信，要想培养大家，就需要坚持走"以小学为基础，文史哲不分"的路。但是因受到现行教育观念与教育体制的制约，始终未能实现。这成了他晚年的一大遗憾。2007 年，山西大学国学研究院成立时，姚先生信心百倍，以为他的教育理念有望得以实践了。当得知国学院不能招收本科生时，他非常沮丧，但也很无奈。在给章念驰先生的信中说："我教书六七十年，局于'功令'之内，很难有所作为。不愿随时俯仰，却终于无可奈何。"

其次是"坚持秉本执要，反对以西方概念规范中国学术"。百年来，中国人从社会界到学术界，都不约而同地进行着一项工作，即以西方人的概念规范中国人的行为。在学术界最先是胡适、冯友兰，他们把西方的概念拿来，大谈方法论、本体论、宇宙论等，把中国哲学割裂成西方哲学的模式。许多人只感到这样的观点很新，而却不考虑这样做的结果，使中国学术的精神在失血中逐渐消亡。到 20 世纪后期，各个领域几乎全部为西方概念所占有。用支解中国学术的方式，迎合西方的理论，几乎成为一种时髦。在许多学者的笔下，经常是一串西方人的名字和西方人的语言，而自己却只能跟着西方人说，有学者称此为"失语症"。甚至出现一种很让人悲丧的情况：一旦中国的实际不能满足西来概念要求的条件，便会有人感到羞惭，以为"技不如人"。而一旦中国的实际越出了西来概念的范围，便不惜削足适履。一个显著的例子："国学"作为一个承传中国文化知识体系与价值系统的学术载体，至今在大学校园落不了户，一个重要的原因就是不符合现行的学科分科规则。然而却很少有人思虑：在现行的学科专业中，还没有哪个学科可以替代国学的。不少高校成立了国学院，将文史哲三个专业的力量组织在一起，这是当下为救学科分割之弊采取的措施。但是许多国学院，无论是教学，还是科研，文史哲三股力量仍在"自治"，并不能真正地融合。原因在于分裂已久，如同水泥，已各自凝固。所以这种合起来的文史哲，与文史哲不分还是两个概念。

对于这种研究方式，姚先生在 20 世纪 40 年代所撰写的《论治诸子》中就开始了批评。他批评胡适、冯友兰说：像他们这样做学问，把中国的学术按西方概念来划分，把要害的东西都丢掉了。他们所说的方法论、本体论、宇宙论等问题，中国学术中虽然也有，但不是中国学术的本质，而是皮毛！比如先秦诸子，其所论核心问题就是"修己治人"，而并非所谓的宇宙论之类。基于此种认识，姚先生始终坚持用传统方法研究传统学术，对西方的研究方式与概念只做参考，而不为其所左右。对问题不是从理论或概念出发，而是始终面对事物本身。不做长篇大论，而是短小而精，直奔主题，一针见血。不求建构什么大的理论和体系，而是解决阅读中存在的问题，辨明是非，求文本之意义获得澄明。如他的《书注与读书法》《论治诸子》《〈庄子〉内篇间绎》《〈礼运〉大同辨》诸文以及读书札记，无一空论，无一不是为解决读者困惑而发的，实践的意义非常突出。

当下也有不少学者发现中国学术被西方概念绑架而导致的传统断裂的危机，于是在不同的研究方向上不约而同地发出了"现代转型"的呼声。这种提法是有问题的。因为我们是站在全人类利益的高度来看待文化的。一种文化对人类的未来有好处，我们就要接受它、推广它，而不是站在某种文化的立场上，来为它的生存着想。如果把自己定位为儒家，就要谈儒家文化怎样转型，要为儒家的继续生存、发展考虑。有人谈道教文化的现代转型，那显然又是站在道教信徒的立场上来考虑问题的。谈古代文化的现代转型，那显然是站在民族文化本位主义的立场说话的。但这不利于异质文化交流、融合，也不利于正确认识、分析民族传统文化。我们现在要打破民族本位主义，从全人类的整体利益来考虑问题。要考虑怎样才能把各种文化中最精髓的内容提取出来，为人类未来发展服务。

中国传统学术是在不断汲取新的文化营养的基础上发展起来

的，它是人类积累了五千年的智慧之果，这种文化有一种博大的胸怀和气概，它面对的是全天下，而不是某个个人、民族和国家；追求的是万世太平，而不是眼下的利益。这种文化蕴含的智慧和价值体系，只有通过中国传统学术的路径才能发现、汲取，如果用西方的一套观念和概念来分析它、归纳它，它的精髓便会丧失。同时，也只有打破文化本位主义，才能对这种文化做出正确的认识和估价。

三、践履"回真向俗"的学术路线

"坚守传统学术路径"是治学的方法，而"回真向俗"则是治学的方向、路线选择。姚先生曾书录章太炎先生《菿汉微言》中"自揣平生学术，始则转俗成真，终乃回真向俗……"一节，悬于书屋，这里反映了他对太炎先生的怀念，同时也表达着他的学术思想与志趣。对太炎先生提出的"回真向俗"，学人有不同理解。而姚先生的"回真向俗"，则切实地表现在他"以博学为知，以用世为归"的追求中。"真"是对知识的追求，对学术问题的研究，"博学"即体现着对"真"的把握。"俗"则是对现实的关注，对当下问题的思考，"用世"即要将知识、学问变成一种眼光和智慧，来分析处理现实中遇到的难题。这就是"回真向俗"。《礼记·学记》中提到君子要"化民易俗"的问题，此中蕴有提高全民素质的指导思想。"向俗"也意味着要"化民成俗"，使社会更多民众得到良好的知识培养。今人每言"深入浅出"，其实这也是"回真向俗"的一种表现形式，"深入"追求的是"真"，"浅出"面向的是"俗"。只有"深入"，才能"浅出"；只有得"真"，才能化"俗"。

"回真向俗"的学术路线选择，是一个学者社会责任感和文化使命感的体现。现代学术界，由于受到西方价值观与当下学术价值体系的左右，大批学者出于功利目的，一味追求理论创新、填补空白之类的学术荣誉，"弃俗从真"。一些面对社会大众的读物，在不少高校不仅不算学术成果，甚至不计"工分"。这样，逐渐形成了一种观念：研究的问题懂的人越少，就表示水平越高；多数人关注的问题，反而被认作缺少学术含量。把研究变成了名利经营，无心向民众说话。一些水平高的学者，则视学术研究为高级娱乐活动，只要学术圈子里有几个人说好，自己便洋洋得意起来。

姚先生则不然，他不以解决学术难题为高，而以解决眼下所需要的问题为要。他觉得自己是教书的，首先需要研究和解决的应该是教学问题。因而为了教学之需，他编写了《中国文学史》《中国哲学史》《中国史略》《中国古代文学作品选》《先秦文学》《汉魏六朝文学》《唐宋文学》《元明清文学》等讲义，虽未编讲义但曾讲授过的课目有"说文研究""庄子研究""中国戏曲史""文艺学""中国文论""汉书艺文志""中国文学史十讲"等，还多次应中学教师之需做中学语文教学的约题讲座。当时在中文系，若有哪门课没有人上了，只要领导说一声，或学生有要求，自己便义不容辞。像如此繁多的教学课目，又涉及了文史哲三个不同的学科，一般学者一是难以胜任，二是很少愿意去做。尽管这些讲义大多浅显、通俗，没有多少学术性可言，但要言不烦的"秉本"之论，却体现了他的学术眼光和功力。

其次是解决教学中遇到的问题。姚先生把自己的文集命名为"讲习文集"，就很能说明问题。姚先生解决的是哪类问题？又是如何解决问题的呢？举例来说，柳宗元的《江雪》是普及读物及中小学教材中都曾出现的的篇目。元、明以降很多人分析这首诗，都认为这首诗的主题是写渔翁的。有人说渔翁是高士，有人说是隐士，还有人说是穷苦百姓。而姚先生的分析是：诗的题目是"江雪"，说明它重在写雪，写寒冷的环境。"千山鸟飞绝，万径人踪灭"，漫漫天地间看不到一个人影，自己就在那个寒冷的环境下生活，表现出了冷酷的环境对作者心灵造成的压力。所以这首诗的重点不是写渔翁，而是通过渔翁体现出了作者在严酷的环境中坚持奋斗的精神。再如白居易的《长恨歌》，也是大中学校的教材中出现的，许多人认为是写唐玄宗和杨贵妃的真挚爱情的，姚先生则抓的是标题的"恨"字，恨什么，谁在恨。想一想，大难临头，唐明皇为了保全自己，让杨贵妃去送死。杨贵妃难道不恨吗？《长恨歌》里写杨贵妃没有死，她不愿意见唐明皇，因为她恨死他了。再如王昌龄《芙蓉楼送辛渐》，"寒雨连江夜入吴，平明送客楚山孤"，这也是一首妇孺皆知的诗。但这两句诗是什么意思，人们并不甚清楚。李汉超解释说："夜入吴"的是诗人和他的朋友。社科院编的《唐诗选》也说：诗是写寒雨之夜，诗人陪客进入吴地。但是既然是送客"夜入吴"，为何又说是"平明送客"，这不相互矛盾吗？姚先生则抓住诗的标题，认定"送客"地点在"芙蓉楼"，又抓住"平明送客"四字，认定"送客"的时间是"平明"，主语是诗人。由此而认定，"入吴"的不可能是诗人，而是"雨"。像这样的问题，在大学者看来太小了，不值得思考，但这却是千百万人都熟知的古典名篇，其解释的错误称之"误人子弟"，亦不为过，故不可不认真对待。这种文章看起来容易，实则颇显功力，也见境界。因为要摆脱现行学术评价体系的制约，思考社会需求，调整研究方向，需要有一种超越世俗名利的精神。只有为大众着想，为人类五千年智慧与文化精神的承传着想，才有可能做到。同时还需要有一种水平，能在别人以为没有问题的地方发现问题，在别人以为有问题的地方看到不存在问题，这都需要有功力。因此姚先生"回真向俗"的学术思想，体现出的不仅仅是学术观点，更重要的是学术水平与胸襟、胆量、境界。

　　人文学科研究的目的，是建造人类精神文明的灯塔，让人类的航母在灯塔的指引下，沿着健康、快乐、幸福的航线平稳前行。姚先生的学术思想与实践证明，坚守中国传统学术正脉，有利于健全人格，达到人生的最高境界；有利于把握和领悟中国文化的基本精神，并在这种精神的驱动下，确立人文学者的社会角色，投身于现实"化民易俗"的实践中，从而完成建造人类精神文明之塔的使命。而一个世纪的"西行"之路，我们看到的结果却是：学术的大繁荣掩盖下的人类精神大坠落。人文研究完全背离了原初的目的而走向了反面。不可否认，西方的学术研究路线，在知识层面的开掘上远高于中国传统学术，然而在精神的层面，完全失去了引人向上的功能。如何调整当下学术的研究方向与方法，完成人文学科为人类建造精神文明之塔的使命，姚先生坚守中华学术正脉的治学实践，已给出了答案。

刘 毓 庆

忆旧篇

姚奠中自传

我是一个教了50多年书的老教师，也是一个文史研究者。原名豫泰，字奠中，工作以后，以字行。生于1913年5月，山西省稷山县南阳村人。父亲兄弟三人：伯父慎修，前清秀才，做了几十年塾师和小学校长；父慎行，是个有一定文化的农民；叔父慎德，由商转农，能写会算。全家以勤俭出名。我幼年时期，山西社会安定，我家正由贫困向小康发展，而我在堂兄弟六人中，也是唯一能由小学而中学而大学的幸运者，但道路也并不平坦。先虽肄业于山西教育学院，不到半年，便被迫离去；又曾在无锡国学专修学校肄业，也不过一学期而自愿离开。最后就学苏州章氏国学讲习会，并考取章太炎先生招收的唯一的一次研究生，名列七名中的第四，时年22岁。

1936年秋起，研究生尚未毕业，即开始教书。50多年来，先后在苏州章氏国学会预备班、安徽泗县中学、安徽第一临时中学、安徽临时政治学院、四川白沙国立女子师范学院、国立贵阳师范学院、国立云南大学、国立贵州大学以及新中国成立后的山西大学任教。1943年春起任副教授，1948年秋起任教授，旋兼系主任。1951年秋来山西大学，至今36年，坎坷不少，但也兼科、系主任多次多年。现兼古典文学研究所所长，同时兼任全国政协委员、山西省政协副主席；九三学社中央委员、九三学社山西省委主任委员；山西古典文学学会会长。还在中国书协、山西省书协、山西省文联、山西省作协和几个全国性的学术团体，担任理事、会长、顾问、名誉职务之类，不一一列举。

我的私塾和小学阶段，是在先伯父直接督教下度过的。我和一般同学不同的是，除学完规定的"共和国教科书"外，还加读了"四书"、《左传句解》和部分《诗经》。在高小，则无选择地读了大量旧小说，从《水浒》、《三国》以至流行的低级的武侠、鬼怪之类，常读得废寝忘食。初中四年，有两位老师对我影响很大。一位是崇品德、重笃行的平陆李荐公，一位是博学、工诗文的新绛焦卓然。李先生讲历史，远远超过中学历史课本的范围。他从《二十四史》、《资治通鉴》中直接取材，通过史事和人物的具体论述，对学生进行了节义、方正、爱国、爱民的教育。这对十几岁的我，起了很大的激发作用。焦先生的诗文，在河东一带很有名，常以他的新作，作为学生的范本。他的诗学陆放翁，常用歌行写时事，还写了一本《抗日三字经》。他的若干诗句，至今我还记得。焦先生对好学的学生，不论有哪方面的要求，总能给你介绍各类书籍，使你得到想不到的满足。在他的指引下，我开始走上博览的道路，读了不少书。诸如《史记》、《十子全书》、《通鉴辑览》、《水经注》、《说文解字》、《薛氏钟鼎款识》、《聊斋志异》、《笠翁六种曲》、《剑南诗稿》、《古唐诗合解》以及《中国大文学史》、《插图本中国文学史》、《天演论》和鲁迅、茅盾等人的新小说、新诗，鸳鸯蝴蝶派的《玉梨魂》、《芸兰日记》之类。虽不成体系，但眼界较宽、知识面较广，却是事实。其中一些自己特别喜爱的像《庄子》、《史记》等书，有不少能够成诵。由于我一般的功课尚好，各学期考试不是第一也是前三名，所以不影响课外博览。尽管还谈不上什么学问，但已能写诸子风格的古文，能作长篇歌行体诗，能书、能画、能刻印，颇有成名成家的狂想。看不起文凭，连毕业考试都想放弃，认为有学问不在乎这些！二年高中，在一位姓樊的老师的倡导下，曾致力于《昭明文选》和《古诗源》的选读。从他那里还知道了所谓"选学"，也知道了"小学"、"汉学"、"朴学"等名称，引起了内心的欣羡。文章也有长进，诗则转写五言古诗，偶然也在报刊上发表。

两次大学肄业，也接触到几位有名的老师，但时间短，受影响不大。只是到了章太炎先生门下，才开始自觉地走上学术道路。本来在无锡国专，已以《汉学师承记》为线索，涉猎了一些清代朴学家的著作；到苏州后，读了章先生的经、史、子、文、小学诸《略说》，感到茅塞顿开。因为这几本《略说》中的观点、见解、论证，都不是一般汉学家所能达到的，令人有全新的感觉。结合先生所讲《古文〈尚书〉》、《〈说文〉部首》和自己的研究方向，进一步扩大了阅读范围，进行深入研究，时有心得，便写成札记。当时苏州有古书店18家，只要需要的书，基本上都能买到，而且远较别处为便宜。某次中央大学的一位前辈想买通志堂的《经典释文》而买不到，我却一下子为他找到两部。在这样便利条件下，进行学习和研究就容易多了。

1937年初，我在《制言》半月刊上发表了《臧琳〈五帝本纪书说〉正》一文，水平不高，只能算是习作；而作为研究生的毕业论文则是《魏晋玄学与老庄》。结语引《文中子》的话："虚玄长而晋室乱，非老庄之罪也。"可以概见其主旨所在。结合所教文学史一课，增改讲义写成一本《中国文学史》，交制言社印作教材。实际上还不能算著作，因为其中多是折衷①诸家成说，很少个人研究成果。连同1937年秋流亡到安徽泗县、寄住省立第六图书馆时完成的《古文〈尚书〉讲疏》（约50万字，泗县沦陷时佚失），可以算我学习阶段的总结。

1939年初，我写了长诗《一年纪事》，记述了1938年泗县中学教书前后的时事和经历。这首诗于1948年被收入南京师大的《文教资料简报》，那是一位同志从我的一个老学生手里抄去的。由于泗县沦陷，我便在泗县北乡柏浦，聚集了四十来名失学青年，组织了一个"莉汉国学讲习班"。这是我教育救国理想的实验。当时手拟了教条十则，各系以短文阐释，其条目："以正己为本，以从义为怀，以博学为知，以勇决为行，以用世为归"；"不苟于人，不阿于

---

① 编者注："折衷"同"折中"，下文同。为尽量保留原文早年面貌，故此。

党，不囿于陋，不馁于势，不淫于华"。要求学生们表里一致，由近及远，为中流砥柱，以力挽狂澜为己任。这些虽然是幻想，但也在一些青年身上起了一定的积极作用。

因为我是研究所谓"国学"的，所以在高等学校教书，涉及面相当宽。国学的范围是文、史、哲不分而以小学为基础，所以我教的课有文学史，有哲学史，有通史，有经、子专书，有诗、词、文选，有分体的作品或史，有断代的作品选和文学史以至文字学、文艺学等等，不下十余门。这些多因教学需要而开，殊非出于泛爱。

在抗日战争时期的大后方，科研条件很差，但要教好书，却绝不能忽视科研。在大别山，我尽可能地对随时遇到的问题做一些探索，发表了几篇文章。其中在《师道》上发表《〈大学〉讲疏》，在《安徽教育》上发表《安徽学风》长文。前者在考证、训诂方面，有些新见解；后者对安徽古代在学术上有成就和贡献的名人、名著予以评述。接着在《中原》上发表《屈原的有无问题》，以驳斥廖季平、胡适之否定屈原存在的说法；在《安徽政治》上发表《书注与读书法》，对古今书籍的注解做了分析批判。该文认为"经传以下书注之失"有三方面：一是但明典故而不详本义，如李善《文选注》；二是但录事实而不求训诂，如《〈三国志〉裴注》；三是但诠大旨而不释字词，如《〈楚辞〉王注》。最后提出作注必先具备四点：字音、字义、名物、故实，为绅绎^①文意的基础。

从贵阳到昆明，写了《论治诸子》和《〈礼运·大同〉辨》，都发表在《东南日报·文史》上。《论治诸子》一文之作，有感于从胡适之、冯芝生以来从思想上研究诸子的学者，多喜以西方哲学的体系、概念、术语为框框，来套中国学说。形式上新颖可喜，然往往取粗遗精，失掉诸子的真精神，形成了一种通弊，因而予以分析批判，提出研究诸子学应有的基本态度与方法。这些论述，虽不能

---

① 编者注："绅绎"同"抽绎"，下文同。为尽量保留原文早年面貌，故此。

说有先见之明，但直到今天却仍是值得探讨的问题。接着在《云南论坛》上发表《〈庄子·内篇〉间绎》，在《正义报·文史》上发表《诗歌的生命与新旧诗的合一》和《由词之音律论苏东坡之知不知音》。这些文章，都提出了一些个人的独立见解，有不少是殚精竭虑所得。为适应教学需要，在这期间，我写了《中国哲学史》、《中国文学史》和《〈庄子〉通义》，都作为讲义印发。《中国文学史》印过五次，《〈庄子〉通义》印过六次，但都没有争取出版。《庄子》一书，一般只承认内七篇为庄子自作，外、杂二十六篇则为庄徒或后学所附益。我认为外、杂篇虽有他人作品羼入，但主要的仍出庄子之手；内七篇为庄子晚年成熟之作，中年以前不容毫无作品遗留。我认为没有外、杂篇，就很难看出庄子思想的发展；而内七篇的思想根源，正以外、杂篇为基础。大体说来，庄子早年曾服膺儒术，但已每予以新解；等到涉历日深，深感儒者所倡仁义礼智之弊之害，于是大力予以揭露、抨击；从而转信老聃之言，称扬阐释，不遗余力；再从老聃的以卑弱谦下来逃避矛盾，进而谋求从精神上辞除桎梏以达到"内圣外王"之最高境界。我的《〈庄子〉通义》，就是用外、杂篇和内篇比较互证，来掌握《庄子》一书的基本精神的。

在抗日战争的大后方，各校图书都很少，而女子师范学院却有各国使馆，特别是苏、美使馆的很多赠书。我有幸得广泛阅读，凡西方各派哲学、社会学、心理学、教育学以及文学名著之类，无不涉猎。新中国成立初期，又全力自学马列主义和文艺理论，并勇敢地承担"文艺学"的教学工作。这些努力，使自己在教学和科学研究上，都尚能不落后于时代。

50年代初，兼职多，工作重，社会活动频繁，但年未40，精力充沛，好像总有使不完的劲。1957年"反右"，我受到了意外的打击，长期被剥夺了政治上和学术上的发言权。再经"十年浩劫"，所受的打击就更大了。但在政治运动的间隙，仍在公开和内部刊物上发表一些文章，直到1976年"四人帮"垮台以后，中国历史走上了新阶段,我写的文章也大大增加。据不完全统计,连新中国成立前发表的在内,接近百篇。其中如《屈原其人其赋》写于1951年端阳节,主要内容由评论孙砭舟、闻一多有关屈原是否是"弄臣"或"奴隶"和批驳朱东润否定屈原作品的著作权而发。1983年日本学者稻烟耕一郎和三泽铃尔又一次提出了屈原的存否问题,引起了我国楚辞研究者的关注。我于是以《旧事重提》为题,再一次提出了我的看法,主要把我在40年代初所写《屈原的有无问题》和这篇《屈原其人其赋》综合在一起,以说明否定屈原存在的论点,不是什么新问题,站不住脚,不值一驳。而我多年来对屈原的一些认识和分析,已颇为一些同志所接受。

　　1956年我发表了《试谈作为文学家的庄子》和《司马迁的传记文学》。庄子作为两千余年来中国文化上影响极大的思想家之一,是人们不能不承认的。但新中国成立以后,文化界对庄子却贬抑多而研究少,一般文学史对庄子也是尽量少谈。这种现象,显然是受了当时强调唯物论、批判唯心论,强调阶级斗争等简单化的"左"倾思想的影响。我认为姑不谈哲学,单从文学角度上看,庄子实不愧为伟大的文学家,他的书也不愧为杰出的文学巨著。"庄子归根结底诚然是唯心论者,但他的思想在当时的具体条件下,却仍有进步性甚至革命性的东西。""尤其对文学来说,他深刻透彻地批判了现实,为古今所少有。""作为一部文学作品——《庄子》来看,就会发现作者对自然、对社会、对精神、对物质的认识之深之透,会发现它所具有的思想、艺术的高度统一和极大的感人力量。"作者的"激烈、愤怒、讽刺、嘲笑,和他的轻蔑、鄙夷,悲悯、同情,以至孤傲、倔强,都通过他的高妙的艺术手法,鲜明地表现出来,创造了旷绝千古的文学奇迹。"他敢于指斥君主,非毁圣王,指出仁义的吃人本质和圣人的"诈巧虚伪",都是古今学者、文人所不能说、不敢说的。而他用"寓言"、"重言"所创造的故事,又那样具体生动,几乎是一部"优美的寓言故事集"和"美妙的散文诗"。《司马迁的传记文学》，是我企图用新观点对《史记》全书反复绎绎总结而来的长篇论文。我认为《史记》创造了纪传体通史的典范，为古今所公认，但"其所以能深入人心，历久弥光，却不仅在于史的方面，而在于它的艺术造诣"。"他所写的人物、事件，是历史的存在，而他所写却不是存在的摄影；每个人物和事件都是真的，而他所写的却不是事实的记录"，"他的传记，是真实的而又是创造的；是写实的而又是抒情的；是历史的而又是艺术的"。所以司马迁在文学史上的地位，可以和庄周、屈原并列。

1965年为纪念柳宗元诞生1190周年，我受委托计划写五篇文章：《柳宗元的辞赋》、《柳宗元的诗歌》、《柳宗元的游记》、《柳宗元的杂文》和《柳宗元的文论》，连同部分诗文选注和传记成一本专著。但实际只写完"辞赋"、"诗歌"、"文论"三篇，又只发表了其中的前两篇。由于刊物因故停刊，致使"文论"一篇，直到1979年才发表。

1977年冬，我写了批判《儒法斗争史》的长文。这部《儒法斗争史》虽没有正式出版，但翻印转抄，流传极广。我认为"儒法虽有斗争的一面，但也有相联系、相一致的一面；反儒不一定是法，反法也不一定是儒；儒家本身不断地发展，法家本身也不断演进；汉以后的儒法已统一于统一帝国的统治思想之内，它们作为学派的性质，已完全改变"；"孔子死后，首先和儒家斗争的是墨家而不是法家"；"批判儒家最尖锐的，莫过于道家……庄子，但他同时也反对法家"；"孟子所坚决反对的不是法家而是杨墨"；"韩非斗争的矛头，根本不是专指儒家"，他"首先把儒墨放在同等地位……批判的重点不是他们的具体学说，而是他们俱道尧舜的厚古薄今倾向"等等，汉以后，法家已成为以儒家为主的统治思想的不可缺少的组成部分。连柳宗元、王安石所代表的"变法"，也只是要求改革某些弊政而非反儒。相反，他们仍以儒家思想为基础。

1982年发表了《政教中心与现实主义》。这篇文章，是探讨中国古代文学理论的传统的。鉴于古代文学理论除《文心雕龙》等几部外很少有专著,大都散见于子、史群籍和杂著之中,由于比较零碎,便被一些人认为无体系可言;另一面又受西方文学理论的影响,以彼概此,拿"现实主义"、"浪漫主义"之类的帽子来套中国文学作品和文学理论,往往龃龉不安或名实不副。以故,我在指出"政教中心"是贯串两千多年的主要传统之后,进而以之与"现实主义"做了比较,以见其得失所在。并附带提出中国文学理论中"言志抒情"和"尚辞好丽"两种主张,虽不能与"政教中心"说比高下,但也确为源远流长的重要传统。文章于1981年在武汉召开的中国古代文论会上宣读,曾引起一些同志的注意和争论。发表后,也得到一些同志的支持。其他有关《诗经》、"汉乐府"、诗、词、曲、小说、散文等方面的研究,以及对历代作家、作品的考证、评论、赏析和文学史的探讨,散见于各学报和各文艺、学术报刊。这些已编成一个论文选集,交出版社出版。

我和其他受极"左"路线打击的同志的不同之处,在于我始终没有离开大学讲台,相反,教学负担更重,大概这就叫作"控制使用"吧!但却有几个班争着要看"右派老师"的笑话。在这期间,写点东西还是可以的,只是不能公开发表和正式出版。所以除1957年初由函授部印行了一本《先秦文学》外,继续写的《汉魏六朝文学》、《唐代文学》等都作为内部印行的交流教材付印,当然不署名。直到1978年起,逐步落实知识分子政策后,才陆续出版了几本书。其中《中国古代文学家年表》,是长期教文学史积累的资料;《中国短篇小说选》,我写古代部分,有注解分析,是新作;《山西历代诗人诗选》和《咏晋诗选》,是指导研究生集体选注的;《唐宋绝句选注析》和《词谱范词注析》,也是指导青年人编写的。其中有两种发行在25万册以上。另外还主编了《中国古代文学作品选》六册。其余尚有两部书稿待出。

自1978年以来,我已招收了18名研究生,毕业的14名中,已有

12名授予硕士学位（包括外校1名）。他们都已成为高等学校和文化事业单位的骨干力量，受到社会舆论的广泛赞扬，而他们的科研成果，也已引起不少专家们的重视。这几年在参观、考察和参加各种会议期间时常会碰到几十年来的老学生。他们中不少在党、政、文教界早已崭露头角，有的已成为老专家、老教授，令人欣慰！回顾起来，总算在自己尽可能的范围内尽了一点绵薄之力。今年我已七十有四，自当珍惜岁月，继续努力，以期无愧于时代！

1987年9月

国专师友散记

1935年夏，我从北国太原，到江南游学。

提起江南，首先想到的就不能不是无锡国专（按：无锡国学专修学校）；提起国专，首先想到的就不能不是老夫子——唐文治先生。唐老夫子是无锡国学专修学校校长，但全校上下几乎没有人称他为校长，而一律称他为老夫子。这是别的学校所没有的。老夫子做过前清的工商部侍郎，代理过尚书；丁忧在家，受命接办了南洋公学，肇建了交通大学。这个学校人才辈出，声名远扬。前几年交大校庆，上海本校和迁西安的交大，都有隆重的纪念活动，还为老夫子铸了铜像。这也是全国少有的，足见老夫子教泽之深远。

记得老夫子的办公室，在学校三进院北楼东头楼下。他按时办公，常坐在大会议桌的里端，面向门外。他虽双目失明，但正襟危坐，纹丝不动，白须垂胸，慈祥庄严。座后悬挂着一副木刻大字对联："名世应五百，闻道来三千"。当然是及门弟子所作，作者的名字不记得了。他的右面坐着秘书陆先生，同样正襟危坐，纹丝不动。真是一片肃穆！

也许因我来自几千里外的山西吧，曾亲受到老夫子的关爱。一次我腿上生疮，自采草药治疗。老夫子知道了，约我相见。我进门，递上纸条给陆秘书，陆先生便起身报："姚豫太（我的原名）世兄谒见。"老夫子站起身，挥左手，令坐。我坐在陆先生的对面。老夫子问我："生疮，自采草药服用，是否有危险？"我答："家乡常用蒲公英治疮，内服外敷，有效。"在谈了些生活情况后，他说："南方湿热，北方人要特别注意；有病，宜早找校医。"我起立告辞，老夫子仍欠身挥手，陆先生起身送至门口。没有想到的是：次日午餐时，得到两个馒头的供应，而且一直供应了一个月！这一情况，使我十分感动！

老夫子虽然失明，但对一切工作却都严肃认真。他除自己讲课、由陆先生板书外，还不时听课。他站在教室窗外，听教授们讲课和课堂反应；他查饭厅，站在饭厅窗外，听到有大声喧哗或碗筷撞击之类的声音，就用手一指，陆秘书立刻前去所指的地方，进行批评："太浮躁了！"大家一看，老夫子在窗外站着，立刻鸦雀无声。据说老夫子在家里也是如此。他的两个儿子，都是国外留学归来的；儿媳俞庆棠，当时正担任江苏教育学院院长。但在家里，老夫子正襟危坐，不但无人喧哗，连走路也都踮起脚尖轻轻走过。否则也会受到"浮躁"的批评。原来，老夫子在学问上虽主张通、博，毫无门户之见，但立身行事却坚持着理学家的规范。"沉静"是具体修养的体现，而"浮躁"则是其反面。年轻学子虽办不到"沉静"二字，但这种要求、示范，却不能不触及他们的心灵。

1935年冬天，我随全校同学参加了太湖边五里湖畔"茹经堂"的落成典礼，读到老夫子的大弟子、著名教授陈柱尊所撰碑记。记中以太湖浩渺，喻老夫子的胸怀，多处以"大圣人"为颂，足见其仰慕之深！

以上点滴，既是我的亲见，也有我的亲闻。而使我对老夫子有较全面了解的，则是乐景溪。乐景溪是河南固始人，他是高我两班的老学长，岁数也比我大七八岁。1935年夏，我和同乡山西岢岚的袁步淇同时考入国专。乐兄主动找我们这两个北方人，热情详尽地介绍了老夫子和国专学校的一切情况，我们也就成了好朋友。他1936年毕业后，到上海工作（他哥是上海一位大学教授），那时我在苏州，他还专程来看我。抗战开始后，各自分飞，消息断绝。不料50年后的1985年，突然接到他的一封信及一首诗。他是从报纸上得到我的消息的。这真令人喜出望外。我立刻回了信，和了诗。他的原信和诗，已找不到，我和的诗尚在："一别三千里，山河更九州。从兹衣食足，不为稻粱谋。戮力铸青史，无心叹白头。永怀携手好，盍复梁溪游。"过了不到一年，突然得到他逝世的噩耗，"同游"的愿望，再也无法实现了！1990年5月，我参加由山西省委省府组织的一个代表团，到上海、浙江、江苏访问。到无锡时，住在太湖饭店，位置在太湖边一个半岛上，离市区较远，但仍在市政协领导的陪同下，去寻找国专遗址。然而，那条青砖铺路的学前街和与街平行的那条河、河边上的那一排大树、夏天绿荫遮覆下的长条石磴，已全无一点痕迹。国专的那几排楼、院中的"茹经亭"，更无从寻觅，见到的只是一条宽阔的大马路而已。明知这是新城市大建设的需要，而感情上却不能不有点惘然！

在国专，接触最多的是钱仲联先生和马茂元学长。茂元是桐城派后劲马通伯的孙子，而高我们一班的吴常焘，则是另一桐城派后劲吴挚甫的孙子。他俩都能诗能文，颇以古文嫡系自诩。还有一位同班的虞以道，则以阳湖派相标榜。我和他们不同。我是醉心于先秦诸子而又好汉魏古体诗的。年少轻狂，颇有凌驾"古文"之概，但我们却相处无间。钱先生对我们都很好，也了解我们的不同趋向。在一次学校举行全校作文竞赛中，题目是经、史、子、集各一。钱先生指定我做"子"题。"子"题的题目是《拟庄子秋水篇》。当然这是他了解我喜爱《庄子》之故。在两小时内，我写了五六百字交卷。在唐老夫子直接领导下评卷，结果我得均分98分，而茂元做"集"题，得96分。当时即铅印向全校分发。记得老夫子给我的评语中有"可以追踪子云"之句。摹拟为文，虽非我私心所喜，但对此评语，仍受到不小鼓舞。

在国专是愉快的，但我还是离开了国专。原因是我通过朋友引导，旁听了章太炎先生在苏州讲学。对章先生所讲小学、经学、文学、史学、诸子等略说，感到茅塞顿开，得未曾有。又买到了曹聚仁前些年听章先生讲学的笔记整理出版的《国学概论》相参照，于是，坚定了我的学术道路。当时，狂妄地感到一般大学所教教材内容，一看就懂，用不上再听讲。我把我想去苏州的愿望，告诉了钱先生，钱先生同意了。由于要正式参加苏州章氏国学讲习会，须有文教名人介绍，钱先生写信给我介绍了章太炎先生的朋友金松岑先生，请他做我的介绍人。这样我就放弃了国专学籍而进入章门，但对国专一段美好的感情，并不会因此而消失。临行，茂元写了一首七律给我送行。全诗已记不清，只记得有"欲寻别意更茫然"，"闭户伏生今老矣，火余绝学待君传"是以继承经学传统相勉。抗战开始后的1942年，我在大别山（安徽省政府迁在此）临时政治学院任教，茂元也到了这里，住在一个旅馆，我们见了几次面。他一时工作定不下来，而我在一次学潮后，西走重庆，辗转到了白沙国立女子师范学院。这时，茂元任安徽教育厅秘书，曾多次通信。抗战胜利后，失去联系，直到1961年，他和钱先生参加了朱东润主编《中国历代文学作品选》工作，在报纸报导中，我才看见了钱先生和他。后来得知他在上海师专（即上海师范大学）任教。十年动乱，我们都"在劫难逃"。1972年在"复课闹革命"的号召下，我在山西大学被提前"解放"，担任教学工作。但教什么？怎么教？心中无数。山大中文系党总支组织了有我参加的四人小组，到南北各高校"取经"。我们到了上海华东师大和复旦大学，又在我的提议下，到了上海师院，目的是看茂元。不料他还未获得自由，不许看。直到1979年在昆明召开的中国古代文学理论会上，才一下子遇见钱先生和他，还有周振甫和吴文治，相见甚欢！游石林合影。会上程千帆、霍松林等多有吟咏，我只写了一首七绝以记事："满目江山无限忠，劫余历历见苍松。春城胜会春如海，文苑峥嵘赖好风"。钱先生没有作，茂元则给我抄了一首近作："惊回残梦海生桑，落月荒鸡满屋梁。终见羲和披宿雾，晴窗依旧对朝阳"。无限感慨！1980年秋，古代文学理论学会在武汉召开，茂元未来。游东湖时，钱先生应管理人员请，口占一绝，由我书为中堂留赠，并在"行吟阁"屈原塑像前合影。1983年12月，钱先生主持在苏州苏州饭店、姑苏村召开的清诗研讨会,邀我参加领导组,我对清诗毫无研究,承命而已。1990年山西访问团到苏州,我专车往谒钱先生于苏州大学寓所,先生语重心长,深切地以恢复国专为愿。愧我远在山西,无能为力。今天,钱先生健在;而茂元、振甫先后去世;吴文治离开人民大学后,除曾得他所赠《中国文学史大事年表》巨著外,已久未通问。他仍是国专学友中的健者。

记忆中还有多少知道一些情况的国专学友,附列于次:一、袁步淇,山西岢岚人。1935年和我同时考入国专。抗战开始后,随校西迁。毕业后,到马一浮先生在乐山主持的一个书院,工作还是进修不清楚。胜利后,不知所之。二、王冰岑(子清),山西陵川人。胜利后,在贵阳担任秦晋小学校长,新中国成立后,教中学。久未通问。远在山西而到国专求学的,可能就是我和袁、王三人了。三、柏耐冬,安徽泗县人,北京警官学校毕业。肺病休养,转向考入国专学习。抗战期间,曾担任安徽六区专署秘书。先后任颍上师范教员、南京汤山炮兵学校教官、边疆系主任,贵阳师范学院和山西大学副教授。"反右"期间被捕,不知所终。四、陈果青,安徽人。1945年后,任贵州大学图书馆长、中文系教授。如果健在,也80岁以上了。五、孙××,安徽寿县人。清朝大学士、北京大学创始人孙家鼐的孙子。1942年在大别山安徽省图书馆负责编目工作,对目录学颇有研究。六、黄忱宗,女,湖北(?)人。她丈夫吴倜,山西大学教育系教授,"文革"中自杀。她是国专沪校毕业的。"文革"后,任太原师专副教授,现仍健在。

另外,曾在国专桂校任教的有阎宗临、梁佩云。他俩都是山西五台人。阎留学瑞士,得历史博士学位,1937年回国。曾任广西大学教授、国专桂校教授,转广州中山大学历史系教授兼系主任、研究所主任,山西大学历史系教授兼主任、副教务长、研究部主任。1977年去世。他的夫人梁佩云,曾留学法国,与阎同时在国专桂校任教,也已去世。1963年,我在阎先生家见到冯振心先生送给他们夫妇的诗集，才知道他们和国专的关系。阎先生的《史学论文集》，我和香港大学的饶宗颐教授各作一序。饶序中提到他和阎在"国专同事"之事，足见国专的传统，在聘请教师中延揽人才之广。

山西的几个章门弟子

余杭章太炎先生平生讲学重要的有四次，即：日本东京主持《民报》时期，北京被袁世凯幽禁时期，上海应江苏教育会邀请开讲时期，苏州自设学会时期。前三次都名为"国学讲习会"，末一次则冠以"章氏"二字。公开讲学，听讲者很多，百余人至数百人都有，但也有小班，像黄季刚、钱玄同、鲁迅等十余人请求开设的即是。至于随时拜门或从侍左右的也还不少。因此，"章门弟子"的界线很难划清。当年章师母曾拟辑同门录，以难，未能实现。我今所举山西的几个人，多来自本人记述或亲友口述中。他们立身行事虽有不同，但各自有所成就，这都是显见的，于以见先师门庑之大、教泽之溥。下面就把我所辑录的缕述于次：

李亮工(1880—1947)

李亮工，原名镜蓉，以字行，山西河津（今河津市）人。清末公费留日。先后参加光复会与同盟会，曾负责光复会会务。同时受教于章门，殚心声韵、训诂，与黄季刚友善，同侪称为"北李南黄"。辛亥鼎革，归国，任孙中山先生临时大总统府南洋教育司长。孙先生退位，他回山西，任山西大学校长。由于山西督军阎锡山独揽大权，排斥打击有功、有能的革命同志，他愤而辞职，还乡闭门著书。后经校方敦聘，重到山西大学任教，后来兼任国文系主任多年。抗日战争起，太原失守，他辗转避难西安。曾一度为陕西师专讲授中国文字学，并应关中名贤张翔初、刘允臣、李岐山、李应麟等之请，到华山之麓胡公祠开堂讲学，因病未能成行。而在长期病榻之上，登门求教者常接踵于门庭。卒于1947年农历十月初十日，寿68岁。亮工博闻强记，精于文字、声韵、训诂之学，坚持"实事求是，无征不信"的"朴学"原则，直接章门薪传。其所读书校点批注，铅黄皆遍，笔记笺札，积累盈箧。著述甚丰，而绝不考虑出版。这一点很类似黄季刚。而其朴实的作风，对及门弟子与继起的后学，影响十分深远。他去世后，留存的著述有：《音韵学》（山西大学语文科石印讲义）和《音韵学增定加注》、《〈说文解字〉注订》、《〈说文解字〉增订笺记》、《〈尔雅〉新义》、《〈左氏春秋〉疑问札记》、《〈左氏春秋〉疑问答》（皆为手稿），以及《章太炎〈文始〉注释》等书，还有自书《篆书三字经》墨迹，惜"十年浩劫"中多被查抄散失。晚年曾为新出土的《吕季姜醴壶铭》作了释文，其弟子藏有印本。

景梅九（1883—1961）

景梅九，名定成，以梅九著名，山西安邑（今运城市）人。13岁考中秀才，被称为"神童"。17岁被选入太原令德堂。1901年，被保送入北京京师大学堂。1903年冬，考取日本留学生，入东京第一高等学校理化科，旋被推为留学生山西同乡会会长。1905年8月，同盟会成立，他参加同盟会。次年，章太炎先生主持《民报》并开讲国学，他即报名听讲。在同乡会，他创办了《第一晋话报》，和景耀月创办的《晋乘》相呼应。当满清政府与英帝密约出卖山西矿权时，他组织山西留学生并联合各省学友，发动了争矿斗争，终于取得了完全胜利。他鉴于革命活动多在南方而北方较少，提出"南响北应"口号，致力于北方革命的发动，奔走于山西、北京、西安、日本之间。其间曾发表论文《忠群论》和小说《袜子》、《邯郸新梦》等多篇，并在东京创办《国风日报》，向国内发行。民国时期，他任山西都督府政事部长、稽勋局局长，被选为国会众议员，在北京续办《国风日报》，同时创办了《山西民报》。他坚决反对袁世凯称帝，于其登基日，令《国风日报》出一天无字报，以示抗议。《国风日报》

被查封后，他到陕西组织讨袁活动，在西安被捕，被押送至北京幽禁。袁世凯死后获释，恢复《国风日报》。又因反对张勋复辟、曹锟贿选，《国风日报》再次被查封，他也被逐出北京。几经奔波，偃息于家乡。蒋政权建立后，国民党要员多次登门要他出任中央委员、中央执行委员或其他职位，他一概拒绝。1934年移居西安，从事教育和著述，受到当时陕西省主席邵力子的礼遇。他重视地方戏，为之修改剧本，又创"易俗社"，培养了不少秦腔、蒲剧演员。山西"十二月事变"后，他坚决拥护共产党的团结抗日主张。抗战开始后，他在西安再次恢复《国风日报》，并主办了《出路》杂志。新中国成立后，董必武、林伯渠、李济深曾联名电邀他赴北京商讨国政，因病未能成行。陕西政协成立后，他任首届委员。在长期患病之后，于1961年逝世，年79岁。

景梅九博通群籍，而重在经世。他在政治活动的同时，不废学问；在创办报刊、奋笔论时之外，文艺创作也有不少成绩。他揭露黑暗、鞭挞丑恶的讽刺文章，笔锋尖刻犀利，往往使权势人物无地自容。早期文章像《罪案》、《入狱始末记》很有名，其他著作行世者有《腐化记》、《葵心》和巨著《〈石头记〉真谛》。他熟悉日、英、世界语诸种语言，数学、理化方面都有一定造诣，译有世界名著《神曲》。他的孙子景克宁教授著有《景梅九传》行世。

景耀月(1882—1944)

景耀月，字瑞星，因慕章太炎先生之名，改字太昭，别署帝昭。其他笔名甚多，有迷阳庐主、大招、秋陆等。山西芮城县阳南镇人。20岁时以高才选入太原令德堂，旋入山西大学堂。1903年秦晋合闱在西安举行，他应试中副榜。次年被选送日本留学，入早稻田大学攻读法律，取得法学学士学位。1905年加入同盟会，是山西支部负责人之一。不久，组织山西留日同学会，被推任为主席。并组织"豫、晋、秦、陇协会"，创办《晋乘》杂志，兼任《民报》编辑、记者。回国后曾与于右任在上海创办《民吁报》，又与柳亚子、俞剑华等发起并成立南社。民国肇建，孙中山就任临时大总统，他被任为教育部次长兼南京两江政法大学校长。当时开国草创，文告、典章多出其手，《临时政府大总统就职宣言》即其中之一。他在起草《临时约法》和建立现代教育制度等方面多有贡献。孙中山巡视北方，他为主要随员之一。孙中山逊位，袁世凯移政府于北京后，他被任为总统府高等政治顾问。由于他热衷权势，积极参与筹划袁世凯帝制阴谋，受章师斥责。袁倒台后，他留任众议院议员达十余年。曹锟贿选时，他又不甘寂寞，予以支持，为舆论所非议。从此息影政坛，先后任辅仁、北京、北平、东北、朝阳师范各大学教授。北伐结束后，南京政府和阎锡山曾多次请他任职，他都没有答应。"西安事变"时，他曾专函张、杨两将军转延安毛主席和朱德总司令，认为："必须使蒋氏停内战、息党争，团结御侮，救亡图存，勿予敌以可乘之机"。中共中央也辗转致函称："如果愿意，欢迎到陕北来，共济时艰。"因病未能成行。日伪时期，他在北平。日伪曾以东北教育总署及山西省长之职相诱，他都以老病拒绝。对日伪所赠金银、粮物，皆原封不动退回，保住了晚节。1944年4月病逝，《新华日报》曾发表了"景耀月先生逝世"消息。他的后嗣正在收辑他的遗文，作为文史资料出版。

王用宾(1881—1944)

王用宾，字利臣，因慕章太炎之名，改字太蘱，号鹤村，山西猗氏（今临猗县）人。18岁为廪膳生员，20岁入太原府学，旋入山西大学堂。三年后考取公费留学日本，入日本大学大学部法律科，攻读法律。1905年参加同盟会。章先生开国学讲习会，他曾往听讲。又创办《晋学报》，自任主编，在日本编印，太原发行；后改为《晋阳白话报》，改在太原印行。景梅九、景太昭、刘绵训皆为主要撰稿人。报被封，改为《晋阳公报》，他曾两度回太原主持编务。清政府向日本出卖铁路权，他撰万言长文，同时在五家报纸发表，以反对政府并抵制日货。山西巡抚丁宝铨以禁烟案杀伤农民百余人，诬为土匪，他调查后在《晋阳公报》予以彻底揭露，被追捕，逃赴日本。武昌起义后，他与同盟会员、清第六镇统吴禄贞等谋组燕晋联军直捣北京，以吴被刺事败，走河东，被举为河东兵马节度使，成立山西军政分府。阎锡山督晋后，他被选为省议会副议长，同时创办太原法政专门学校，任校长。1917年护法之役，他南下广州参加非常国会会议。孙中山当选为大元帅，他先后被任命为大元帅府参议、大本营参议、中国国民党本部参议员等职。1924年，他参加国民党第一次全国代表大会，会后被任命为北方特派员，策动冯玉祥、胡景翼、孙岳、方振武等成立"国民军"，孙中山委派他为国民军宣慰使。1925年，他应胡景翼邀，任河南省政府秘书长，代理省长。1928年，他任中国国民党北平政治分会秘书长，多次去东北，促成张学良易帜。南京政府立法院成立后，他任立法委员，旋兼法制委员会委员长。大量法规的撰定，都在他主持下进行。《考选委员会组织法》、《典试委员会组织条例》，皆其手订。1931年调任考试院考选委员会副委员长、委员长，主持举办了一、二、三届高等考试，把高等文官的任用纳入法制之中。1934年，他调任司法院司法行政部长，视察过14个省的政治建设和执法情况，培训考试过多批法治人才。在视察贵阳途中，忽被免职。南京国民政府在日军进逼下迁往武汉、重庆，他与家人辗转入川，寓重庆南郊，担任了实际是空头衔的中央公务员惩戒委员会委员长，自题居所为"半隐园"。1944年10月病故。他早岁即以诗文著名。除政论外，著有《中国历代法制史》、《辛亥革命前山西起义纪实》和诗词千余首，印有《半隐园侨蜀诗草》、《半隐园词草》。与他唱和的诗人可知者有：章行严、高二适、太虚法师、沈尹默、景梅九等。陈拾遗老人曾盛赞其诗道："事功学术原不二，困顿艰危志不移。"足见其志趋。1990年，山西省政协文史资料委员会为他出版了《王用宾诗词选》，屈武题签，姚奠中作序。

刘景新(1884—1945)

刘景新,字大易或书太易(大、太古通),山西省解县卿头镇(解县,今并入运城;卿头镇,今并入永济)人。清末秀才。在猗氏、安邑一带任塾师,参加了李岐山为首的反清活动,被地方军警追捕,逾墙逃脱,东走日本。同盟会成立后,他参加了同盟会。章先生开讲国学,他往听讲。武昌起义后回国,参加王用宾领导的河东山西军政分署工作。1913年“二次革命”失败后,他再赴日本,任孙中山先生的秘书,先后奉命到美国和南洋一带为革命筹款。1917年“护法运动”,孙中山在广东组织军政府,准备北伐,他被任为军政府内政部司长,又先后担任琼州专员和潮汕铁路专员,甚得信任。1924年,他和王用宾、刘绵训等,代表山西参加了国民党第一次全国代表大会。南京政府成立后,他连任三届立法委员。1934年,立法院长胡汉民被蒋介石排挤去职,由孙科继任。孙借建立“孙中山文化教育馆”之名,筹集300多万元,却为自己建造了别墅——“陵园新村”。刘提出尖锐批评,遂于立委换届时被排挤出委员名单之外,从此闭门读书、著作,不问政治。老友王用宾先后担任了考选委员长、司法行政部长,还曾兼最高法院院长时,屡次请他任职,他都婉言辞谢。他住在南京光华门内,那里一片空旷,全是农田。他在农田中筑一小院,茅屋数间,除书籍外,家无长物,几乎成了与世隔绝的隐士。1937年抗战开始,南京吃紧,在日机大规模轰炸下,政府被迫迁武汉、转重庆。他也在极困难中辗转西上入川,寓居江津县,以行医谋生,以著作为事。由于藏书全部丢弃于南京,为了急需,他曾专赴重庆、成都购书多种,终于著成《造字正源》30余万字,形声并重,全部手写。书成,遣人送往在白沙女子师范学院任教的同门姚奠中。患病而自开药方,服之,竟不起。人多疑为自杀。享年61岁。所著《造字正源》,姚将其送往迁于重庆的中央图书馆,被藏于特藏室。他早年还著有《反〈论语〉》,曾经刊行,而为数不多。晚年还著有《中国针灸简史》,也无条件出版。

他的学术、医道,可谓并得章门薪传。

　　章先生晚年苏州讲学,山西不远千里而及门从学者三人:万泉(今万荣县)郑云飞,解县(今运城市)刘太易之子刘一化和稷山县的姚奠中。

郑云飞(1904—1972)

　　郑云飞,万泉(今万荣县)人。他出身燕京大学,留学日本,学经济。因与南汉宸进行革命活动,在一次反对日本侵华的示威游行中被日本政府逮捕,驱逐回国。后任冯钦哉军部秘书,由于议论朝政,冯不能掩护,去从杨虎城,任教师训练所教员,仍以"左倾"被监视。1935年,云飞闻章先生讲学,便由景梅九介绍,到苏州谒先生,参加国学讲习会听讲,专心致志,甚为精进,北方同学视为老大哥。他没有参加研究生考试,但同研究生待遇。先生讲《尚书》,每次听讲后,他总和五六位同学到怡园研对笔记,参考各家传注,写成完整的记录稿。某次在怡园水榭,发现板壁上有粉笔写的一行字:"我看诸君研究国学,不过造成两只脚的书架,太无意味。不如到上海去看白玉霜的《马寡妇开店》。"大家感到受了侮辱,而郑兄却说:"不,倒是要看我们是否是当'两只脚的书架'!"先生去世后,不少年长的同学离开了,云飞没有离开,一边研究,一边到上海各校兼课。暨南大学教授陈高佣是他的老朋友。陈教中国文化史,却对古籍所知不多,时常向郑请教。一次陈问郑:"顾炎武、阎若璩是今文家还是古文家?"郑也答不上来。他们查《辞源》,其中说"阎若璩攻击古文最力",于是就认为阎肯定是今文家了,当时以为有了结论。后来才知大错——一则"攻击古文"是指攻击东晋伪古文,阎的名著《古文〈尚书〉疏证》,开清代考据学之先,与今文家毫无关涉;二是清代的今、古文派别之争,始于乾、嘉,剧于道、咸以后。西汉立学官的14博士,全是今文,而古文自东汉开始兴起,迄魏晋一直沿袭下来,今文各家几全部失传。清代初期即顾、阎时期,根本不存在古、今文派问题。云飞对此有了了解后，每以此事自嘲。早在西安时，他和崞县续家诸人多有交往。1936年，续范亭再次强烈要求蒋介石停止内战，一致抗日，被排斥后，愤而自杀，未死。赴杭过苏时，云飞曾留与盘桓数日。抗日战起，同学星散，云飞到四川三台东北大学任教一年后，应河南税务局长续实甫（续范亭堂叔）之邀，任许昌市税务局长。地居南北要衢，曾掩护、资助共产党多人。抗战胜利后，续实甫升任全国税务总局长，云飞被任为山东省税务局长，利用其有利地位，为党做了不少工作。新中国成立后，南汉宸兼中央人民银行行长，特邀他任中行监察员。因他爱好中国古代文化，多年来虽历任官职，实非所好，不久即请求转入教育界。先后任贵阳师范学院教授、中文系主任、天津师范学院教授。"文革"前期，南汉宸被迫害致死，他被牵连，难忍折磨，病卒于1972年。

刘一化（1916—　）

刘一化，刘太易之侄，太易无子，以一化过继。太易为立法委员，一化从侍于南京。太易从政之余进行文字研究，一化为之检阅、抄写资料，在耳濡目染与抄读实践中，亦酷爱文字、声韵之学。1935年，苏州章氏国学讲习会创办，一化奉伯父命赴苏州就学。入学会后，一化开阔了视野，接触了不少比他年长而成熟的学长，自己的学习也更全面了，只是他常喜欢谈起的仍是文字、声韵。特别喜欢苗夔，对苗氏的《〈说文〉声读表》每有称引。抗日战起，他回了家乡，未从其伯父到四川江津。敌伪时期，潜居在家；抗战胜利后，他参加了本县的教育工作。新中国成立后曾任永济县人大代表、政协委员，在县政协从事文史资料工作。今已退休在家。僻在乡村，所好所学，都未能更好地发挥作用。

姚奠中（1913—　）

姚奠中，原名豫泰，工作后以字行，山西稷山县南阳村人。小学阶段，在教了几十年书的前清秀才、伯父的直接督教下，除教科书外，加读了不少古书，又自读了大量旧小说。中学阶段，在名学者焦卓然老师指导下，除期考、年考常名列前茅外，以《史记》、《通鉴辑览》、《十子全书》为中心，博览古今群籍，期于做一名学者。1932年考入山西教育学院国文系，初步接触了学术领域。此时，已能作诸子风格的散文和七言歌行、五言古诗，偶然也发表于报刊。因故休学，又因参加学潮，被省当局驱逐，遂南下考入无锡国学专修学校。1935年，章氏国学会成立，无锡密迩苏州，遂自动按期到学会听讲。经再三考虑，最后决定放弃国专学籍，转入国学会。那时学会学员约七八十人，年岁大的七十余岁，小的仅十八九岁，程度当然就很不齐，于是进行了选拔考试。章先生手拟几条规定，主要是凡学历高、有著作的，经批准可做研究生；无著作的参加考试，可录取为研究生。我参加了考试，被录取为七名中的第四。那时苏州古书店很多，大小18家。我除了买《十三经注疏》、《廿四史》和正续《经解》外，只要先生提到的，我都立刻去买，也都能买到。对每一问题，总是遍查各书，求得广博全面的了解。在这里北方同学不少，七个研究生中有五个是北方人。由于生活习惯不同，我们在护龙街租了一间小楼，雇了北方厨师做饭，无形中成了小圈子，和南方同学很少来往，当然这是欠缺的地方。1936年6月章先生逝世，在师母主持下，学会照常进行。暑假后，学会扩招了预备班，收高中毕业生。研究生中有五人在继续研究的同时为预备班讲课，我是其中之一，讲文学史。我的第一篇文章《臧琳〈五帝本纪书说〉正》在《制言》上发表，那是在章先生讲《尚书》启发下写的。当时虽也广泛研读了小学一类书，而主要方向却是诸子。一是由于自己一贯的喜爱，二是因其符合章先生说过的“小学是基础，而诸子是归宿”的名言。我的毕业论文则是《魏晋玄学与老庄》。抗战开始后，我从南京转安徽泗县，在安徽第六图书馆完成了《古文〈尚书〉讲疏》稿。1938年春，参加了两个月的抗日游击队活动，后转泗县中学任教。随着时局发展，从抗战到胜利到新中国成立,我由泗县到大别山,到重庆,到贵阳、昆明,又到贵阳。先后在安徽临时一中、临时政治学院、白沙国立女子师范学院、国立贵阳师范学院、国立云南大学、国立贵州大学任讲师、副教授、教授、系主任。1951年回山西大学至今。在各校开的课程,有中国文学史、中国哲学史、文字学、学术文选、散文选、韵文选及专书《庄子》、《论语》、《韩非子》等10余门。编著有《中国文学史》、《〈庄子〉通义》、《中国史略》、《先秦文学》、《汉魏迄唐文学》(以上以讲义印行),《中国古代文学家年表》、《中国短篇小说选》(注析)、《唐宋绝句选注析》、《山西历代诗人诗选》、《咏晋诗选》、《词谱范词注析》、《元好问全集》(校点)、《〈通鉴纪事本末〉全译》等10余种(以上均出版,含主编)。发表论文有《论治诸子》、《〈庄子·内篇〉间绎》、《司马迁的传记文学》、《政教合一与现实主义》和研究李顾、杜甫、柳宗元、董解元、关汉卿等论文百余篇。出有《姚奠中论文选》和《姚奠中诗文辑》。作为业余爱好,从中学起,即致力于书法、绘画,数十年不弃。曾参加国内外展览多次,并举办两次个人展览,出有《姚奠中书艺集》。

　　曾被评为省先进工作者、优秀教师、全国优秀教师,享受特殊津贴的专家。多年来,除在校内兼职外,先后担任第六、七届全国政协委员,第五、六届山西省政协副主席兼文化教育委员会主任、文史资料委员会顾问;九三学社中央委员、中央参委常委、山西省委主委、名誉主委;中国书协理事、山西省书协副主席、名誉主席;中华诗词学会顾问、山西省诗词学会首席顾问。其他全国和省内兼职还很多。除几十年所教的学生外,近年培养了20名硕士研究生,其中13名成为教授、副教授。现已83岁,尚未退休,深知远未能仰先师学行余绪,但虽衰老,仍不敢不勉。

1996年8月

诗词篇

泗县文庙和武西山

1937年秋末，抗日战火迫近南京。余避难泗县，寓居文庙，即安徽省第六图书馆。泗县中学教师武西山来诗，依韵和之。

秋气遍寰宇，圣宫亦寂寥。
素王何杳杳，赤子徒嗷嗷。
乔木盲风起，寒花冷雨飘。
胸怀家国事，午夜泛愁潮。

泗县感时

1938年春，同门柏耐冬等组织抗日游击队，余往参加，赋此。

儒生流落依戎马，故国飘摇风雨间。
一片丹心伤碧水，两行红泪哭青山。
梦中沉痛诗和血，觉后凄凉月满阛。
志士英雄应即作，从头重整旧江关。

洪泽湖

1938年夏，日寇占领蚌埠、临淮关，泗县吃紧。余随友人避居洪泽湖边之王沙。

野居无聊赖，泛湖映落晖。云从水里暗，风入草边微。十里芦风起，千亩荷香菲。莲房随手采，莲叶广且肥。菱角何参差，掬之行已违。庶类终难罄，繁藻如珠玑。偷欢且作乐，兴尽挂帆归。风急船行速，扬涛溅我衣。莫念家国事，念之泪巨挥。

柏浦雪

1938年冬，余以时局日坏，无能为力，遂蛰居柏浦，雪中赋此。

> 风云万里怒，雨雪一朝霏。
> 玉积竹枝亚，寒凝鸣鸟稀。
> 山河暂改色，宇宙应重晖。
> 慎履坚冰日，潜龙终可飞。

一年纪事

1939年春，追记去年所历。

去年元旦日，扬鞭驰泗城。泗城胡为者？投笔事戎行。路出朱山麓，振衣陟峥嵘。北风何凛冽，乱云山头横。雁阵斜入云，我马临风鸣。行行莫延伫，趋会诸弟兄①。齐心赴国难，誓辞②相慨慷。一旅虽寡弱，男儿当自强。

一月来淮上，二月军嘉山。袭敌致战果，黎庶尽腾欢。我留双沟守，函电速邮传。五河忽报警，双沟当其冗。布防相地势，夜巡过前岗。敌退闾阎静，帆樯出港忙。西山疏林暗，东岭落照红。云霞散天际，平波升彩虹。登高一舒展，啸傲对长风。

三月战声寂，我亦下淮南。原野春寥阔，远水接山岚。校尉良辛苦，士卒如含甘。涧溪劳军处，执手尽欢颜。偶涉大局事，惆怅翻难言③。

四月来学宫④，我军戍五河。教学且自慰，壮志恨消磨。荆棘塞广路，安得有斧柯！

五月徐州陷，避地洪泽滨。草色连天碧，荷花千亩新。荒泽同世外，裋褐交野人。不闻炮火声，不复望烟尘。但见禾稼长，芦苇共蓁蓁。

七月洪泽水，横流薄我居。望日大风雨，居民半为鱼。浩浩复漫漫，之彼安河干。再返学宫里，闰月月未阑⑤。同心重相聚，午夜泪汍澜⑥。孤忠徒自苦，直道多艰难！

九月天气高，敌虏忽临郊。主将同鼠窜，全军弃城逃⑦！哀哉众黎庶，午夜离故巢。回首望城关，千家寇火烧。父老亦饮泣，儿女哭声高。仰望明月天，俯见霜华地，不知夜何其，但觉如梦寐！

晓雾隐深谷，再至朱山麓。旭阳射高岩，木落何簌簌。我心叹已非，空看朱山矗。

十月返故寓，岁暮雨雪霏。故人久解甲，相与掩柴扉。殷勤理典籍，钩玄探精微。忽忽日月逝，前路不可期。无术纾国难，慷慨我心悲！

【注释】

①时同门柏耐冬与王亚箴、万拱吾等共组抗日义军，余自柏浦赴之。

②《誓辞》为余所作。

③柏君率部战明光、管店间极艰苦。两次为"中央广播电台"报道。而上级统军者反残民自肥，令人恨恨。

④余在军无所作为，遂转泗县中学任教。

⑤徐州失陷后，敌西进，泗县缓和，泗中复课。

⑥柏君等有功见忌，志不得申，遂相率散归。

⑦敌偏师攻泗县，安徽六区专员兼五战区第五游击队司令孙伯文，未发一枪，弃城而走，泗县沦陷。

过庄子庙（三首）

1940年春，余自泗县赴大别山，过蒙城。庄子庙在城东，有"庄周故里"碑，城内东南隅有"漆园"。实则昔之蒙在今商丘；而《括地志》言："漆园故城，在曹州冤句县"，则固非园也。

漆园有小吏，体道超常流。鲲鱼化鹏鸟，蝴蝶梦庄周。寿夭宁有异，是非本同俦。吉祥生虚室，任天逍遥游。但怜人间世，嚣嚣复悠悠。

至人唯寂寞，庄周独多情。隐词皆感激，高歌同哭声。痛极甘曳尾，愿死悔蕲生。万籁咸自取，解悬齐殇彭。著书动千载，神识照八纮。

我来谒生庙，怊怅心欲摧。豺狼横九有，中原多奸回。战血生青草，白骨化尘灰。捍敌同所愿，阋墙倍可哀。我欲从生去，去之濠水湄。洪水摧濠梁，猛兽出林来。眇躬何足算，但忧万人灾。感之肠欲断，空殿独徘徊。

疯人歌赠弘伞法师

1940年初夏作。弘伞法师，弘一法师之师弟，时任皖赣两省赈济特派员，驻大别山区之立煌。

昔年胜事不可寻，疯人欲诉声已瘖："流光如驶过骎骎，三年战血满江浔；满江浔，台阁入山林；入山林，君子卧云岑。且看峦峰之岖嵌。富贵正足念，有酒当满樽。千百万同胞火薰薰、雨淋淋，听唱《最后胜利》虎啸龙吟。有兵还自伐，有官但爱金，敌骑来犯，勇气顿消沉。空闻广播传佳音，坐令敌寇自成擒！"

我闻此语往告和尚去，满怀悲慨溪壑深。中情欲哭和尚笑，一笑
转觉更伤心。

绝刘真如

1940年盛夏，国民党安徽省党部主委刘真如，邀余相见，以示笼络。余甚鄙之，即以书与绝。爰赋此章寄慨。

> 何物刘公子，窃居要路津。
> 胸中无国难，眼底只私恩①。
> 遍野烝黎苦，满朝豺虎尊。
> 安能屈亮节，跋履向朱门！

【注释】

①刘谓余，只要追随他，就前途无量云云。

怀李二菀民①

> 一去流波疆，长怀李菀民。
> 水牛知性格②，栀子比清芬③。
> 未变风云色，已栖囹圄身。
> 山花如有意④，胡不早回春！

1942年10月

【注释】

①李菀民，安徽一临中历史教员。在学潮中被捕。一年后，始知在某地监狱，但不许探视。

②李君每见水牛，即赞其力大、耐苦而不鸣。

③学校近邻有栀子树，花极香。李君散步至花处，辄久久不去。

④大别山春天遍山映山红（红杜鹃）。

过豫南

1943年秋，余自皖赴渝过豫，闻民谣，感赋。

> 跋扈将军挥宝刀，千村万落静悄悄。
> 小民不解歌功德，"水旱蝗汤"信口谣①。

【注释】

①豫南民谣"水旱蝗汤，百姓遭殃"。汤，汤恩伯。

赴渝舟中

> 江水奔流汽艇斜，漫天风雨向三巴。
> 茫茫前路烟波远，何处神州何处家？

1943年秋

南温泉

1943年秋，初到重庆，暂任教于南温泉。

> 战火多焦土，巴渝且暂栖。
> 听涛虎啸口，观瀑花滩溪。
> 壮志成何用，弦歌亦底为！
> 何当鼓健翮，东向逆风飞。

叠前韵赠李相显丕之①

> 耿介行同狷，专精亦若狂。
> 著书真可乐，黔首岂能忘。
> 斗室容君我，英才育序庠。

天涯共此日，忍泪看沧桑。

1944年春

【注释】

①李相显，山东人，曾任兰州大学和山西大学教授，与余两度同事。

题画梅（一）

邓尉梅林傍太湖，幽香雪海满山隅。

胡尘六载那堪问，疏影依稀入画图。

1944年春，江津、白沙

月夜茶会送女师学院首届毕业生四首

中天悬明月，照我白苍山①。兹山岂独好，广场罗长筵。长筵何簇簇，笑语动空谷。高论兴四座，琴韵相驰逐。更有慷慨歌，继以"月光曲"。即此是仙乡，大地银光浴。四野久寂寥，此情犹不足。

不足当何如？别意满襟裾。皎皎七十子②，亲爱在离居。四载新桥路，师友共朝暮。一旦各分飞，烟云迷津渡。仰视团圌月，俯听溪水流。讲舍一若画，高下列层楼。稚树饶姿态，杂花艳新丘。嘉会散何急，时光故难留。

时光故难留，应怀志士忧。干戈震天地，妖氛漫九州。顷闻战河洛，死者比山丘；今复战三江，烽火岳阳楼。东向莫垂泪，艰险共一舟。十年崇教训，契阔法前修。行矣各自励，何心问离愁。

离愁信难已，达者不为尔。神交心相结，应复论万里。久要不可忘，游于形骸里。推爱及人人，真乐乃在此。河清当可待，弦望亦有期。云程同鹏鸟，奋翼莫犹疑。

1944年夏

【注释】

①白苍山，在江津白沙，为国立女子师范学院所在地。
②本届毕业生72人。

鹧鸪天

杏靥星眸婉转娇，周旋进退两妖娆。轻盈笑语疑莺啭，磊落情怀透绮绡。　　春日暖，惠风飘，袭人花气醉今朝。那知午梦轻轻觉，小院寒深草木凋。

1944年秋

梦　醒

梦里神州梦里家，而今涕泪遍天涯。
胡尘弥漫风云惨，几度梅开树树花。

1944年冬于白苍山庄

闻　捷

1945年8月10日，日寇请降，9月3日签降书。

夜幕沉沉渐次开，一天曙色自东来。
十年泪尽苍生血，万里江山此日回。

人月圆

1945年中秋，旅寓渝州杨氏琴韵草堂。是夜，为庆抗战胜利，主人置酒芭蕉下，座客皆擅音乐，而主人琵琶尤绝。既各奏艺，主人则以《飞花点翠》一曲终之。余赋此，书为横幅以赠主人。

晴空万里悬明月，烟笼万千家。百年羞辱，一朝尽雪，泪满天涯。　　月光如水，梧围篱落，蕉影窗纱。最堪记取，《飞花点翠》，一曲琵琶。

到贵阳

1945年秋，由白沙赴贵阳，应国立贵阳师范学院聘。

怜君何事到天涯？劫火中原亿万家。
满目苍生无限泪，筑山风月锁烟霞。

八声甘州

看溪光月色醉迷离，那得此良宵。正麟山突兀、旗亭偃蹇、四野悄悄。岸草任他绿减，不必问花娇。但树簇楼飞，嵬嵬翘翘。　　应有闲情逸致，俯清流垂瀑，小伫长桥。有良朋携酒[①]，啸傲动云霄。念平生，江湖落拓，问壮怀，前路复迢迢。徒凝望，晴空如洗，月冷天高。

1945年秋，贵阳、花溪

【注释】
①余率贵阳师范学院诸生十余人，来花溪清华中学实习。住花溪小憩。

禹门二首

1946年暑期返里葬亲，过禹门有作。

> 不见家山十二年，归来满目尽凄然。
> 烝民乃立思神禹，古渡斜阳哭逝川。
>
> 禹庙东西只劫灰[①]，洪流出峡挟风雷。
> 山川不改豺狼突，岂有神功动地来。

【注释】

①龙门口夹河两禹庙，十分壮丽，皆毁于寇火。

踏莎行

> 对坐围炉，情迷意乱，万千心事无由见。芳思一缕转深沉，茫茫前路烟波远。　十载飘零，流光似电，壮怀空自凌霄汉。东风不语浪催人，请君试觅天边雁。

1947年，早春

菩萨蛮

1947年春，题像。

> 鬟云绰约肩头垂，香腮凝脂眉峰翠。皓齿启朱唇，明眸带笑温。　芳心娇又慧，婉转风云际。春色上罗衣，春思欲语谁。

鹊桥仙

> 风天月夜，清晨薄暮，斗室徘徊无数。不知心里几多愁，但

只觉此情烦苦。　　停毫掩卷，孤吟独语，不是断肠诗句。明眸皓齿惹相思，怎禁得无端凝注。

1947年春

寄　恨

1947年夏，贵阳师院学潮失败，剥唐诗。

> 翻手为云覆手雨，是非颠倒无其数。
> 君不见：无耻之徒真无耻，机关枪下长学府！

晚翠园①

> 五月滇池水，临风起浪涛。
> 妖魔衢路舞，文采宫墙高②。
> 又洒江湖血，如闻天地箫。
> 园居非隐士，花木尚娇娆。

1948年春，昆明

【注释】

①云南大学教师宿舍之一。园门署"晚翠园"三字，为胡小石所书。
②时"反饥饿、反迫害、反内战"斗争非常尖锐，遭到血腥镇压。云大东围墙，成了当时的"民主墙"。

论书绝句（三首）

1962年山西首届书法展。

> 殷甲周金汉魏碑，钟王以下亦争奇。
> 工夫端在临池黑，骨力风神各异姿。

笔法二王多要妙，薪传乃自卫夫人。
英才古已称三晋，今日推陈更出新。

禹域重光世纪新，百花齐放满园春。
而今艺苑添翰墨，不让风流属古人。

又一首为张谦题《龙藏寺碑》：

南帖北碑圆异方，体兼南北出龙藏。
书家欲识河源路，发棹溯流自李唐。

人月圆

1963年3月，得罗季林、饶侯其结婚四十周年摄影，为之题词，并以小诗为引。

巴渝风雨夕，黔筑波涛年。
万里今朝隔，寄情人月圆。

辛勤四十年来事，幻想费追寻。神州火燎，烝民泣血，触目惊心。　　人间换了，当年琴瑟，老更情深。最堪申贺，芝兰香满，桃李成林。

晋祠（五首）

1963年7月，时在工人疗养院休养。

绿重荫深石径斜，林梢明艳马缨花。
千红万紫篱栏护，楼阁亭台落彩霞。

莲池鱼沼似星罗，南北两湖漾碧波。
须向九龙桥上望，还宜竹外看风荷。

漫寻古迹溯千秋，悬瓮山前碧玉流。
照眼青萍沏底绿，桥亭伫看水悠悠。

晋源之柏岁三千①，圣母殿成九百年。
最喜环堂群侍女，风姿绰约出天然。

飞阁凌空石磴高，云陶古洞吊松侨②。
望川亭上迎朝旭，满眼风光块垒消。

【注释】

① "晋源之柏"四字，傅山题，刻石。
② 傅山别号松侨，曾居云陶洞。

论诗绝句（十一首）

六代绮靡随世变，王杨卢骆启新风。
仕途坎坷腰徒折，金马玉堂迥不同。

摩诘高名齐李杜，诗仙诗圣比诗禅。
素餐应耻为官隐，好静何妨老辋川。

乐府新题与旧题，高岑于此辟径蹊。
黄沙白草阵云暗，诗卷同传名亦齐。

纵酒游仙为底情？笔驱风雨鬼神惊。
须从趋舍观行止，不老匡庐乐请缨。

能与黎民共苦辛，岂徒诗史见淳真。
致君尧舜诚空想，笔下风雷万古新。

篇削空文句尽规，唯歌民命任人嗤。
如何五载洛城住，竟尔闲居作颂诗。

二句三年志气消，唯将五字苦推敲。
人间虽广胸怀窄，皇为斯民歌且谣！

不见天才见鬼才，诗思驴背锦囊来。
镂金琢玉藏微旨，谁会王孙乐与哀！

千古诗谜不可疏，绮罗粉黛神仙居。
西郊洵有忧时念，何以解嘲獭祭鱼！

绮罗丛里一骅骝，论战论兵谁与俦？
不作西平及定远，却回春梦恋扬州。

嘲月弄花何所施，不关民命不成词。
古来咏菊知多少，争比黄王八句诗。

世界乒乓球赛

1971年4月，在日本名古屋世界乒乓球赛后，中美队互访，对打通中西关系起了桥梁作用，世人称为"乒乓外交"。

莫讶小球震地球，人心所向变潮流。

从来得道恒多助，更喜宾朋遍五洲。

代柬寄宋谋炀

不见宋生久，轶才最可思。
漫天风雨霁，拭目看新诗①。

1976年夏

【注释】
①宋君来函附咏《红楼梦》诗。

鹧鸪天·赠董生

1977年春，董生对时局十分悲观，以此勉之。

　　革命前途曲又弯，那能轻易便悲观。千重黑暗星星火，试想当年毛委员。　　独善易，协群难，浩浩荡荡谁能拦。种田是要辨禾草，难道草多不种田！

追怀梁园东①

英年革命早，论战海生风②。
牛马何妨走，可怜太史公③！

1977年春

【注释】
①梁园东教授，山西师范学院院长，史学家，1968年被折磨而死。1978年平反。
②20世纪30年代的进步教授，与陶希圣等人进行"中国历史社会性质"的论战。

③在被迫劳动中,他戏谓真成了"太史公牛马走"。

泰安文会

1978年元月12日至24日,20余所高等院校,于泰安开古代文学教材会议。余忝充领导组组长。

> 岱岳声闻远,一朝喜共临。
> 风云合万里,岩壑秀千寻。
> 探迹穷南北,论文贯古今。
> 妖氛已迅扫,冬日暖人心。

有　感

1978年4月22日,校党委在大会宣布给我的冤案平反。政策初露端倪。

> 二十年来几是非,晦明风雨梦依稀。
> 荆山献璞成和刖,鲁酒无醇致赵围。
> 青眼时蒙多士睐,黄牛一任路人讥。
> 天回地转开新史,铩羽苍鹰尚可飞。

哭王静波

> 玉宇澄清日,余怀王静波。
> 披襟肝胆见,纵谈辩才多。
> 有志擅文笔,无术斩病魔。
> 长征今又始,早逝痛如何!

1978年秋

别马茂元①

孤负当年一片心，飘零陈迹渺难寻。

论文坐对春城晓，执手相劳别意深。

1979年春

【注释】

①马茂元，桐城人，古文家马其昶之孙。与余同学于无锡国学专修学校，此时为上海师院教授。

水调歌头·北戴河

　　我欲观沧海，先唱阿瞒歌。时当三伏炎夏，不等秋风过。登上联峰山顶，遥望茫茫渺渺，远水似陵坡。山麓层林静，沙岸海风和。

　　阴云降，浊浪滚，雨滂沱。天昏地暗，仿佛溟海出妖魔。读罢古今史籍，阅尽沧桑变故，天道有常科。只要身心健，不怕浪涛多！

1979年7月

赠友人之二

几番风雨后，故国山河新。

道远任弥重，良时不待人。

1979年12月

过胶东

1980年夏，赴青岛途中。

不到胶东路，不知齐国雄。沂蒙蔽西侧，岱岳镇其中。平野望千里，大海环北东。鱼盐兴管子，谋略怀太公。稷下集多士，谈天小雕龙。燕将无全计，田单复危邦。鲁连真国士，千载钦英风。今值新世纪，王伯故已空。山川毓灵秀，历劫更葱葱。

黄州赤壁

胸有肮脏气①，发言类变风。
迟回赤壁下，高唱大江东。

1980年秋

【注释】

①此诗乃应邀书为中堂，"肮脏"二字书为"昂藏"，实同音同义，指东坡受污被贬事。

到永州

1981年秋为参加柳宗元学术讨论会赴永州，即古零陵，九嶷山在其南。

图南不羡大鹏飞，横绝江湖近九嶷。
去国投荒悲柳子，秋风北渚吊湘妃。
文章烨烨留青简，珠泪斑斑染竹枝。
毕竟立言堪不朽，苍梧传说到今疑。

永州（五首）

去国投荒柳子悲，文章千古是人知。
漫传竹上斑斑泪，细雨迷蒙失九嶷。

汽艇溯洄细雨纷，欲从故迹吊诗魂。

潇湘水碧岗峦秀，何处萍洲何处村①？

朝阳岩畔朝阳洞②，石壁凌空景色奇。

树簇楼飞临碧水，回环刻遍昔人诗。

潭丘遗迹已难求③，唯有愚溪缓缓流。

柳子祠空碑可读④，石城高耸望中收⑤。

子厚行踪次第寻，零陵山水得知音。

探幽访胜浑闲事，忧世难忘一片心。

1981年秋

【注释】

①萍洲，白萍洲；村，石城村。皆柳文中地名。

②朝阳岩，即柳诗《渔翁》中之西岩。

③潭，钴铒潭，小石潭；丘，西小丘。

④柳子祠，当地人称柳子庙，塑像已毁。

⑤石城，石城山。

桂　林

桂林到处桂花林，日暖不知秋已深。

山似青螺水似碧，洞岩妙境任追寻。

1981年秋

柳州柳侯祠

迁客何妨去柳州，好山好水足相酬。

牛刀小试终堪慰，民到于今说柳侯。

1981年秋

题七十小照

1982年7月，日本，塚本博君摄。

时代不同了，古稀今不稀。

犹当争岁月，寰海共朝晖。

并门行

1982年为太原建城1000周年，赋此志庆。

高楼联袂凌空起，九衢纵横平如砥。电车、汽车、脚踏车，昕夕奔驰如流水。古城不见见新城，聊从古籍溯历史。赵宋当年平北汉，晋阳名城一朝毁。火焚水淹无孑遗，唐明旧村辟新址。尔来倏忽已千年，几度沧海变桑田。山川形胜争拓土，太原子弟重守边。可怜屈辱赵家王，常使英雄血泪涟。金继辽后一北国，设为重镇辅幽燕。蒙元铁骑成一统，收归腹里不备边。明清两代无大故，人祸天灾仍相连。直到人民得解放，始教历史换新天。吁嗟乎！隋唐杰构古晋阳，雄踞汾上连三城[①]。宋后新城诚差逊，锦绣亦曾著令名[②]。但得政通人和睦，群力能使河岳平。低徊往事今鉴古，封建帝王何足数。今朝开辟新世纪，环顾寰宇谁敢侮！行见建设出高潮，高度文明与民主。

【注释】

①唐代晋阳城跨汾河两岸。河西为都城，河东为东城，河上为中城。

②宋天圣间，陈尧佐知并州。筑汾堤、浚湖，植柳数万株于城西。东山亦松柏成林。时人称为锦绣太原城。

京华（六首）

1983年6月，全国政协六届大会和全国人大同时召开。余寓京丰宾馆。

大 会

高楼纵目望京华，瑞气氤氲百万家。
正是人民大集会，雷音动处振天涯。

发 言

明时千载真难遇，国是几番共协商。
不比野人空献曝，刍荛尽可荐高堂。

政治报告

实事求是真至理，经济效益重当前。
综观大局抓冲要，行见一年胜一年。

中南海

帝王已扫余陈迹，楼阁重开新画图。
十亿人民仰北斗，乾坤运转看中枢。

长 城

长城不限汉江山，奇迹名扬天地间。
岭上凉风吹细雨，何妨挥汗勇登攀。

大会闭幕

两旬胜会挟风雷，波荡遥天到海隅。
但使精神变物质，八方并进争夺魁。

题傅青主法书

巧媚排除始得真，苍松古柏肖为人。
旁参篆隶知奇变，不与宋元作后尘。

1983年秋

永祚寺

1984年9月22日，宣文双塔重修落成。

双塔凌霄久，名都建设新。
游观迎世界，文化万年春。

为黄河碑林书

隐隐群山竞秀，茫茫万水朝宗。
几番风吹雨打，更加郁郁葱葱。

1984年9月

黄河（三首）

黄河来万里，咆哮出群山。
淘尽英雄业，东流去不还。

文化五千载，中原几战场。
昔年血污草，今日稻粱香。

九曲多风险，洪流泥带沙，
澄清今可待，举世看中华。

1984年10月

自　警

识广胸怀阔，静观气自平。
纷繁元历历，化育赞生生。

1984年秋

题画诗

七贤六逸皆知己，与可板桥结墨缘。
世道人心多变幻，寄情修竹寓平安。

1985年

为郑板桥纪念馆书

"七品官耳"只自嘲①，《道情》心底唱渔樵。
兰为气质竹为节，赢得人间爱板桥。

1985年8月

【注释】
①板桥有印文为"七品官耳"。

为米芾纪念馆书

弱龄即爱米家山，点染烟云溪谷间。

行草风姿谁与比，无双绝艺照人寰。

1985年9月

元遗山学术讨论会

不做江西社里人，豪华落尽见真淳。

悲歌慷慨应心折，野史情深诗史新。

1985年9月20日于忻州

谒章先生墓

西子湖边日正薰，南屏山下拜师坟。

钱塘江水浪推浪，学派承嬗代代新。

1986年6月

章先生逝世五十周年学术讨论会

五十年来世变频，学术功烈谁能论。

人生代代无穷已，死而不亡是国魂。

1986年6月

为会稽兰亭书

右军高艺谁能伪？书到兰亭妙绝伦。

堪笑二三疑古癖，成心饰智费精神。

1986年6月

哭钟子翱(二首)

1986年9月22日作。北京师范大学钟子翱教授于19日逝世，年仅60。他是对文艺理论、美学深有研究的学者。

> 天南地北分携久，历尽风波日月新。
> 愧我学行无所似，感君谦抑说姚门[①]。

> 噩耗传来心欲摧，学宫遽失栋梁材。
> 斯人斯疾天难问[②]，何处招魂归去来！

【注释】

①1984年长春古代文论会上，子翱揽臂呼我的三个研究生为师弟，并说："我们都是姚门"，使他们深受感动。

②子翱因故患癌，遂不治。

清明有感

1987年4月5日，清明节，有感于山西落后状态。

> 清明才见草生芽，北国难开二月花。
> 寄语东风须着力，但期新绿接天涯！

峨眉山

> 石磴崎岖山路奢，峰回路转水泉哗。
> 气温四季兼寒暑[①]，林带三层郁绮霞[②]。
> 身在山中迷眼力，神驰天外记年华。
> 峨眉虽好游难遍，无意参禅礼释迦。

1987年9月26日

【注释】

①峨眉山上山下温差甚大，即在炎夏，山顶仍有积雪。

②从山下到山上，树木品种不同，形成三条林带。

悼杨大钧教授（四首）

白苍山上散琴声，共话胡尘意不平。
薄暮悲歌临小院①，伊谁匕首向秦嬴！

巴渝风雪凄凉日，犹自围炉奏管弦。
最是冲寒题妙染②，山河怅望一泫然。

金瓯久缺又重完，喜值中秋月正圆。
长忆草堂音乐会③，琵琶逸响叩心弦。

造物悠悠奚汝适，嗟来桑户返其真。
人琴俱杳魂难唤，桃李芬芳是后身④。

1988年5月10日

【注释】

①原"国立女子师范学院"，隐名白苍山庄。右侧山头有小院，为单身教授宿舍。

②1943年冬，在重庆杨寓。为杨君题画多幅。他是音乐家兼画家。

③杨君渝寓，余名之为"琴韵草堂"。1945年中秋节，杨君邀友为音乐会，庆祝抗战胜利。他当时兼任"中央电台"国乐总指挥。更擅长琵琶。

④杨君从事音乐教育数十年，卒于"中央音乐学院"。

中国唐代文学学会在太原召开（三首）

悬瓮山前碧玉流，桐封故迹几千秋。
国风诗好推唐魏，奕世承嬗据上游。

屈指王朝数李唐，风流文采足芬芳。
北都形胜中都重，差比长安与洛阳。

秋高气爽会群英，三晋云山拱手迎。
文献足征唐最富，发扬光大振天声。

1988年10月

香山有怀

1989年3月28日。全国政协七届二次会议期间，余寓香山饭店。寓后半山有双清别墅，为党中央1949年4月后驻跸之处，亦即指挥百万大军渡江解放全中国处也。

西山古墅对朝霞，劫火生民忆万家。
永记元戎飞羽檄，直追穷寇到天涯。
且从小苑参苍柏，不向荒郊数暮鸦。
眼底几多忧国士，春寒催发玉兰花。

为黄州赤壁书

“折戟沉沙”迷杜牧[①]，“周郎赤壁”感东坡[②]。
山川形胜供筹策，火灭烟消逐逝波。

1989年5月

【注释】

①杜牧曾为黄州刺史，有"折戟沉沙"一绝句。

②苏东坡贬黄州团练，其"赤壁怀古"词中，有"周郎赤壁"语。

迎春有感（三首）

九十年代第一春①，琴瑟重调景象新。

骇浪惊涛曾几度，任他天末起乌云。

鱼跃鸢飞竞自由，谁能无待得风流。

乐群到底须群乐，小我膨脝大我休！

立异矜奇只自陶，无根花木必萧条。

劝君两脚踏实地②，切莫随风逐浪涛！

1990年春节前夕

【注释】

①"十、一"，二字用今读，平声。

②实，用今读，平声。

登高书赠北武当山

纵目层峦似海潮，黄河一线夕阳娇。

风雷万里撼山动，始觉危峰脚底高。

1990年

题画梅（二）

邓尉梅林傍太湖，当年香雪满山隅。

而今禹域开新史，应增梅花一万株。

1990年

悼钱穆教授（三首）

　　1990年8月30日，钱宾四先生逝世于台北寓所，享年97岁。9月5日作此。寄《人民政协报》发表。

先生橡笔裁文史，我亦忘年忝定交①。
避寇西南到岭峤，滇池浩渺翠湖娇。

甜食时时呼共尝，青云街上翠湖旁。
浚清冤逝左耕化②，回首当年欲断肠。

一代学人归道山，东南望断倍凄然。
等身著作存遗产，沾溉神州裕后贤。

【注释】

　　①钱先生长我19岁。当时他除在云南大学任教外，还兼着《云南省志》的主编。寓所即在翠湖公园省图书馆内。

　　②浚清，李源澄，史学家，西南师院教务长。左耕，诸祖耿，南京师院教授。皆章门弟子。

为徐松龛纪念会书

居官不屑为身谋，宠辱不惊无怨尤。
世界通观真卓识，瀛寰一志足千秋①。

1990年12月9日

【注释】

①徐著《瀛寰志略》，影响甚大。

禹 门

1991年5月，因事赴河津，遂重游禹门。

当年禹庙无踪影，今见凌空架两桥。
天险从兹成往事，任他骇浪与惊涛。

贺辽金文学讨论会于大同

夷夏消长八百年，辽金继起到蒙元。
文明文化一传统，锦绣中华异代延。

1991年10月于大同

山西大学建校九十周年题词

1992年6月应《学报》请。

峥嵘故国非乔木，建设新猷首育才。
九十年华勤总结，同心协力登春台。

壶口瀑布之二

风从不周起，水自昆仑来，咆哮到壶口，山崩地裂开。飞流三千尺，雨雾挟风雷。泥与沙俱下，浩荡不可回。

1993年5月

八十自述

八十之年，忽焉已至。

蓦然回首，恍如隔世。

坎坷蹭蹬，曾无芥蒂。

不见成功[①]，忧思难已。

寄情文史，余力游艺。

聊以卒岁，忘年存义[②]。

1993年7月

【注释】

①《庄子》："终身役役而不见其成功。"

②《庄子》："忘年忘义。"此反其意，谓义不可忘、不能忘也。

论书（四首）

太原公子兼文武，书到贞观接二王。

独喜清臣多骨鲠，柳家瘦劲亦流芳。

苏黄米蔡互低昂，行草酣恣各自雄。

妩媚圆熟赵孟頫，相沿成派女儿风。

手挽狂澜非复古，山人笔下见新姿。

名公矫枉赓双楫，博雅方能树异旗。

重帖轻碑骨力微，抑帖扬碑亦奚为！

兼收博取形神具，无事矜奇自出奇。

1993年10月

题画竹

虚心劲节誉无益，皮厚腹空毁亦难。
我自逍遥我自适，不劳外物横相干！

1993年11月

自　适

六十年前笔下功，老来重见画图中。
山川次第及兰竹，自适非矜晚照红。

1993年11月

偶　作

莘野渭滨不计年，囊锥弹铗枉争先。
平生行止唯求己，宠辱由他听自然。

1995年4月

引黄济晋工程（六首）

莽莽群山岩谷幽，横穿山腹造河流。
渡槽隧洞通千里，要引黄龙作马牛。

壶口龙门禹首功，"烝民乃立"九州同。
千秋伟业谁能嗣，今日引黄气势雄。

郑国西门蜀李冰，通渠导水建殊功。
引黄大业超千古，敢让前贤拜下风。

秦筑长城隋运河，侈心虐政积冤多。
引黄利世非昔比，万户千家唱赞歌。

劲旅强兵冒暑寒，义无反顾勇攻坚。
为民造福全忘我，拼搏精神万古传。

黄土高原水雨稀，黎民生路陷危机。
引黄决策回天地，万壑千岩听指挥。

1995年5月11日

《文学遗产》创刊四十年

文明古国几千年，灼灼群星丽九天。
世事沧桑存艺苑，人情忧喜入华篇。
宝珠出土辞溟海，美玉开山散日烟。
辛苦耕耘四十载，继承发展更光鲜。

1995年10月7日

宁　武

塞上孤城宁武关，今朝岁月换新天。
层峦叠嶂藏林海，废垒荒台绝燧烟。
民族融和争建设，山河壮丽供留连。
不须怀古思廉李，汾水天池亿万年。

1996年7月

天　池

天池拔海两千米，明镜平开照太空。
我欲乘槎寻奥秘，一风吹入广寒宫。

1996年7月

论　书

蚕尾蚕颈别样工，承先启后各开宗。
"柳家新样元和脚"，奇巧从容矩矱中。

1996年10月

庆香港回归

城下之盟耻辱多，而今光复旧山河。
止戈为武崇尊俎，万众齐声唱凯歌。

1997年4月

北京大学百年校庆

德先生与赛先生，风雨鸡鸣警世声。
领袖群伦卅世纪，不徒文教育才英。

1997年10月

赠霍松林

秦陇青云士，文章一代雄。
盈门桃李艳，高咏接唐风。

1998年1月8日

题董寿平书画集

北苑烟岚来笔底，香光翰墨掌中收。
苍松老竹明高节，德艺双馨照九州。

1998年3月

澳门回归

故国阳光普，明珠次第还。
炎黄同此愿，一统待台湾。

1998年12月

题双塔

标高超汉阙，望远胜秦台。
双塔凌霄矗，好风八面来。

1999年6月20日

应邀为张汉卿将军百年华诞题

失地谁当罪，将军肝胆伤。
西京兵谏后，南国谪迁长。
伫看天风变，卧听海啸狂。
故园今日好，心定寿而康。

1999年6月

送梁归智赴大连

海畔名城景色殊，忘言得意即蓬壶。

太行挥手遥相送，咫尺天涯德不孤。

1999年8月

山西大学新文学院赞

世界中文热，文明文化赊。
道延今禹域，魂断古希腊。
桑海惊千变，承传总百家。
春风从此大，时雨茂繁花。

2000年6月15日

修养赞

涤除浮躁归沉静，自是勤休第一功。
一似大军得统帅，指挥若定气如虹。

2000年12月

为辽金博物馆题

正史不排辽与金，文明文化结缘深。
元清拓土开新统，九万五千壮古今。

2003年1月5日

九十抒怀（五首）

三十四年漂泊身，南明河畔得相亲。
不期五十六年后，尚有刚强两老人。

黔山风月滇池花，三载已成四口家。

喜见新邦如日出，北归骋望一天霞。

孳孳兀兀矢忠诚，劫难频临路不平。
风雨晦明无反顾，相知相濡更相撑。

浩劫十年磨炼久，妖氛一扫见朝阳。
苦中甘苦四儿女，展翅腾飞各自强。

满眼江山满眼新，平生志气一朝伸。
不言衰老循规律，国富家兴遍地春。

2003年6月

九十自省

未能息以踵，九十不薪期。
德业愧前哲，尊闻行所知。

2003年6月

论书绝句续（二首）

篆隶独擅邓石如，微嫌文字欠功夫。
单从古篆论翰墨，宁向江东看二吴。

吴中才士竞风流，近较宋元尚不侔。
汉魏遗踪难梦见，绮罗粉黛喜相求。

2003年10月

大鼎铭

赵简子墓出土大鼎，新摹铸扩大，重二千五百斤，置龙潭公园。

稽古神禹，铸鼎安民。
自时厥后，鼎彝是尊。
赵氏辅晋，霸业斯昌。
裔孙简子，城此晋阳。
沉沉遗鼎，可纪可因。
袭形取义，革故鼎新。

2003年10月6日

重读李义山诗

蒿目时艰感慨多，绮罗锦绣作烟萝。
微词不必非獭祭，曲解诗谜莫奈何。

2004年

补论诗绝句

山石罢歌歌石鼓，雄浑恣肆未曾有。
"怪词惊众"浪追求，马异卢仝牛马走。

2004年元月14日

有怀宋谋场（二首）

耿直如君有几人，胸无城府尽天真。
博通文史擅吟咏，栋折明时志未申。

相交莫谓淡如水，谈史论文味未穷。

不管东邻西舍事，唯关世道与民风。

2005年5月

梦　醒

两年一入梦，谈笑如平时。

魂飞魄已散，何处觅相知！

2006年5月

姚文贞①公颂

忧国忧民忧社稷，文贞德业最堪思。

浮沉黜陟全忘我，一代名臣百世师。

2006年6月5日

【注释】

①文贞，是姚崇的谥号。他是唐高宗、武后、玄宗三朝宰相。屡贬、屡起，终辅成开元之治，两《唐书》"本传"并云：卒谥"文献"。但和他同朝做过宰相的张说，在给他撰写的《神道碑》中却说"谥文贞"。这碑是奉皇帝敕命写的，不会有错。所以应以"文贞"为是。

为应县木塔题

浮图到处有，木塔举世孤。

玲珑崔巍秀，光耀照天都。

2006年

黄鹤楼征诗有感

眼前有景道不得，太白当年也自谦。
黄鹤楼高题咏遍，只宜吟望不能添。

2007年

自　儆

行年九十五，自儆怀卫武。
以此树家风，可大亦可久。

2008年

九五感慨

行年逢九五，不是占龙飞。
载誉易成亢，大音故希声。

2008年

序言篇

《山西历代诗人诗选》前言

一

诗歌，在中国文学史上占有十分重要的地位，它以众多的作家、丰富多彩的作品，为中国文学以至世界文学做出了巨大的贡献。作为整个国家一部分的山西，在这一巨大贡献中，也起了一定的、应有的作用。

远在四千年前原始社会末期虞时代，在今天的晋南一带，已流传有不少诗歌。虽然《卿云》、《南风》、《击壤》等歌，多出后人之手；"明良"、"起熙"诸章，载于《尚书》①，仍不能全信。但是《大章》、《大韶》、《大夏》等乐章，却屡被先秦典籍所称道②，它们的存在，应该不是无稽之谈。《论语》载孔子听到《韶》（即大韶）乐，称赞道："尽美矣，又尽善也"；听到《武》（即大武）乐，则说："尽美矣，未尽善也"。孔子所听的《武》乐，是有歌辞的，现存于《诗经·周颂》；以此例彼，他听到的《韶》乐，也应该是有歌辞的。说明孔子时期《韶》、《夏》等乐的歌辞还存在。那该是山西最早的诗歌了。只是到秦汉以后，这些古歌才湮没无闻而已。

上起周初下迄春秋中叶的诗歌——原称《诗三百》、汉以后称为《诗经》的一部总集，是中国文学史上的瑰宝。其中包括15个地区的"风"，共160篇，占《诗经》全书的半数以上。其属于今天的山西的《魏风》7篇、《唐风》12篇，又约占"风"的12%。值得重视的是，《魏》、《唐》两部分的19篇诗，在思想上、艺术上所达到的高

---

① 此歌三章见于《尚书·益稷》。《益稷》原属《皋陶谟》，和《尧典》一起，都是周代史官追叙。真实的程度，还有待证明。

② 《论语》、《墨子》、《庄子》、《荀子》各书，都曾提到。

度，完全可以作为"风"诗和全部《诗经》的代表而无愧色。像《伐檀》中"不稼不穑，胡取禾三百廛兮；不狩不猎，胡瞻尔庭有县貆兮"那样的质问，像《硕鼠》一开始"硕鼠硕鼠，无食我黍"的尖锐的指斥，既是当时阶级矛盾的具体反映，又是在残酷剥削压迫下劳动者的反抗呼声，而且还寄托着他们追求"乐土"的幻想。这是"三百篇"时代的最强音！《诗经》中写行役的诗很多，而《陟岵》一篇，却充分体现了这个无名作家写作方法上的创造性。作者不是直写行役者如何怀念亲人，而是从行役者的想象中写亲人怀念自己，同时再现了临别时父、母、兄对他的嘱咐告诫。因此，此诗所反映的，不仅是行役者自己的苦，而是全家的苦，也代表着劳役重压下人们共同的苦难。每章末两句还隐含着一定的反抗意识。仅此一例，已可以看出这些诗所能达到的艺术水平。所以，《魏》、《唐》二风的存在，为《诗三百》争得光彩。

二

汉代是中国历史上第一个强大的帝国，而文学上代表它的却是辞赋。辞赋虽也可以算是广义的诗歌，但用诗歌标准来要求它，却会发现不少矛盾。因为无论从艺术构思上还是表现手法上，二者都有显著的不同。所以这里不再赘及。真正汉代的诗歌，以"乐府"为总汇。可惜今天存在于《乐府诗集》的歌子，却已不是当时收集的全部。《汉书·艺文志·诗赋略》所载"乐府"采集的诗歌，有"代"、"雁门"、"云中"的"歌诗"，有"河东、蒲反"的"歌诗"，而这些晋北、晋南的作品，却都没有保存下来。现存于《乐府诗集》的一首《雁门太守行》，是歌颂"洛阳令王君"的，与"雁门"无关。可见原诗佚失了。另有两首《饮马长城窟行》，其一无名氏，内容谈的是一般离情，与"长城"无关，显然不是本辞；另一篇署名为陈琳，首言"饮马长城窟，水寒伤马骨"，接着便用对话（以书信对话）形式，写出修长城的"太原卒"和家乡妻子在无尽的劳役压迫下的绝望的呼声。显然这才是乐府本辞，是晋地民歌，不是陈琳的作品。而前一首写远离家乡，还提到"海水"的，倒像是广陵人在冀州袁绍幕下的陈琳的作品，但尚无法证明。

东汉以来，从乐府民歌中创造出的五言诗，大大发展；魏晋以后，五言诗走向全盛。从黄初到太康，士族门阀统治逐渐形成，大批的专业文人出现，诗的艺术技巧很快提高，而形式主义倾向也越来越明显，对偶、辞藻成了不少人追求的目标，而太原孙楚却颇能卓然自立。他的诗虽然存世不多，但"零雨之章"，屡被称道①，其名也列入《诗品》。今天看来，他的四言《反金人铭》，还更值得重视。"江左文士，以孙绰为冠"②。孙绰是孙楚的孙子，是永嘉以来"玄言诗"的代表。"理过其辞"③是这派诗的共同特点，而"平淡之体"④，却也未尝无可取之处。这期间出了一位杰出的诗人，就是闻喜郭璞。和阮籍的《咏怀》、左思的《咏史》齐名的是他的《游仙诗》。因它名为"游仙"，实是"咏怀"，刘勰评为"挺拔"，锺嵘称其"慷慨"，甚至推为"中兴第一"⑤。当然从诗歌的发展看，是有道理的。

自此以后，南朝诗风进一步向靡丽的方向发展，而北方长期战乱，文化摧残殆尽，屈指可数的仅温子昇、魏收、邢邵等人。其中温子昇祖籍太原，诗虽平常，却名重一时。后期由齐入周到隋的汾阴（今万荣县）薛道衡，实为北方文学重镇。他使陈时所写"入春才七日，离家已二年。人归落雁后，思发在花前"（《人日思归》）五言四句的小诗，不但被誉为"名下无虚士"⑥，而且真可以睥睨齐梁！

---

① 见《诗品序》和《南齐书·文学传论》。

② 见《诗品》卷中。

③ 见《宋书·谢灵运传论》和《诗品》卷中。

④ 见《晋书·孙绰传》。

⑤ 见《诗品》卷中。

⑥ 出自《小说传闻》。

三

　　唐代的强大，在历史上是空前的，诗歌的繁荣也是空前的。一般把唐代称为诗歌的时代，其成就之大，远非别代可比。随着诗歌发展的进程，山西籍的诗人，在各历史阶段，常起着领袖群伦的作用。初唐时期，"齐梁余风"仍占统治地位，而龙门（今河津县）王绩，却追踪渊明，独树一帜。永徽以后，"齐梁"衰蜕，新体萌发，而促进这种转化的是"四杰"、"沈宋"。"四杰"之中，以龙门王勃为首；沈、宋齐名，而汾州（今汾阳县）宋之问差高。他们的功绩，首先是完成了新体诗——律诗，其次是通过写作实践，使这一新体从内容到形式、风格，都具有了全新的气象。王勃的"海内存知己，天涯若比邻"（《送杜少府之任蜀州》）的诗句，用那样精炼[①]的语言，高度概括了人生的无限感慨，遂使千百年后依然能够活在人们的心目中。

　　以开元天宝为中心的五六十年的盛唐时代，是大唐帝国从极盛到衰落的转变时期。这一时期，诗坛上人才辈出，百花齐放，以李白、杜甫为前、后期的冠冕，而驰骋于全国诗坛的山西诗人有晋阳（今太原市西郊）王翰，绛州王之涣、之咸、之贲兄弟，太原王昌龄，祁县王维、王缙兄弟。在一定程度上可以与"李杜"抗衡的，首推王维和王昌龄。王维是有多方面成就的大诗人：他的五律最胜，五绝尤妙；五、七言古歌行，都达到很高的水平；七言绝律较少，也仍有很动人的作品。他的《夷门歌》、《老将行》、《陇头吟》一类歌行和《出塞作》、《塞上》、《塞下》、《从军行》、《少年行》一类律绝，都是以边塞、战争为内容，并充满着悲壮豪侠的气概。但人们却一致把他看作山水田园诗派的代表，这和他在严酷现实考验下的转变分不开，也由于他的存诗中山水田园诗约占380首的百分之六七十这一事实。他的这类诗，全不同于谢灵运等人的模山范水、

---

　　① 编者注："精炼"同"精练"，下文同。为尽量保留原文早年面貌，故此。

以藻绘为工，而有同于陶渊明、王绩的不假雕饰、自然亲切。尽管他后期的学佛生活消极性很大，但他的贡献，却是在诗歌领域内开辟了一个新的境界。他以清省明净而精粹的语言，传达出一种淡远、幽静的意境，使人有清新之感。由于他是音乐家、画家，善于捕捉住自然和人世中美的东西，融化到艺术中来，因而他的诗也就别具一格。它给人的美感，不在于形而在于神。后人称李白为"诗仙"，杜甫为"诗圣"，王维为"诗佛"，姑不论其是否准确，但可说明王维诗的主要倾向为李、杜所无，因之，他可以与李、杜并列。王昌龄和王维同时，一般被认为是边塞派诗人。就他的存诗来看，边塞题材的确不少。但他和高适、岑参大有不同。高、岑等人写边塞诗，大都用七言歌行，而王昌龄主要使用五古和七绝。特别是七绝，他所达到的高度，一时除李白外，无与伦比。他的诗存在的虽只有170多首，但意境之开阔，情感之深挚，意气之昂扬，文字之洗练，能给人以独特的感受。他的传诵入口的"秦时明月汉时关，万里长征人未还。但使龙城飞将在，不教胡马度阴山"（《出塞》）反映了人民抵抗侵略的迫切要求和战胜敌人的信心，也体现了高度的艺术概括。他写的其他题材的绝句，如宫、闺之类，也非一般写同类题材的人所可比，而送友人的"寒雨连江夜入吴，平明送客楚山孤。洛阳亲友如相问，一片冰心在玉壶"（《芙蓉楼送辛渐》）中的"冰心"、"玉壶"，不但可以代表他的人，也可以代表他的诗。他被时人称为"诗家天子"[①]，可见其得名之盛。和王昌龄同样有名的绛州（今新绛县）王之涣，以"歌从军、吟出塞"出名，他的诗"传乎乐章，布在人口"[②]，但由于没有编辑，几乎完全散佚。现存的只有五绝四首、七绝二首而已。这六首诗都很好，而《登鹳雀楼》和《凉州词》直到今天还被人传诵不绝。比王昌龄、王之涣年岁稍长一

---

① 见《唐才子传·王昌龄传》。旧引都作"诗家天子"，古典文学出版社本却作"诗家夫子"。

② 见靳能所撰王之涣的《墓志铭》。

点的王翰，以豪侠著名，其诗也和他们相类。他的"葡萄美酒夜光杯……"(《凉州词》)和李白的"朝辞白帝彩云间……"(《早发白帝城》)、王维的"渭城朝雨浥轻尘……"(《渭城曲》)、王昌龄的"秦时明月汉时关……"(《出塞》)，都被后人推为唐诗的压卷之作。他们共同的创作努力，充实了盛唐的诗坛。

中唐以大历、元和为两个重点。大历间的诗人，大抵承盛唐余波，但波澜已没有那样壮阔，气魄已没有那样雄伟，内容已没有那样广泛，艺术上精炼有余而创造不足。这和安史之乱后，社会矛盾进一步深化而表面上却暂趋平静相一致。这时的代表诗人，是所谓"大历十才子"。《唐书·文艺传》所载"十才子"以蒲州(今永济县)卢纶为首。卢纶有诗五卷，大多是和友朋的唱酬赠答之作，虽也不乏佳句，但最值得重视的，则是一些绝句。《塞下曲》六首，可以和盛唐边塞诗相比，《逢病军人》一首，四句诗却能把人物的行、住、旅途、哀吟、创伤都反映出来，而作者的同情则意在言外。另一个河东(蒲州治所今永济县)人耿沣，也名列"十才子"内。他的七律《路旁老人》写得质朴无华而自然感人。卢、耿的好友"十才子"以外的名诗人畅当，也是蒲州人。畅当的"迥临飞鸟上，高出世尘间。天势围平野，河流入断山"(《登鹳雀楼》)把山川形胜写得何等具体！另外，解州(今运城)柳中庸的《征人怨》："岁岁金城复玉关，朝朝马策与刀环。三春白雪归青冢，万里黄河绕黑山。"没有说"怨"而"怨"在言外，读起来仿佛读王昌龄、王翰的名作。

元和时代，号为唐代中兴。实际除表面上恢复政权统一外，各种社会矛盾全未解决。这就给有志之士提出了改革的任务。与政治改革的要求相适应，散文上有"古文运动"，诗歌上有"新乐府运动"。解州柳宗元，在他参加的永贞革新失败之后，又成为"古文运动"的主将。同时，他不但是伟大的散文家，而且是卓越的诗人。

他认为诗歌的目的是"导扬讽谕"①，必须有"比兴"、"兴寄"②，这和白居易的"歌诗合为时而作"强调"风雅比兴"③，完全一致。他的诗，曾被人归入山水田园派，其实他和陶、"王孟"等人根本不同。尽管他的确有不少山水诗，也有田园诗，但他的山水诗的特点却往往给山水以人格，寄寓着自己真挚的感情。他的三首《田家》，更不是一般的田园诗，而是反映了已不同于盛唐时代农民的更深的苦难，包括丰收的年岁在内。它是和杜甫、白居易写社会现实的诗共呼吸的。更突出的是他指斥时事的诗，如《东门行》、《行路难》等是用乐府古题写新诗；而《跂乌词》、《放鹧鸪词》等又是用寓言方式写的诗，更是一种创造，不只如："一身去国三千里，万死投荒十二年"（《别舍弟宗一》）、"岭树重遮千里目，江流曲似九回肠"（《登柳州城楼寄汀漳封连四州》）一类抒情诗的沉郁顿挫、感人至深而已。柳宗元好友河中（今永济县）吕温，不以诗名，《唐书》本传说他"天才俊拔，文采赡逸"，他在一首留别诗中写道："布帛精粗任土宜，疲人识信每先期。今朝别后无他嘱，虽是蒲鞭也莫施！"（《道州将赴衡州赠别江华毛令》）他要这位毛县令对人民连蒲鞭也不要用，这是多么深切地体贴到人民的痛苦而抒发这一出自肺腑的声音啊！这种诗是不需要修饰的。

晚唐政权逐渐走向崩溃，社会矛盾更加尖锐复杂，反映在诗歌发展上，是派别甚多而成绩不高。当时驰名诗坛的是"李（贺）杜（牧）"、"温李"。太原温庭筠与李商隐齐名。他的诗，深隐不及李，而清丽过之。特别是七律：怀古、抒情诸作，精炼工妙、抑扬顿挫，艺术感染力很强。这里还要指出的是：温庭筠在文学史上的作

---

① 见《杨评事文集后序》、《答贡士沈起书》。
② 同上。
③ 见《与元九书》和《读张籍古乐符》。白居易自称太原人，实际是他的七世祖已迁韩城，曾祖迁下邽，他生在新郑。一般称他为下邽人，已是原籍，根本谈不上太原。所以他的诗，不选。

用，不仅在于诗而更在于曲子词。他是唐代第一个写词的专家。他把这一长短句的新体讲格律的乐府诗，提到诗歌史上的重要地位。从此以后，文学史上便出现了无数词人。但因为他写词主要是供歌女们唱的，他"能逐管弦之音，为侧艳之词"①，所以艳情便成了他的词的主要内容。这对后来词的发展影响很大。后人评他的词，有的说"精妙绝人"②，有的说"神理超越"③，而说他的词"意中之意，言外之言，无不巧隽而妙入"④，才说出了他艺术上的真功夫。晚唐的山西诗人，值得注意的，还有晋阳（今太原市）唐彦谦和蒲州的聂夷中。唐彦谦是学李商隐的，但作风却倾向于清浅；聂夷中继承了白居易等面向现实的传统，特别是写农民生活，他笔下农民的苦，较之中唐更严重了。传诵的《咏田家》、《公子行》等诗，都通过很平常的一两点现象，就深刻地反映了社会问题的实质。唐朝亡国前后，还出了一个著名诗人司空图。他不要求诗人面对现实，也不追求辞藻工丽，而高谈"韵外之致"、"味外之旨"（《与李生论诗书》）。这固然和他逃避现实的生活有关，但同时也是对诗歌创作理论的研究总结。他的主要贡献是著《诗品》一书。他的二十四品论，尽管难免片面狭隘之诮，但其对诗歌的风格和对形、神的关系的见解，却有深刻独到之处，丰富了古代的诗歌理论。

四

经过五代迄宋初的分裂战乱，北方，特别是山西，文化受到很大摧残，城市繁荣也遭到严重破坏。因之，诗歌作家，寂寞少闻。像文彦博、司马光、赵鼎，都不能算是诗人或词人，不过较重要的，当然还是夏县司马光。他是著名的历史学家，诗、词为其余事。他

---

① 见《唐书·温庭筠传》。
② 见刘熙载《艺概》。
③ 见周济《介存斋论词杂著》。
④ 见汤显祖《评花间集》。

的诗不同于风靡一时的"西昆体"，而接近于梅尧臣"以文为诗"的"平淡"作风。这后来成了"宋诗"的共同特点。由于他以正统的儒者自命，所以诗中常带有儒家的说教，开了理学诗的先声。需要指出的是，他作诗很严肃而写词却不这样，试看"宝髻松松挽就，铅华淡淡妆成"，"相见争如不见，有情还似无情"（《西江月·佳人》），不是标准的艳词吗？从这点看，他代表着一般宋人以词为"艳科"的趋势。在词全盛之后的南北宋之交，闻喜赵鼎，以名相也善填词著称。他在国家危亡之秋，感时忧国，发而为词，激昂慷慨，为南宋爱国主义词的先驱。作品虽不多，还是值得重视的。

宋室南渡，北方建立了女真族的金政权。由于民族的同化很快，汉族文化继续发展，于是出现了不少诗词作家。他们的作品《中州集》[①]为其总汇，《河汾诸老诗集》[②]为补充。而能够代表这一时代的大诗人是秀容（今忻州）元好问。他的诗各体皆备而尤长于七古和七律。他吸取杜甫以来的各家之长，重新熔铸，特别在反映社会问题、民生疾苦的深刻上，可以超过宋代的苏轼、陆游。"网罗方高悬，乐国果何所！""食禾有百螣，择肉非一虎！"（《雁门道中所见》）"大城满豺虎，小城空雀鼠。可怜河朔州，人掘草根官煮弩！"（《寄赵宜之》）"白骨纵横似乱麻，几年桑梓变龙沙！"（《癸巳五月三日北渡》）真写得惊心动魄！七律中《岐阳》三首、《壬辰……即事》五首等，悲愤、沉郁，可与杜甫晚年作品比肩。他的《论诗》三十首，主张"古雅"、"天然"、"纯真"、"慷慨悲壮"，反对各种单纯的形式追求，在诗歌理论上，占有重要地位。元好问除诗而外，词也独步当时。他本来是学周邦彦的，而所处的社会现实，使他放弃了绮罗芳泽之态而大抒悲慨抑塞之情。后人评他的诗"兼杜韩苏黄之胜，俨有集大成之意"；词"疏快之中，自饶深婉，

---

① 元好问所编，保存了金代的诗歌资料。收录了249人的作品。
② 房祺编，收录了平阳一带8个诗人的作品。

亦可谓集两宋之大成"。①虽属评价过高，但元好问的出现，无疑使金元时代的诗坛，放出了光彩。其他金代诗人：高平（今高平县）李晏，兴州（今兴县）刘昂，吉州（今吉县）冯延登，定襄（今定襄县）赵元，陵川（今陵川县）秦略，稷山（今稷山县）段克己、成己兄弟，都有一些反映现实的有意义的作品。

蒙元灭金、灭宋后，重新建立了统一的帝国，但战争破坏是空前的，统治残暴是空前的，民族压迫也是空前的，因而除起于民间的杂剧外，传统文学十分衰落。在山西，可数的仅有郝经，后有萨都剌。陵川（今陵川县）郝经，早年投靠了还未即帝位的忽必烈，但对故国故族之思，常戚戚于心。他的《白沟行》、《青城行》一类诗，都写得十分沉痛，与遗民无异。他是元好问的学生，诗的风格亦多类似。雁门（今代县）萨都剌，是诗人又是词人。他的诗，有反映农民冤苦的，也有反映蒙古贵族骄奢的生活的，而《纪事》一首，直接揭露图帖睦耳（文宗）阴险地杀害他哥哥明宗的罪行，非常大胆！他的词，曾用《满江红》和《念奴娇》两个调牌，写在南京所发的怀古之情，慷慨悲凉，可以追步苏东坡。这个北国诗人，在当时荒芜的诗坛上所发出的声音，令人有夜半荒鸡之感。

元代杂剧盛行，而在山西就出现了解州（今运城）关汉卿②、隩州（今河曲县）白朴、平阳（今临汾）郑光祖、太原乔吉等几大家。而这些杂剧大家，也都是散曲的作者。散曲是在词的基础上发展的一种新体诗。他们在作杂剧之余，又在这种新体诗上做出了成绩。不过散曲和初期的词一样，内容只限于抒情而且以艳情为主。因此，散曲就只能在狭隘的范围内给诗歌增加一点色彩而已。像关汉卿的《南吕·一枝花·不伏老》散套，既充分体现了散曲空前的艺术魅力，也通过它的艺术塑造把关氏自己的生活、性格、思想、感情

---

① 见刘熙载《艺概》。

② 关汉卿的籍贯，旧有三说。解州说是据《元史类编》、《山西省志》和《解州志》，较其他二说有力。

表现出来，这是别的诗体很难做到的。白朴曾为元好问所抚养，他善作词，有《天籁集》[①]，作风受元氏影响，苍凉悲壮，常寓有人生之痛。从"千古神州，一旦陆沉，高岸深谷"（《石州慢》），"可惜一川禾黍，不禁满地螟蝗"（《朝中措》）一类词中，足见他的怀抱。但他的曲，却呈现出另一种面目。像"红日晚霞在，秋水共长天一色。塞雁儿呀呀的天外，怎生不捎带个字儿来"（《德胜乐》）写得何等清新！散曲到了郑光祖、乔吉，又已走向雕琢字句的道路。像乔吉的"风吹丝雨噀窗纱，苔和酥泥葬落花，卷云钩月帘初挂，玉钗香径滑，燕藏春、衔向谁家"（《水仙子·暮春即事》）可见一斑，这就为后来的散曲开创了秾丽的一派。

五

明代重新建立了汉族的政权，但政治控制的严密，大大超过了唐、宋，文人们的自由是不多的；再加上科举制度又给读书人戴上了一重桎梏，活泼的思想也很少了。除不登大雅之堂的小说和部分戏曲外，传统文学方面，我们能看到的，就是一次一次的复古，什么"台阁体"，什么"前七子"、"后七子"，什么"文必秦汉，诗必盛唐"，甘心被古人牵着鼻子走；即使如唐顺之、归有光等提倡的"唐宋八大家"和提倡"秦汉"、"盛唐"的前后七子比，也不过五十步与百步之间而已。于是，"公安"、"竟陵"的性灵小品，就算多少有点清凉之意了。所以明代的诗歌，作者虽不少而很少有创造性。在这种情况下，再加上别的因素，山西文风更是衰落，一直到清代都是如此。钱谦益曾编过一部《列朝诗集》，提到的作者达两千人，而山西籍的只有七八个名字。河津薛瑄、乐平（今昔阳县）乔宇、沁水常伦、代州（今代县）尹耕、潞安（今长治市）栗应宏等，就是多少有成就的了。这些人受南方为中心的各种复古潮流影响较小，虽没

---

① 《天籁集》是词集，散曲附后，称为《摭遗》。

有成大名，但却较能自由地进行写作。最重要的首先是薛瑄。他是以理学著名而确实是有些骨气的官僚，但"自喜为诗，所至观风览古，多所题咏"，"河汾诗集，多至千余篇"①。他的《家山杂咏》五首，语多慷慨，为乡土风光增色。《拟古》四十一首，高处可追子昂、太白，但不是字句的摹拟②。他不是专业诗人，所以能卓立诗坛风气之外。乔宇有盛名于正德、嘉靖之间，李梦阳和他是朋友，他的诗集为王世贞所序刻，但诗不算太好。只有常伦，好骑射，喜游侠，豪气纵横，诗亦如之。他的"吊淮阴侯诗"，即《过韩信岭》，一直为时人所称颂。但他的成就主要在散曲而不在诗。当时的散曲家大半是南方人，而常伦出现在山西的沁水，以奔放壮丽的风格独树一帜。他写道："惊残梦、数竿翠竹，报秋声，一叶苍梧。迷茫远近山，浅淡高低树。看空悬泼墨新图。百首诗成酒一壶，人在东楼听雨。"（《沉醉东风》）不但写景如画，而且如见其人。

　　由满族建立的中国最后一个封建帝国清代，它的政策和元代不同。元代只收买少数知识分子为它服务，而清代则在大力镇压的同时，又大力怀柔拉拢。尤其康熙、乾隆、嘉庆时期一百多年的安定，使文化在它准许的范围内大大发展，而传统文学：古文、诗、词、曲之属，也都很快繁荣起来。问题在于：这种繁荣和明代相似，总不出摹古、复古的范围。在诗方面，他们或"宗宋"，或汉魏唐宋都学，出现了大量的假古董；有的提倡"神韵"，有的提倡"格调"，有的提倡"性灵"③，理论上各有不同。在词方面，也是或学苏、辛，或学玉田，或学姜、张④，重在形似而湮没了性情。需要指出的是：这一时代的山西，仍几乎没以诗词成名的人。但也惟其如

---

①　见钱谦益《列朝诗集小传》。

②　编者注："摹拟"同"模拟"，作"仿效"之意时，"摹"同"模"，下文同。为尽量保留原文早年面貌，故此。

③　倡"神韵"的是王士禛，倡"格调"的是沈德潜，倡"性灵"的是袁枚。

④　学苏、辛的以陈维崧为首，学玉田、张炎的以朱彝尊为首，学姜夔、张炎的以厉鹗为首。

此①，才使我们看到一些不是诗人的诗，倒还有些朴素、真实的特色。头一个是阳曲（今太原市）傅山。他以明代遗民、民族志士、学者、医学家、书法家、画家而作诗，利用固有的诗歌形式，写自己的怀抱。假如说他的"细盏对僧尽，孤云闲自观。饥来催晚食，苦菜绿堆盘"（《红巢》）是表现他的退隐心情和生活的话，那"风雨诗何壮，冈峦气不奴"（《太行霜》）就更表现了他不与现实妥协的硬骨头精神。人和诗都如此。惟一②可以称为诗人的是蒲州（今永济县）吴雯，他的《莲洋诗抄》中，好诗不少。像《虞乡口号》二首，写乡土风光、风习，很亲切，而"云深石磴险，月落草珠明，一失孙阳后，监车处处程"（《太行山早发》）和《古意》、《宿吴山寺》、《明妃》等诗，都寄托着不得志的失意之感。其他像蔚州（今灵丘县）魏象枢的《剥榆歌》，静乐李銮宣的《推车谣》、《卖子谣》，寿阳祁寯藻的《采棉行》、《打粥妇》，都是有所为而作，不是为作诗而作诗的诗。鸦片战争，使中国社会的阶级矛盾和对帝国主义侵略者的民族矛盾，交错在一起，祁寯藻于此便写了《新乐府》三章、《闻道》、《感事》等诗，来拥护禁烟、反抗英敌。此后，像太谷曹润堂的《有酒》、《太谷竹枝词》、《新丝叹》盂县薛所蕴的《垦荒词》等所反映的东西，是既有阶级矛盾，又有新的民族矛盾的。这是时代的声音，与当时诗坛标榜的"同光体"③相比较，无疑是更有价值的。

　　山西大学中文系古典文学研究班编写的《山西历代诗人诗选》完成之后，大家觉得有必要对这些作家、作品，做一历史的、系统的论述，给读者一个较为完整的概念。因此，我写出了个人一些不成熟的看法如上。谬误之处，尚有待于高明的指教。

1980年1月26日

---

　　①　编者注："惟其如此"同"唯其如此"，下文同。为尽量保留原文早年面貌，故此。

　　②　编者注："惟一"同"唯一"，下文同。为尽量保留原文早年面貌，故此。

　　③　"同光体"是以陈三立、郑孝胥、陈衍等人为中心，主要是学宋诗的一个派别。由于盛行于同治、光绪间，所以称为"同光体"。

《咏晋诗选》前言

"晋国天下莫强焉！"这句话是战国中期魏惠王在孟轲面前对旧日晋国的怀念，也是作为"三晋"之一的魏国君主的历史自豪感——尽管他已有感于今不如昔。的确，从春秋时代起，两千多年的历史长河中，晋、三晋——也就是山西的地位，对全国，特别是对河汉、江淮间的广大地区来说，是十分重要的，这主要和它的地理形势分不开。清代顾祖禹认为山西的形势是"表里河山"，"最为完固"，他说：

> 其东则太行为之屏障，其西则大河为之襟带，于北则大漠阴山为外蔽，而勾注、雁门为之内险，于南则首阳、底柱、析城、王屋诸山，滨河而错峙，……汾、浍萦流于右，漳、沁包络于左……
>
> ——《读史方舆纪要》卷三十九

这里还没有提太岳、吕梁、恒山、五台、滹沱、桑干诸山川，但已给人以宏伟雄壮的感觉。所以，这个左冀、鲁，右秦、陇，处于边防要冲的高原，在历史上曾作为中原的屏障而保护过人民的生命、生产，也常作为封建王朝的重镇而成为维护统治者政权的支柱；既曾作为农民起义的凭借而服务于造反斗争，也曾为军阀割据提供了有利条件。到了近五十年，在抗日战争和解放战争中，山西更成了革命战争的根据地，发挥了巨大的积极作用。今天，为了迅速发展社会主义现代化的建设，要求山西由重工业基地进而为能源基地，它在全国的重要性，就更非过去所可比了。

自春秋战国以来，论述山西的文献，是大量存在的。其山川形胜，见于吟咏，存于总集、别集、选集、方志、金石中的诗歌作品，也不可胜数。这些诗歌的作者，从一般知识分子到达官显宦、帝王将相都有。他们以不同的身份、不同的原因、不同的目的、不同的使命经行山西各地；他们或颂美山河，或抒写怀抱，或吊古伤今，或流连光景；他们为山川增加了光彩，为地方留下了文物，有的成为故典、佳话，有的发人深思遐想，丰富了人民的精神生活，为文化的继续发展供给了营养。对今天的游人和读者来说，是会有多方面的裨益的。就时代看，隋以前，能见到的作者只有刘彻、曹操、江总等寥寥数人，到了唐代，则有大批诗人到过山西写过诗。像伟大诗人李白，他曾怀抱着"济代"的愿望，来到太原，从开元二十三年（735）五月到次年四月，停留近一年，终因不遇而南返。他除了太行山的来路外，北到过雁门、恒山，西到过汾阳，南到过绛州，以他"斗酒诗百篇"（见杜甫《饮中八仙歌》）的多产情况来看，应该有大量作品留下，但可惜能考见的却只有七八首，而他后来回忆太原游踪的《忆旧游寄谯郡元参军》长诗，则被宋代名诗人、书法家黄庭坚用行书写出，现存刻石为晋祠的宝贵文物。像大诗人岑参，少年时期随父在晋州（平阳）度过了九年，又在阳城读过书，而蒲州永乐（芮城西南），也是他的旧游之地，因之，在晋南，他留下了一些好诗。晚唐诗人李商隐，长期居永乐，以永乐为第二故乡，又曾北上晋阳，远到塞北，所过之处，辄有题咏。其他名诗人如王绩、杜审言、陈子昂、王之涣、卢纶、李益、白居易、韩愈、李贺、贾岛、温庭筠、韩偓、韦庄等二十余人，都从各种不同角度吟咏了三晋河山。宋以后，在山西留有诗作的名士仍属不少。在宋代，像隐士潘阆、理学家邵雍、史学家司马光、文坛领袖欧阳修、大诗人梅尧臣、江西诗派的领袖黄庭坚都是代表。金元诗人以元好问为巨擘，他是晋人，咏晋的作品也最多，从晋中到晋北塞外，到晋东南，不仅到处有足迹，住过、读过书的地方，就有几处，许多地方往来也不止一次，他对家乡的感情，可以说是最深了。明代诗文大家李梦阳、王世贞、李攀龙、谢榛、杨基、高叔嗣、唐顺之等人都和山西有过关系，而卫国有功、关心民瘼的"名臣"于谦，曾两度以兵部侍郎巡抚山西，他不是以诗著名的，而所题咏的诗，却有不少佳作。另一位值得一提的是有一定叛逆思想的李贽，在被统治者迫害的情况下，得到知友的援手，从晋东南到大同，不废著书，间有吟咏。清代首推民族志士、大学者、阳曲傅山的好朋友顾炎武，他在明朝亡国后，不忘复国，遍历山川险阻，写成了《天下郡国利病书》，饱含着他的心血。而他的诗也不愧名家。清代以诗作和诗论著名的王士禛和赵执信，都有写山西的诗，而诗人兼词人朱彝尊，在漫游山西期间，更写下了值得称道的作品。爱新觉罗·玄烨和弘历，留在山西的题咏，虽非上乘，但也可以充分看出这两个满族皇帝对汉文化濡染之深。总之，上述所概举的一些代表人物及其作品和其他名声不著的作者及其作品，为三晋山川增色不少。不管诗因地传或地因诗显，都可以说是相得益彰。

　　今天山西的行政区划是七区五市，但就习惯上的语言、风俗看，却可以分为四大部分，即：晋中（习惯叫中路），包括太原市和榆次两个地区；晋南（习惯叫南路），包括运城、临汾两个地区；晋北（习惯叫北路），包括雁北、忻州两个地区；晋东南（习惯叫东南路），相当于长治地区。下边以地系人，依次论述。

　　晋中，首先是太原。宋以后的太原和宋以前的晋阳，相去虽四十余里，但其为河东一带政治、军事、文化中心则一，所以名称也可互用；同时还有并州之号，亦复如此。写太原的首推李白，他的"霜威出塞早，云色渡河秋"（《太原早秋》）写出了这一带的气候特点。耿沣的"汾水风烟冷，并州花木迟"（《太原送许侍御出幕归东都》）写的是春天，而"风烟冷"、"花木迟"，却不同于别处。司马光把这一点和开封做了对比："上国花应烂，边城柳未黄"（《晋阳三月未有春色》），但这只是太原的一个方面。另一方面，太原的风光形胜，则更值得重视。像薛能的"携挈共过芳草渡，登临齐凭绿杨楼"（《并州》）和沈唐的"山光凝翠，川容如画，名都自古并州"（《望海潮》）便可见其一斑。而裴湘的"雁塞说并门，郡枕西汾，山形高下远相吞；古寺楼台依碧嶂，烟景遥分"（《浪淘沙》），更呈现了一片壮丽景色。其他写太原周围像李频的"泉分石洞千条碧，人在玉壶六月寒"（《游烈石》），像苏维霖的"怪石斜飞全欲堕，野花倒挂暗来熏；湾湾泉响非关雨，曲曲峦封不借云"（《天门关》），景物之美，十分令人神往！至如杨基写的《太原春日郊行》，则使读者有如身到江南之感。而元好问的长诗《过晋阳故城书事》，则把晋阳的风物和古今变迁做了全面的描写与论述。

太原的名胜，首推晋祠，而晋祠之胜，在祠庙，在文物，在泉，在湖。吟咏晋祠的作品，有李益的排律和范仲淹、欧阳修的长诗，有令狐楚、于谦等人的律绝，有赵可的《蓦山溪》和朱彝尊的《蝶恋花》等词。像李益的"水亭开帘幕，岩榭引簪裾。地绿苔犹少，林黄柳尚疏。菱苕生皎镜，金碧照澄虚"（《春日晋祠同声会集得疏字韵》），令狐楚的"泉声自昔锵寒玉，草色虽秋耀翠钿"（《游晋祠上李逢吉相公》），于谦的"群峰环耸青螺髻，合涧中分碧玉流。出洞神龙和雾起，凌波仙女弄珠游"（《忆晋祠风景》），描写得都具体生动。而黄山谷书写的李白长诗中"时时出向城西曲，晋祠流水如碧玉。浮舟弄水箫鼓鸣，微波龙鳞莎草绿"等句，使人更感亲切。朱彝尊离开山西后，曾写了四句诗："并州山绕崛峒苍，桐叶祠前柏几行，蘋号长生泉难老，凭谁抄入箧中方"（《送吴濩入太原》），可以说是对太原，包括晋祠名胜的高度概括。

晋中各县名胜以介休绵山和平定娘子关为最著。张商英的《游绵山》，写景最好，顾炎武的《介休》则更为全面。写平定山川的以韩琦的《柏井路上桃花盛开》和高珩的《平定山岩》为美，写娘子关和瀑布的以乔宇的《悬泉》和王祖庚的《娘子关》为高。其他如李商隐写冷泉驿、张祜写汾水关、常伦写韩信岭都是佳作。

晋南以蒲州为重点而平阳次之。蒲州的名胜像鹳雀楼、河亭、逍遥楼、白楼之类，都早已不存在，但现存的好诗却很不少。好在楼阁丘墟而山川不改，登临畅望，仍可以与昔人有类似感受。不但像王之涣的"欲穷千里目，更上一层楼"的名句能发人深思，即畅当的"天势围平野，河流入断山"，耿沩的"黄河行海内，华岳镇关西，去远千帆小，来迟独鸟迷"等写鹳雀楼的诗句，都可以引人入胜。何况首阳、中条、王官峪、五老峰、五姓湖等自然风光和历史遗迹，仍可以和诗人们的吟咏相印证呢。

运城各县首先应注意的是龙门。袁桷曾用一首五古，描绘了龙门的壮观，而薛瑄的"连山忽断禹门开，中有黄河万里来。更欲登临穷胜景，却愁咫尺会风雷"（《禹门》）却有不尽之势。汾阴（万荣）是访古者向往的地方，主要因为有一首汉武帝刘彻的《秋风辞》，由于词的首句是"秋风起兮白云飞"，后人便因之建了"秋风楼"，结合"祀后土"的后土祠，便成为诗人们咏怀古迹的好题材。段成己的《汾水秋风》："一曲刘郎发棹歌，欢声未已奈悲何。只今回首空陈迹，依旧秋风卷素波"最能代表人们对古迹的共同感情。河曲（永济县南），永乐（芮城）也应是一个重点。这里有李商隐故居，有永乐宫，有黄河风陵渡。梅尧臣的《黄河》五言排律，描写河上风光像一幅工笔画。其他像运城的盐池、关庙，闻喜、临猗的涑水，都是诗人们吟咏的对象。

临汾各县的名胜，首要的是霍山和霍泉，有名的广胜寺也在这里。李端写泉："碧水映丹霞，溅溅出浅沙"（《霍泉》），虽然风格清新，但不及刘廷桂同题的七律，像"混混源泉昼夜流，无边风景即瀛洲"，"云影徘徊鸥影泛，天光掩映水光浮"等句，真能写出霍泉壮阔澄澈的风貌。张商英的《题霍岳》，不仅写山，也兼及于水，并联系了历史人物。写平阳的，有岑参、范仲淹、于谦、孔尚任等名人，但王恽的《汾水道中》，却高出诸作之上，虽然他没有写平阳本身。

晋北的大同，为历史名城，边防重镇。有云冈石窟和上下华岩寺等名胜。李贺的五言《平城东》、薛奇童的七言《云中行》，都可称为歌行杰作。李的"塞长连白云,遥见汉旗红。青帐吹短笛,烟雾湿画龙"等句,不是写景是写人,写人也自然写了景。薛是不出名的唐代诗人,他这篇诗却可和"李杜"、"高岑"的歌行相比,要看全篇,不能摘句。于谦的"目击烟沙草带霜,天寒岁暮景苍茫。炕头积炭烧黄鼠,马上弯弓射天狼……"(《云中即事》),情景如见,是此地独具的风光。他还有一首《咏煤炭》,没有写大同却与大同密切相关。

晋北的特点之一,是它背倚着内外两道长城。因之,汉唐以来,边塞诗中不少一部分,都以此地为题材。汉乐府中《饮马长城窟》(原是古辞,一般都归在陈琳名下),应该是很早的一首民间作品。唐以后好诗不少,而雁门关是一个重点。李白的《胡关饶风沙》选写了"荒城空大漠,边邑无遗堵,白骨横千霜,嵯峨蔽榛莽"——战后的荒凉凄惨景况,进一步指摘朝廷的无能而喊出"李牧今不在,边人饲豺虎"——冤苦的呼声。金代无名氏的《关外吟》中说:"百里并无梨枣树,三春哪得杏桃花。六月雨过山头雪,狂风遍地起黄沙。"边塞风光写得何等具体!因之,元好问步原韵写了一首《雁门关外》。许九皋也写了一首步韵诗。顾炎武的朋友屈大均的《长亭怨》,写了雁门关的"积雪"、"冻云"、"香煤"、"驼乳",还写了"无处问长城旧主",以寄亡国的沉痛。而朱彝尊的长诗《雁门关》,更是千年史迹的总回顾。其他"出塞"、"入塞"、"塞上"一类诗,情调多有相似。而尹耕的一首《修边谣》却可和汉乐府相比。

晋北的山川,既有北岳恒山,又有五台佛境,还有桑干、滹沱两水。汪承爵的《登恒山》,在恒山吟咏中最为概括。而元好问的《五台杂咏》,写五台山的"茫茫松海"、"万壑千岩"、"湍溪风雷"、"云山气象",真是雄伟壮丽,得未曾有。写桑干河诗,不是写普通的一条河,而是写洪涛七泉、金龙池等一片湖泉区,雍陶、祝颢、杨一葵、文光、霍燝等人,从不同角度描绘了这里的"塞外江南",使人神往。而近在塞内的滹沱河,则有点望尘莫及。

晋北各县值得重视的有王越的《朔州道大风》，"平地有山皆走石，半空无海亦翻波"，风的声势何等的大！张开东的《应州木塔歌》也写得非常有力。杜审言写山城岚州"往来花不发，新旧雪仍残"，如此其冷，但"水作琴中听，山疑画里看"，又如此其美！杨巍的《春日偏头关》和杨光远的《红门雪望》，都是情景交融的好诗。

晋东南最突出的形胜，当然是雄伟的太行山。这里首先有曹操的名篇《苦寒行》，而李白的《北上行》，却深有寓意，具体的描写为忧时的感情服务。写太行的虽还有白居易、李贺等辉煌的名字，但唐顺之的"倚天开叠嶂，画地作重关，车向羊肠转，人从鸟道还"（《望太行》），却写得概括具体。李攀龙的《初登太行》，则写从山头下望的景色，更予人以新鲜之感。至如傅山的《太行霸》，表现了作者胸中郁勃之气；吴雯的《太行山早发》，却流露了文人失意之痛。其他写具体形胜的，如天井关、羊肠坂、十八盘、九里谷、星轺驿、崆谷山等等，都有名人佳作，而陈子昂的《登泽州城北楼宴》使读者如读他的《感遇诗》。

晋东南各县，古迹莫如长平（在高平），形胜首推天坛。胡曾的《长平》，周昂的《过省冤谷》，常伦的《宿长平驿》，都是咏史，李攀龙的《过长平作》长诗更以议论出之，感觉苍凉，独具一格。写天坛的有元稹、白居易、姚合等诗人，但诸作只能说是诗以人名。值得一提的是谢榛的《漳水有感》，试看："行经百度水，只是一漳河。不畏奔腾急，其如转折多！……"逼真地画出了山间河流的形貌，何况还寓有言外之意呢！

山西大学中文系的中国古典文学研究生在选注了《山西历代诗人诗选》之后，又接受了编注这本《咏晋诗选》的任务。前书以人为纲，故按时代排，这本书以地为纲，故以地区分；地区之下，仍略依时代。

全书所选：晋中83首，晋南139首，晋北94首，晋东南49首，共

365首。由于所涉及的地理范围如此之广——一百余县，所包括的时间如此其长——两千多年，其中百分之七八十的作品，从来没有人注解过，所以，要选得精，注得明，非常不易。即使做了很大的努力，还尽可能做了一些考证，但粗糙、疏漏、错误之处，仍在所难免。仍希专家、读者，不吝教正！

1980年6月15日

《词谱范词注析》前言

词，原来叫"曲子词"，是配合乐曲的唱词。词和乐曲的关系，可以有两种情况：有的先有曲谱后配词；有的先有唱词后谱曲。但唱词都叫"曲子词"。由于乐曲是有宫调的（所谓宫调，就是：宫、商、角、变徵、徵、羽、变宫，相当于今天习用的C调、D调、E调、F调、G调、A调、B调），而每一个曲子的曲谱和它的唱词是联系在一起的，所以每一个曲谱和唱词在一起的名称，被叫作调牌或词牌。所谓牌，是因唐宋以来演唱艺人，常把会演的曲子词名，写在或刻在牌上，以备听唱者的点唱之故。一般说：每首曲子词的"始名"，除像《菩萨蛮》、《苏幕遮》之类本为乐曲外，词牌名和唱词内容大多是一致的。如《渔歌子》、《摸鱼子》写捕鱼；《南乡子》、《南浦》写水乡；《相见欢》、《诉衷情》写恋情；《女冠子》、《洞仙歌》写宗教之类。但由于这类"始词"多半出于伶工艺人之手，比较粗糙，文人们听唱时，往往只用它的曲调而另写新词，新词的内容，当然不妨仍和调名一致，但更多的是调同而词的内容不同。像《忆江南》，白居易的词是写对江南的回忆的，和词名一致，但刘禹锡用此词写的却是"春去也，多谢洛城人"——地点是洛阳而与江南无关。他还注明是"依《忆江南》曲拍为句"。其后，用这一曲调作新词的，有的连调名也改了。像《望江南》、《梦江南》、《江南好》、《春去也》之类，不一而足，形成一调多名。作新词时，用旧曲而改调名已无内容上的联系，于是在调名之下另写题目以揭示内容，或作小序以示作意。像调名《念奴娇》，而题为《赤壁怀古》（苏轼词）；调名《生查子》，而词题为《元夜》（欧阳修词）；调名《摸鱼儿》而另加小序"淳熙己亥自湖北漕移湖南，同官王正之置酒小山亭，为赋"

（辛弃疾词）之类，比比皆是。于是词牌只代表曲调，而题、序才揭示内容。

由于词本来是乐曲的唱词，所以一些音乐上的术语，为词所沿用。一个曲调演奏完了叫一阕，所以一首词也叫一阕，这一种阕的词又称为单调。写词的人写一首较长的词，往往把一个乐调重复一回，于是单调就成为双调。用乐调术语称前半为前阕，后半为后阕，或叫上阕、下阕，也叫前遍、后遍或上片、下片。就词来说，就是一段、二段。有的拉长为三段、四段，则称为一叠、二叠、三叠、四叠。不过这类较少，常用的只是双调（两段）。唐宋人的小曲，叫作"小令"，配小曲的唱词叫作"令词"，其名称源于酒令。后来把小令和中调、长调并列，就成了短词的名称。长调也叫慢词，实际从慢曲而来。敦煌琵琶谱中，标明"急曲子"的有《胡相问》一曲，标明"慢曲子"的有《西江月》、《心事子》二曲。可见所谓急、慢，是指节奏快慢，而不是指调的长短。只是宋以后人不察，便把慢曲之慢，作为长调的同义语了。明人顾从敬的《类编草堂诗余》，进一步把五十八字以下的叫小令，五十九字至九十字的为中调，九十一字以上为长调，实际是没有什么意义的。

就乐曲的曲谱来写新词，叫作"倚声填词"，简称"填词"，也可只叫"倚声"。由于唐代的歌者，往往取当代诗人五、七言律、绝纳入乐曲来唱，而文人依曲填词，又把格律诗的平仄、节奏带入新作。单从词来看，便成了一种新的格律诗，因而不少人把词叫作"诗余"。唐宋文人填词时，一般只标调牌名，而不抄乐曲谱，如同今人用《绣金匾》（即《绣荷包》）的曲调写歌词，只按格式写，用不着抄乐谱一样，因为乐谱人人熟悉。但久而久之，曲调过时，无人演唱了，乐谱便逐渐失传，留下的就只有不能唱的词，既和原调牌的"始词"无关，也和原乐曲的曲谱脱离，仅留调牌的名字，代表着这一形式而已。

但每一调牌，乐曲虽失而形式固定，即平仄、句逗、韵叶、分段都有定型。作新词者，仍必须"倚声填词"，只是所倚的声已不是乐曲的声而是字音的声调。演唱的歌词变成了吟诵的诗词，而记录这种平仄声调的谱，就是今天所说的"词谱"。这一由乐曲谱变为平仄声调谱的全过程，大体是经过由唐、宋至元、明而确立的。在这全过程中，特别是在两宋，有不少词人兼音乐家的，有的能紧跟乐曲的需要而作新词的，如柳永；有的能自谱新曲还留下曲谱的，如姜夔；更有的能审音辨律、使字音与乐音密合无间的，像周邦彦、李清照、吴文英、周密、张炎。他们不断吸收时曲自谱新曲，但仍和旧曲一样，最后还是曲亡词存。他们对词体留下的影响，就是格律特严。因为他们为了使字音和乐音完全符合，仅论平仄已经不够，于是"平分阴阳，仄分上去入"。词中某字应用阴平绝不能用阳平，某字应用上、去、入，绝不能混，超过了一般格律诗的要求，走入歧途。所以今天我们谈词谱只有平仄声调谱，学填词也只有据平仄声调谱。前辈吴瞿安的《词学通论》论填词，明知"音理失传"不能演唱，却大谈其音律宫调，要求墨守，适足造成混乱！基于上述情况，重复一下，即：对今天来说，每个词牌只代表一首词的格律形式，和原来的第一首"始词"，和原来的曲调，都已脱离联系，除要做历史的研究外，一般已不需要追溯。唐人崔令钦《教坊记》一书，记录了开元、天宝间曲调名324个，这是现存盛唐时期的乐曲情况记录。故词牌之见于《教坊记》者，其时间之早可知。而《教坊记》和晚唐南卓《羯鼓录》、段安节《乐府杂录》以至宋郭茂倩《乐府诗集》等书，往往对调名有所解释，偶做引述，也未为不可；唯格式相同而词牌异名，以及同一词牌而格式有异的，即应该略知。因为这对辨谱填词还有些用处。

　　今人论词的源流，常就乐诗的关系来谈，往往远溯"风雅"。其实从《诗经》"雅"、"颂"，到汉魏乐府、六朝吴歌、西曲、梁鼓角横吹曲和隋唐燕乐所配的大量诗歌，都不能一概叫作词。只有导源配曲的歌词，而又是从唐代格律诗发展、变化、有固定格式的新诗体,才是后世公认的词。从文学史上看,它是继五、七言古诗和杂言古体歌行,五、七言律绝排之后,新起的长短句诗体。它的特点:一、原与乐曲配合,具有演唱时的音乐美;二、吸收了格律诗的声调组合方式而予以通变,具有吟诵时的声调美;三、用长短句打破了格律诗的整齐句式固定字数,更符合口语的要求,增强了艺术表现力和对读者的亲切感;四、以它特有的字法、句法、章法、韵逗,具有一种新的艺术特色而为其他诗体所没有。虽然第一点因后来乐曲失传减少了它的音乐效果,而后三者仍保留着顽强的生命力。

从宋代被称为词的金盛时代起,著名词人不断涌现。词的另集、总集不断出现,大大丰富了文学遗产的宝藏。但就注本和选本来看,却远远不能和传统的诗歌相比。不但别集注者很少,即选本注者也不多。后蜀赵崇祚《花间集》、宋人《尊前集》、南宋黄昇《花庵词选》、周密《绝妙好词》、清代张惠言《词选》都是著名选本。但这些选本,不是没有注,就是有注也只为专家学者提供些参考资料,而不解决初学者所遇到的困难。像有名的清代查为仁、厉鹗的《绝妙好词笺》,就只注意于征引逸文、比附佳句、辑录品评、略示出处,而于文字、名物、训诂、考释等事,却很少提到。即近人龙沐勋的《唐宋名家词选》和唐圭璋所笺、朱疆村编的《宋词三百首》,也不出此范围。注释如此,词谱更无人涉及。

关于词谱(平仄声调谱),现存最早的有明人张綖的《诗余图谱》,已难见到。清人万树的《词律》,收由唐迄元的660个调牌,但以词代律,不注平仄字或符号,对一般读者很不方便。清人陈廷敬和王奕清等编的《钦定词谱》,所收达826个调牌、平仄谱和例词,校定详明,可算完美的词谱了。但和《词律》一样,资料过繁,不适于一般读者和有志于学填词的作者。清嘉庆间,舒梦兰(字白香)编选的《白香词谱》,有词有谱,以小令、中调、长调排列,只100首,每调即以名家词一首为范本,又旁列平仄声调谱。书虽小、简,却给初学词者提供了很大方便。因之,书一问世,便海内风行,百余年来,传诵不绝。同治、光绪间，谢朝征作了笺注，可惜笺注的方法却全走了查、厉的老路。尤其令人不解的是，他竟把原书的平仄符号完全删去，而以人为纲，另做排列，失掉了作为词谱的根本条件，令人哭笑不得！30年代桐城叶参，对此做了纠正，并作了一些注解。但过于简单，又大量存在只举词语出处而不解意义的情况，不能适应读者的要求。所以迄今为止，供一般的词爱好者使用的词谱还比较少见。这本书就是为了解决这一问题而编写的。一开始曾以《白香词谱》为主进行注析，后来感到有必要扩大一些，便摆脱《白香词谱》的范围，把原例词删去了一半，另选100多首，共160首。然后统一作了注析，定名为《词谱范词注析》。

最后，还有一个需要讨论的问题，就是：词谱和创作的关系。因为词属于古典文学，对于古典文学，欣赏它、研究它、借鉴它，是可以的、必须的；但用这种旧形式进行创作（按谱填词），是否也是有必要而有意义的呢？答案是肯定的。因为"五四"以来的新诗，虽然取得了巨大的成就，形式上也丰富多彩、不受局限；但就艺术创造来看，至今仍还没有形成一种或几种公认的、优越的体制。在这种情况下，向古典的、外国的诗歌进行探索、学习，是必不可免的。所以，老一代人习惯于用旧诗、词写作的，不妨再写，而年轻一代试着写诗、词的，也不妨予以引导。尽管时代不同了，社会有了本质的变革，但作为历史的、社会的、文化的、活生生的人，却有其相关联、相交互、相共同的一面，这就使人们和包括词在内的文学遗产，产生了内在的联系。因此，不管作者的身份、地位和遭遇有多么不同，但在抒情、写景、记事上，常具有普遍的要求，一个古代作家的优秀作品，常能唤起人们共同的感情。试读："风乍起，吹皱一池春水"，"无言独上西楼，月如钩"、"泗水流，汴水流，流到瓜州古渡头。吴山点点愁"等句，用平淡的语言，揭示出景中之情、情中之景，对谁都会引起一些感情上的波澜；"年年今夜，月华如练，长是人千里"写长离，"水是眼波横，山是眉峰聚，欲问行人去哪边？眉眼盈盈处"写送别，"两情若是长久时，又岂在朝朝暮暮"写挚情，"泪眼不曾晴，家在吴头楚尾"写愁苦，都不限于是有同样经历的人，才能引起共鸣；"今宵酒醒何处？杨柳岸，晓风残月"写漂泊，而潦倒生涯，不言可知；"何处是京华？暮云遮"和"西北是长安，可怜无数山"一样，是关怀着国家的前途，都不只代表个人的感情。而这些句子之所以感人，又和作为词的艺术形式分不开，如果用白话翻译一下，就会大大失去了它的光彩。因为它是精炼的字、词、句，抑扬、缓急、高低的声调、节奏，以及变化自然的韵律的统一体，是高级艺术品。在这里，毛泽东同志给我们做出了典范。他用词的旧形式写的作品，正是他所倡导的：革命的现实主义和革命的浪漫主义相结合的结晶。所以，能不能用词的格式进行新创作的问题，就用不上再做说明了。

　　另外，还有一个问题，就是平仄谱是否会成为创作的桎梏？也就是说，词既然是格律诗的进一步发展，而格律的要求是严格的，这是否会使写作失去了自由？我们认为，从艺术的高度来看，实不尽然。因为格律是任何诗歌所必备的条件，尽管有疏密宽严的差别，没有却是不行的。词作为高级艺术品，比较难作，是事实；但如果下了一定功夫，熟习了不少作品，经过一些实践锻炼，也并不是难于掌握的东西，而且一经熟练之后，就可以得心应手，运用自如，并进一步为创造新体诗提供经验。现在报章、杂志，以至墙报、黑板报上，常能看到诸如《卜算子》、《菩萨蛮》、《水调歌头》之类的作品，说明大家，特别是年轻人对这类体制的爱好，但一看文字，却往往只是字数、句数、分章、篇幅和某调相同，而字法、句法、声调、用韵全不符合，说明他们对构成这一体制的主要条件还不了解。由于他们无从取得这类条件，以致难以提高。因此，提供词谱和范词，应是解决这一问题的必要的措施之一。

　　这个《词谱范词注析》本，目的是：一、为有志于用词体来进行创作的人，提供简明的声调谱，而且提供范例；二、它对所选词进行注释、分析，扫除文字上和理解上的障碍，帮助读者吟诵、欣赏。它既是工具书又是选读本，同时对各词的词牌和作者予以重点介绍，以增加一些这方面的知识。这些工作，如果说已做得准确无误，可以踌躇满志，当然不够；然而，对于广大的诗词爱好者，却是可以有所帮助的，对整个诗词的繁荣发展，也应该是有所裨益的！以上仅就我所想到的一些问题，拉杂写来，权充前言。不赅不备，仁俟明教！

1982年2月

《比较文类选》序

——从读书、读文说起

人们通过感官直接获得的知识是有限的，即使是经历十分复杂丰富的人，他直接从目睹、耳闻、身历所获得的知识，依然是有限的。人们的知识的来源，最多的、最重要的是靠间接得来，具体地说就是要靠读书，广义的书。一般地说，读书越多知识越广，认识也越高，这样的知识可以不受时空的局限。这道理一点即明，用不上多说。所以书籍是人类物质经历、精神经历、物质生活、精神生活的总结和记录，是文明社会知识的源泉。

书籍是由文字的字、句、节、段、篇构成的，绝大多数是由一篇篇的文章构成的。然而读书却不同于读文，读文也不同于读书。特别是所谓"文选"之类，虽也可以列入书内，但读"文选"的性质却和读书不一样。"文选"中的文，虽也可以提供知识，但它却是一篇篇独立的，缺乏联系性和系统性。即使是从自成体系的著作中选出的篇章，但当它被选出之时，即脱离原著而成为独立的文章单位，失掉了和体系的关系，所以读"文选"只是对初学，为读书打基础的一种步骤。要得到系统学问很困难，它的作用不能等于读书。

书是人们写作出来的。一本好书，一定遵循着它所属民族语言的规律，通过一系列的写作过程来完成。无论抒情、说理、叙事、记物，都随着它的内容的需要，而形成它各自的写作特色。从字、词、句到章篇结构，都各自具有它的写作方法和技巧。我们要掌握这一套，要不断提高我们的写作能力。整部整部的书，虽也可以给我们提供写作典范，像《庄子》、《史记》之类，但对我们最能起作用的，却只是其中若干部分、若干篇章。而"文选"的必要性，就在这里显现出来。单篇文章可选，成部书中的篇章也可选。即便全书并不精彩也无妨。所以读"文选"的作用和读书不一样，是为学习写作开辟道路的。

把单篇文章编辑在一起，像《尚书》、《诗经》之类，可以叫总集而不是"文选"；像《韩非子》内、外《储说》，刘向《新序》、《说苑》之类，以网罗轶闻①为职志，只能叫笔记、杂记，也不是"文选"。只有萧统的《昭明文选》，才算是真正的"文选"，"文选"之名也从它开始。它是以选好的文章为目的的。从《昭明文选》到姚鼐的《古文辞类纂》到今天的诗文选本，数量之大已数不胜数。但这些选本，有的是综合性的，什么文章都有，而不管每篇文章上下左右的联系，没有参考比较的篇章，读一篇算一篇，限制了读文的效果；有的是分体文选，像流行的韵文选、散文选、小说选、戏曲选之类，可以有一定的纵的联系，有助于取得系统知识，但着眼点往往不在文章写作方面，仍不能满足学文的要求。即使加上较好的圈点、评论、分析、鉴赏，来提高对该文创作的认识，但仍难弥补单篇孤立的缺陷。

为了克服以上缺陷，直接为读文、学文服务，分类选文是必要的。这种分类，不能用诗歌、散文等大的文体分类，也不能用过去把文章分为十几体、几十体的文体来分类。因为那样虽分了类，仍嫌笼统，仍不利于探讨写作方法。旧大学有开学术文选、历史文选、教育文选等课的，重点只在内容，性质等于读专业书；有开应用文选、记叙文选、说理文选等课的，重点已在形式，这才和写作接近了一步。《昭明文选》虽按文体把文章分为37类，相当纷杂，但有些类内的选文，内容相近或形式相同，像"祭文"、"哀"、"诔"、"七"、"设问"之属，已可以从并列的几篇中，比较研读，得到启

---

① 编者注："轶闻"同"逸闻"，下文同。为尽量保留原文早年面貌，故此。

发。尤其是"赋"、"诗"两大类，又各分为若干小类，每类选文三五篇。像"赋"类中：有"京都"，有"畋猎"，有"鸟兽"，有"音乐"；诗类中：有"咏史"，有"游仙"，有"哀伤"，有"行旅"等等。连类而读，比较，分析，就可以很容易地看出它们的优劣短长、文章特色与写作方法。可惜过去的注者没有认识这方面的作用；而《昭明文选》中存在的这一特点，也只是偶然现象，不是萧统有意识、有目的的安排。

先秦名家，有所谓"离坚白"、"合同异"的著名论点。"离坚白"是把触觉和视觉区分开来；"合同异"是把相同的和相异的事物综合起来。谈的都是思维方法。实际上"离"、"合"二字也就是分析和综合；而"同"、"异"二字，乃是综合分析的结论。宇宙间万事万物，没有绝对不同的东西，也就是都有其共同点；没有绝对相同的东西，也就是都有其相异点。从同的观点看，就抓住了共同的纲；从异的观点看，就抓住了各具特点的目。古代哲人所说的道理，和我们今天观察事物的方法完全一致。事物如此，文章也不例外。当然这用不上做更远更深的探讨，只能就选文这个具体问题做一些阐述。如果我们把一些内容、形式、主题、题材相同、相似的文章，每几篇联选在一起，然后就同之中求其异，特别是求写作方法上的异。经过具体的比较，那就不但可以加深我们的理解，加速我们的记忆，而且可以引起我们的联想，开扩我们的思维，从而提高我们的鉴赏和写作能力。如果从学校的语文教学来考虑，教师讲一两篇，学生读三四篇，在一两篇的启发下，完全可以收"举一反三"之效。而且通过学生自己分析、比较的实践，就会大大提高阅读的巩固率。增加兴趣，事半功倍，尽在不言之中。

记得30年代，有过这类文章类选的选本，好像是叶圣陶先生所编，除选文外，附有明晰的分析与说明。时间过了50年，每想起来总觉得这个办法好。这其间我在过去的大学文学教学中，也曾建议采用过，但格于功令办不到；自己部分试行过，效果显著，但仍没有总结、推行。最近《山西教育》的同志们编写了一本《比较文类选》，是就中学课本中已选的相近的文章联在一起，然后做具体的比较分析；课本中没有合适的篇章，则另选作品相配。虽然他们每一组只选了两篇，但我以为这是有意义的工作，也是很好的开始。这对教师的备课会大有帮助；对学生的学习，更会发挥启发作用，既引导他们作文，也为他们进一步读书打基础。比东一篇西一篇地读过就算了的学习方法，会有效得多。世界上的万事万物的是非、美丑、好坏，都是从比较得来的。当前学术界也强调比较，如比较文学、比较哲学之类。有大范围的比较，有小范围的比较，文章类选，就是在小范围内利用了比较规律。我希望有志于选文的同志，在这本书的基础上，扩而充之，从现代文到古典文，有计划地进行类选，然后予以明晰的说明。这将给文学者以至读书者以莫大帮助。《山西教育》的几位同志，是否可以即以此书为新的起点呢！

1985年11月21日

《元遗山全集》（点校）序

历史上的金代，立国略与南宋相当，其统治地区，占有淮河以北广大的北中国，在时间上前后达120年之久，其文化与文学，直接承唐、五代、北宋而有所发展。元代统一了全国，成为中国正统的朝代之一。从道理上看，对这两代的研究，应该和其他朝代一样重视。而事实上却不然，除元杂剧外，一般传统文学，很少为人们所注意。不少文学史上，基本上都是以很少篇幅，点几个名，概述一下，其中惟一的例外就是元好问，他在文学史编写者的笔下，总是占有崇高地位。我们认为：金元以至北朝，这些过去被研究者忽视了的部分，应该大力开展研究，而元好问的研究，则应为之先行。

元好问（1190—1257）的远祖是从河南迁到山西平定的，后又从平定迁到忻州。元氏原是北魏鲜卑拓跋氏的后裔，但六百年来，已成中原著姓。从他的高曾祖以来，常担任着中下级官吏，他父亲虽没有做官，可他的叔父还做过几任县令，他又是过继给叔父的。所以他的出身仍可算仕宦世家。他自己生活的时代，正当金亡元兴之际，亲身经历了国亡家破之惨。他的哥哥就是在蒙古军攻入忻州屠城时被杀的，他也在那种形势下携家辗转逃到河南福昌，后来又迁居到登封。元好问功名上并不顺利，32岁才中了进士，快40岁了才做了几任县令。43岁调进京城，做了左司都事，转左司员外郎，前后总共只有一年多。而且在他调京不久，金哀宗就在蒙古军压迫下逃往蔡州，次年在流亡中死去。元好问和留京官员，在皇帝逃走后，一起陷入蒙古军包围之中，接着便是西面元帅崔立的叛降，出卖了宫眷、官员和百姓，使他们惨遭屠杀和俘虏。元好问也和大批俘虏一起被押送到山东聊城看管，从此结束了他的政治生活。那时他才44岁。元好问的晚年以遗民自居，不再做官了，但由于他在诗文上的成就，使他的声望越来越高，常能得到官僚士大夫的尊养资助。50岁回到忻州老家，不过也没有真正隐居下来，而是不断奔走于晋、魏、燕、赵、齐、鲁之间，遍游山水胜迹，为写一部《金史》而辛勤搜集资料，并在故乡韩岩村建"野史亭"，把所抄录的资料储存起来。最后以不算太老的68岁，病卒于河北省获鹿寓舍。

元好问是散文家，有文集；是诗人，有诗集；是词人，有词集；有散曲；还有笔记小说《续夷坚志》。特别应该指出的，他还是诗歌评论家和历史家。他的著名的《论诗三十首》和百万言的《壬辰杂编》（即《金源君臣言行录》），就是这两方面的代表作；而《唐诗鼓吹》，则是他以选诗体现诗评；《中州集》收240余人的诗和36人的词，各系以小传，旨在以诗传人，为修史服务；被称为"完善"的元人所著《金史》，则是在元氏的《壬辰杂编》基础上写出的。凡此，可见元氏在文化史和文学史上做出的不凡的贡献。

从金元到近代，对元好问的评论，一直很高。郝经说他的诗"上薄风雅，中规李杜，粹然一出于正"，"歌谣跌宕，挟幽并之气"。（《遗山先生墓铭》）《金史·文艺传》说他"为文有绳尺，备众体。其诗奇崛而绝雕刿，巧缛而谢绮丽"。徐世隆说他"诗祖李杜，律切精深，而有豪放迈往之气；文宗韩欧，正大明达而无奇纤晦涩之语；乐府清雄顿挫，闲婉浏亮，体制最备，又能用俗为雅，变故作新，得前辈不传之妙"。（《遗山先生集序》）赵翼说他的诗"专以精思锐笔清炼而出，故其廉悍沉挚处，较胜于苏、陆。盖生长云朔，其天禀本多英健豪杰之气，又值金源亡国，以宗社丘墟之感，发为慷慨悲歌，有不求工而自工者"；"苏、陆古体诗，行墨间，尚多排偶。……遗山则专以单行，绝无偶句，构思窅渺，十步九折，愈折而意愈深，味愈隽，虽苏、陆亦不及也。七言律则更沉挚悲凉，自成声调，唐以来律诗之可歌可泣者，少陵十数联外，绝无嗣响，遗山则往往有之"。（并《瓯北诗话》）以上是评论元好问的诗文，主要是关于诗的代表论点。还有对他的诗词，主要是词的评论，也同样值得重视。最早的如南宋的张炎，他说："遗山词，深于用事，精于炼句，风流蕴藉处，不减周、秦"。(《词源》)较晚的如清代的刘熙载，他说："金元遗山诗，兼杜、韩、苏、黄之胜，俨然有集大成之意。以词而论，疏快之中，自饶深婉，亦可谓集两宋之大成者矣"。(《艺概》)又如况周颐，他说："元遗山以丝竹中年，遭遇国变……神州陆沉之痛，铜驼荆棘之伤，往往寄托于词。亦浑雅，亦博大，有骨干，有气象"。(《蕙风词话》)可谓推崇备至。

以上所引，已可以充分看出元好问在历代评论家心目中的地位。但这里之所以征引，却不是为了给元好问做结论，仅是为了引起人们对他的重视，并从过去的评论中，获得一些启示而已。

元好问的著作，除《壬辰杂编》已佚，《唐诗鼓吹》、《中州集》各自单行外，旧有《元遗山集》为他的诗、文总汇。《元集》最早的本子是元世祖中统三年(1262)严忠杰所刊，有李冶、徐世隆二序，杜仁杰、王鹗二跋，现已不可见；单行的诗集，最早的是元世祖至元七年(1270)曹益甫刊本，有段成己序，亦不可见。今天所能看见的最早的本子是明弘治戊午储巏序的李瀚刊本，后来《四库全书》即收此本，商务印书馆的《四部丛刊》也影印此本。而诗集则是明末汲古阁毛氏翻曹益甫刻本。此后，诗文集还有康熙间的华希闵本，道光年间的苏州坊刻翻华本和定襄李氏刊本；诗集有南昌万廷兰本和施国祁笺注本。刊印较晚，收罗最完备的则是道光三十年(1850)平定张穆校刊本，此本除诗文四十卷外，有附录一卷，补载一卷，年谱四卷，《新乐府》四卷，《续夷坚志》四卷；而光绪七年(1881)方戊昌所刊读书山房本，重刊张本而有所增订，并附有赵培因《考证》三卷。这次校点，即以读书山房本为底本。我们除对赵考所据做了一般复查外，进一步把注意力放到了张穆、赵培因等未曾见到的资料上。像北京图书馆所藏明抄本《遗山先生诗集》及清抄本《续夷坚志》、上海图书馆所藏吴继宽抄《续夷坚志》，以及陈鳢批校的《遗山集》等，都做了重点对校。对于赵培因未涉及的刊本，像定襄李氏刻本、张穆批校过的《遗山文集》（山西祁县图书馆藏）、万廷兰刊《元遗山诗集》（中国科学院图书馆藏）以及其他总集、别集、杂著中有关资料，做了参校。

我们发现有些抄本所据底本比传世本为好。如中国社会科学院历史研究所《遗山诗》清初抄本，前有道光年间钱仪吉题记，说他曾见过元曹益甫本，以为此本即从曹本录出，他还举了此本比通行本为佳的许多证据，批评后人妄改之谬；北图所藏明抄本，前后虽无题识，但字体颇为精工，可正今本之误者颇多；特别是上海图书馆藏吴抄《续夷坚志》，与今本相校，显然是另一系统传本。张穆原本脱、讹很多，有4篇仅存篇目；赵培因考证，无别本可对校，无甚发明。通过与吴抄本互校，不仅补足了只有存目的4篇，同时还纠正了今本的不少脱、误。历史所抄本则有3篇完全为今本所无，使我们得以补录。北京图书馆尚有李慈铭与傅增湘批改过的两种《遗山集》藏本，可惜他们概不说明更改根据，无法采用。

旧刻《遗山集》以读书山房本为最备，我们经多方面搜考，在散文方面增补了11篇，连同《续夷坚志》的3篇共14篇；诗方面增补20首，删去过去和今天已发现和新发现误收的7首；至于词，张穆本以前，单行各传本差别很大，朱孝臧《彊村丛书》有所考增，而唐圭璋《全金元词》搜罗尤备，以之对勘，前四卷新补38首，新增第五卷86首，共补124首；另有散曲：小令2首，套数3套。遗山存世之作，可能已尽于此。贺新辉同志编的《元好问诗词辑注》，下功夫不少，我们整理点校的这个本子，当可与之相补相订。

全集的编排，除原诗文四十卷不动外，附录、补载、《续夷坚志》、《新乐府》、年谱等部分，做了适当调整：先把卷首的提要、序跋、传志，移入附录；再把《新乐府》、《续夷坚志》移前，紧接诗文之后。因为这两部分既然都是遗山本人作品，自不宜仍处附录之中。其中《新乐府》传世各本，在篇目、编次、缺误等方面，都大有不同，经反复核对整理，才理出头绪，增订不少。原附的各家年谱，翁谱、凌谱、施谱，虽曾起过作用，但编写较早，错误颇多；李谱后出，较为精密。为了避免过多重复，删去翁、凌、施三谱而只留李谱。缪钺教授《元遗山年谱汇纂》，发表于1935年，荟萃了诸家年谱之长，足资参证。今征得本人同意，附刊于后。

本书的校点，是由山西大学古典文学研究所组织有关同志集体进行的。参加散文初点的有：董国炎、陈霞村、康金声、梁归智、李正民；担任诗词初点、初校的有：赵廷鹏、郭政、宫应麟、李正民。李正民负责复点，刘毓庆、董国炎负责总校，最后由姚奠中总其成。工作开始于1985年1月，至1987年底基本完成。这期间，刘毓庆和董国炎两同志，于1986年夏天冒着酷暑，为参校善本、孤本，出入于北京、南京、上海、杭州各图书馆，常挤掉吃饭、休息时间，以争取尽快尽早完成校勘任务；赵廷鹏同志还亲到陵川、阳城一带做了实地调查，以证实一些诗是否元作；李正民同志对任务不分彼此，任劳任怨，贯彻始终。三年之间，我们在教学和本、兼各职之外，协力完成了这部《全集》的点校工作，多方参对，反复斟酌，有的部分前后五稿。但以云踌躇满志，则仍未敢自喻。尚希专家学人，匡其不逮。

本书点校工作，承山西大学图书馆、山西省图书馆、北京图书馆、中国科学院图书馆、中国社会科学院历史研究所、上海图书馆的有关同志热情支持，谨此致谢！

1988年3月

《元好问研究文集》前言

在对中国几千年的文学史研究上，有两个时期比较冷落：一个是北朝，一个是辽、金、元。北朝的北魏、北周、北齐和南朝的宋、齐、梁、陈时代相当。北朝共195年，南朝只169年。北朝占领着淮河以北以及漠北、东北的广大地区，时间又近200年之久，尽管中原文化随着晋室的南迁在南中国得到巨大发展，但北朝那样既久且大的政权，又占有中原地区，它的文化、文学是绝对不容忽视的，而过去却被忽视了，至少是重视不够的。

辽代立国时间和北宋相当，还早几十年；金代立国与南宋相当；元代则统一了全国。辽代领地虽也辽阔，但只占到中原边沿，在文化上受到客观条件的限制；金代统治地区，略与北魏相当，前后达120年之久，其文化、文学直接承受唐、五代、北宋而有所发展，本应予以重视，而过去研究得却很不够；元代由于戏曲的全盛，研究的人较多，而传统文学的研究却只像蜻蜓点水。

北朝、辽、金、元之所以不被重视，一个重要因素，可能由于它们皆系少数民族所建立的政权之故。实际这种偏见应该予以彻底纠正。

在这方面，过去的历史家比较公正。在所谓正史的"二十四史"中，既有南朝的宋、齐、梁、陈等"书"，同时也有北朝的《魏书》、《周书》、《齐书》；既有《南史》，也有《北史》；既有包括北宋、南宋的《宋史》，也有独立的《辽史》、《金史》。这是科学的、历史的态度。而在今天文学史研究上，却远远不能如此。现实的情况是：一般文学史，大多对北朝很少谈，除概说外，重点只谈一谈由南入北的庾子山等人和《梁鼓角横吹曲》中的一些北方歌辞而已；对辽、金，也只用极少篇幅概括地谈谈概况。如果说有例外的话，那就是在辽、金、元三代中，只有元好问一人为总代表。所以摆在我们面前的，是补上文学史研究上的空缺，而金、元时代，则不妨以元好问为研究的第一步。

在被忽视了的时代里，元好问之所以还能在一般文学史上占一席地位，是由他在诗、词、文等多方面不可磨灭的光辉成就所决定的。

元好问远祖是从河南迁到山西平定的，从平定迁到忻州（金代的太原秀容）已经住了五代。他家是北魏鲜卑族拓跋氏的后裔，但六百年来，已成为中原著姓。从他的高祖、曾祖以来，常担任着中下级地方官，他父亲虽没有做官，可他叔父做过几任县令，所以仍可算是仕宦世家。他自己生活的时代，正当金亡元兴之际，亲身经历了国破家亡和国亡身辱的惨祸。他的哥哥就是在蒙古军打入忻州屠城时被杀的。他也在那种形势下携家辗转逃到河南福昌县三乡镇（现在属河南宜阳县），后来迁居登封。

元好问在功名上并不顺利。32岁才中了进士，快40岁才做了几年县令。43岁调进京城，做了行尚书省左司都事，不久，升转为左司员外郎。但前后总共只一年多。而且在他调京不久，金哀宗就在蒙古军压迫下逃往蔡州，次年在流亡中死去，国亡。元好问和留在京城的官员，在皇帝逃走后，一起陷入蒙古军包围的围城中，接着便是西面元帅崔立的叛降，出卖了城内的宫眷、官员和百姓，惨遭俘虏和屠杀。元好问也和大批俘虏被押到山东聊城看管，从此结束了他的政治生活，那时他才44岁。

元好问的晚年，以遗民自居，不再做官了。但由于他在诗文上的成就，声望越来越高，常能得到蒙古人统治下官僚们的尊重和资助。50岁那年回到忻州老家，但却没有真正隐居下来，而是不断奔走于晋、魏、燕、赵、齐、鲁之间。既遍游名山大川，更重要的是为写一部《金史》搜集资料。并在故乡韩岩村建"野史亭"，把所抄录的资料储存起来。最后以不算太老的68岁，病死于河北省的获鹿寓舍。

元好问是散文家，有文集；是诗人，有诗集；是词人，有词集；有散曲；还有笔记小说《续夷坚志》。特别应该指出的：他还是诗歌评论家和历史家。他的著名的《论诗三十首》和百余万言的《壬辰杂编》（即《金源君臣言行录》，已佚），就是这两个方面的代表作。而《唐诗鼓吹》则是以选诗体现诗评；《中州集》收240余人的诗和36人的词，各系以小传，旨在以诗传人，显然为修史服务。被称为"完善"的元人所撰《金史》就是在元氏著作的基础上写出的。在这里我们不妨把元氏和唐末的司空图做一对比。就籍贯来说，他们生于山西省的一南一北（永济和忻州），又都处在易代之际，国亡后，都不再做官，处境相似；司空图的《诗品》二十四则，重在论诗，属于艺术论，可称为理论家，而元好问的《论诗三十首》，重在论人即论诗人，属于作家论，他可称为评论家；《诗品》对诗歌的风格和创作，有深刻精辟的分析，而《论诗三十首》，则对诗歌史上的主要作家的思想倾向、艺术特点做了历史的论述。他们的著作，都不大，却都有独特的贡献。司空图在唐亡后，建了个"休休亭"，表现了他对时世的完全绝望，而元好问在金亡后建了个"野史亭"，以创作一代的国史为己任，完全没有消沉之感，更值得赞扬。至于在诗文的创作上的局面之大、成就之高及其在文学史上的地位，司空图就远不能与之相比了。司空图是值得重点研究的，元好问更值得重点研究。

从金元到清末，对元好问的评价，一直是很高的。郝经说他的诗"上薄风雅，中规李杜，粹然一出于正"，"歌谣跌宕，挟幽并之气"。（《遗山先生墓铭》）《金史·文艺传》说他"为文有绳尺，备众体。其诗奇崛而绝雕刿，巧缛而谢绮丽"。徐世隆说他"诗祖李杜，律切情深，而有豪放迈往之气；文宗韩欧，正大明达而无奇纤晦涩之语；乐府清雄顿挫，闲婉浏亮，体制最备，又能用俗为雅，变故作新,得前辈不传之妙"。(《遗山先生集序》)赵翼说他的诗"专以精思锐笔清炼而出,故其廉悍沉挚处,较胜于苏、陆。盖生长云朔,其天禀本多英健豪杰之气,又值金源亡国,以宗社丘墟之感,发为慷慨悲歌,有不求工而自工者","苏、陆古体诗,行墨间,尚多排偶。……遗山则专以单行,绝无偶句,构思窅渺,十步九折,愈折而意愈深,味愈隽,虽苏、陆亦不及也。七言律则更沉挚悲凉,自成声调,唐以来律诗之可歌可泣者,少陵十数联外,绝无嗣响,遗山则往往有之"。(并《瓯北诗话》)以上是评论元好问的诗文,主要是诗的代表论点。还有对他的诗词,主要是词的评论,也同样值得重视。最早的如南宋张炎,他说:"遗山词,深于用事,精于炼句,风流蕴藉处,不减周、秦"。(《词源》)较晚的如清代刘熙载,他说:"金元遗山诗,兼杜、韩、苏、黄之胜,俨有集大成之意。以词而论,疏快之中,自饶深婉,亦可谓集两宋之大成者矣"。(《艺概》)又如况周颐,他说:"元遗山以丝竹中年,遭遇国变……神州陆沉之痛,铜驼荆棘之伤,往往寄托于词,《鹧鸪天》三十七阕……诸作,蓄艳于外,醇至其内,极往复低徊掩抑零乱之致,而其苦衷之万不得已,大都流于不自知。此等词,宋名家辛稼轩固尝有之,而犹不能若是其多也。遗山之词,亦浑雅,亦博大,有骨干,有气象"。(《蕙风词话》)可谓推崇备至。

　　就以上所引来看,元好问在历代评论家的心目中的地位,远非著名一时一世的作家所可比。但我们这里的所引,却不是为了给元好问做结论,仅是为了引起人们对他的重视,并从过去的评论中,汲取一些启示而已。我们需要用新的立场、观点、方法,对元氏留下的全部文化、文学遗产,进行深入全面的探索,从而引出其规律性的东西,为新时代的文明建设服务。

　　1985年是元好问诞生795周年。为了纪念这一伟大文学家,批判地继承他的文学遗产,并进一步推动对金元以至对北朝文学的研究,在元好问的故乡忻州,举行了第一次"元遗山学术讨论会"。

参加讨论会的各地来的同志，提交了第一批研究论文。尽管这些论文，还不是有组织、有系统的研究成果，但作为起点，却是可喜的、有意义的一步。山西古典文学学会的同志们把它集中起来，选编成这个集子，供从事金元文学研究和古典文学研究的同志们以及广大古典文学爱好者参考。由于人手不足，水平不高，物质条件较差，工作中的粗疏、缺陷一定不少，希望同志们及时指正！

《王褒集校注》序

1985年在山西忻州召开的元好问诞辰795周年学术讨论会的论文集上，我写的前言一开始是从北朝谈起的。首先我提到："在中国几千年的文化史研究上，有两个时期比较冷落：一个是北朝，一个是辽、金、元。北朝的北魏、北周、北齐和南朝的宋、齐、梁、陈时代相当。北朝共195年，南朝169年。北朝占领着淮河以北以及漠北、东北的广大地区，时间又近200年之久，尽管中原文化随着晋室的南迁在南中国得到巨大发展，但北朝那样既久且大的政权，又占有中原地区，它的文化、文学是绝对不容忽视的，而过去却被忽视了，至少是重视不够的……现实的情况是：一般文学史，大多对北朝很少谈，除概说外，重点只谈一谈由南入北的庾子山等人和《梁鼓角横吹曲》中的一些北方歌辞而已。"

这段引文，是删去了金元部分而只谈北朝的。我所说的"重点只谈一谈庾子山等人"，其中主要的就指王褒。而实际上连王褒也只略谈几句而已，更不论其他人了。所以对北朝文学的忽视，是普遍存在的现象。在那篇序中我还说："过去的历史家比较公正。在所谓正史的'二十四史'中，既有南朝的宋、齐、梁、陈等'书'；同时也有北朝的《魏书》、《周书》、《齐书》；既有《南史》，也有《北史》；既有包括北宋、南宋的《宋史》，也有独立的《辽史》、《金史》。这是科学的、历史的态度。"单就文学来看，单看《北史》和《南史》，也可看出做史者比较忠于事实。《南史·文学传》除陶渊明、谢灵运、颜延之、沈约、任昉、江淹等大名家另有专传外，凡载25人；《北史·文苑传》除魏收、邢邵另有专传外，凡载21人，庾信、王褒未列专传。北之比南，名家、大家虽不及南朝，而作者也还不少，应该予以研究。而过去文学史家却没有重视。如果先选重点，我以为北魏、北齐首先是温子昇、魏收、邢邵，而北周则首先是庾信和王褒。对庾信，过去研究者还不寂寞，而对王褒的研究，牛贵琥同志这本《王褒集校注》才算走了第一步。

在中国文学史上，散文从东汉到魏晋，一步步走向骈俪化，到六朝达到了最高峰。美丽的辞藻，巧妙的用典，精炼的字句，谐和的韵律，无疑是一种美的创造。然而脱离社会、脱离现实的倾向，却也越来越严重。至于诗歌的发展，也差不多与之同步。"建安"、"正始"，标志着五言诗的成熟，而太康时的大家，却以繁缛的辞藻，损伤了诗歌的生气。经"玄言"、"山水"之后迄"永明"，则以音节的浏亮谐和、属词的清新绮丽为务，至梁陈而成风，徐陵、庾信实为代表。所可惜的是这时的一批作者大都是贵胄宫廷文人，生活圈子太窄，除更为妖艳的"宫体"不论外，一般作者思想感情都受狭隘的生活束缚，使作品内容不能随新形式的创造而大有进展。这时的北方，在整个文风上虽也受到南方的影响，但另一面又具有北土独具的风格。李延寿《北史·文苑传》所说"江左宫商发越"、"河朔词义贞刚"虽不一定能概括其全面，然亦足见其各自不同的特点。到了庾信、王褒由南入北，遂兼有南北之长，令人耳目一新。

庾、王二人都是南朝的名门贵胄，都以文章著名，都曾身膺显秩；入北朝后，都受到周王室的宠遇，都被视为"文学之冠冕"，被史臣称为"奇才秀出，牢笼于一代"（《周书》四十一）；他们又都有亡国之痛、羁旅之怀、今昔之感；都由江南烟水之乡到关塞苦寒之地。他们以高度的唯美化的文学修养，注入了深刻的凄怆感慨的心情，又面对着异国异乡异地不同的政治和社会环境，遂使他们的文学创作起了一种质的转变，为隋唐统一后文学的高度繁荣开辟了一条通路。"宫商发越"与"词义贞刚"于此结合了，而王褒更具有清刚之气。

王褒的作品，《隋书·经籍志》登录了《王褒集》21卷，卷数和

《庾信集》相同。但庾集现存而王集早佚。现存的王褒诗文散见于各种类书总集之中，总数远较庾集为少。牛贵琥同志对此进行了详尽的收集、考订与校勘。对其诗文的特色与成就，在他所写《前言》中也有所论列。这里不赘。

我上初中的时候，家里有一部倪璠注木版的《庾子山集》。出于好奇，时常翻阅。虽多半不懂，但也从其中摘录过些华丽词句，用作编写春联之助。多年之后，才深爱其美。而《王褒集》则一直没看见过。直到40年代中期，虽已于张溥的《汉魏六朝百三家集》中看到了《王司空集》，但仍置于略读之列，完全没有重视。到80年代初山西大学成立古典文学研究所时，作为文学史的全面回顾，才深感过去研究上的不平衡，也才把北朝、金元作为研究所内的重点。而对王褒的研究，也才定为北朝重点之一。

牛贵琥同志是山西大学中文系毕业，又于1982年考取我的研究生的。1985年毕业后留研究所工作，是北朝组的负责人。几年来，除比他早四年毕业也是我的研究生的康金声已完成出版《温子昇集编年校注》外，他现在的这部《王褒集校注》则是他的多项研究成果之一。他出身教师家庭，不愿追求名利，勤谨扎实是其特点。《王褒集》从来没有人注释过，而其中用典使事之多，又大大增加了注释上的难度。由于《王集》原书早佚，虽从明以来多人多次辑佚、增删、校刊，而舛误之处仍到处存在。贵琥这次校注，对王褒的诗文均重新从各总集、类书中辑校，每首每篇都注明出处，然后用其他各本对勘，并一律写出校记，连用以参校的各书的版本，也都予以注明。真可谓慎之又慎。在注释方面，除字解句释之外，典故必举出处，用事必引原文。文虽稍繁，然能使读者在弄通诗文词旨的同时，又增进不少文史知识。

记得闻一多在40年代初写过一篇《宫体诗的自赎》，从全面否定"宫体"进而全面否定六朝。他认为卢照邻、骆宾王的长篇《长安古意》、《帝京篇》是"宫体诗中一个破天荒的大转变"，经刘希夷到张若虚的《春江花月夜》，便达到了诗的"顶峰"，替"宫体诗"赎清了"罪"。难道真的如此吗？答案是否定的。试拿王褒的《燕歌行》和卢、骆等人的几首长歌行相比，就会发现王作绝不比卢、骆所作差，庾信的《杨柳歌》等作也一样，都不比卢、骆差。题材虽不尽相同，但情调、句法、节奏、格式都无不同。而王褒比之还更健康些。从骨子里边看，只能看出他们之间的一脉相承，也可以说卢、骆仍不脱"齐梁余风"！真正对诗歌发展起推动作用的，是以五言诗为主（包括五言乐府）的新体。在数量上王褒的五言最多，庾也如此。王勃、杨炯、"沈宋"继之，既完成了五言律体，而七律也在此基础上走向成熟。这里，六朝的骈体文在对偶、修辞、炼句、用典各方面也给新体以有益的营养。这才是诗歌新时代的主脉。惟其如此，我以为要了解唐诗以至唐文，必须从了解六朝始；欲学习格律诗，也必须从六朝五言始，特别是能代表新动向的庾信、王褒，则是过渡中的关键。贵琭这本《王褒集校注》的出版，对读者、研究者都会起到有益的学习和参考作用。

　　写得太拉杂了。有些问题也没有讲透，只是把心里想到的略述如上，权作本书的序言吧。

1993年1月

《姚奠中诗文辑存》序

这里收集了我从1937年到1994年的诗词韵文四百余篇,除五、七言古、律、绝外,还有一些四言(多属题词)和少数六言、杂言,而词也有几十首。名为韵语,似较概括。

我作诗词,时间上很不平衡。有时几年不作,有时却连作多首。随时随地作了,并未注意保存。也曾编有《南国零稿》、《南北诗词草》、《一知集》,都未出版,主要是收集不全。早年写的,有不少记不起、找不到,只偶然在笔记本上、旧日历上和夹在书中的纸条上有所发现。前年住在广州的老友九十多岁的罗季林先生,竟把我过去抄给他的一些词(都是抄在纸条上的)寄给我,使我如见故人。去年一个五十几年前的老学生写信来说,他记得我给安徽著名画家宋南谷先生画上题的诗,我却一点记不起来。其他过去给朋友写信,往往也夹有诗词之类,当然更无法找到,也不必找了。

我开始写诗,是在初中时期。小学时期虽也读了不少诗词之类,但在中学一位饱学能诗、能文的焦老师指导下,才开始写作。首先学写的是七言古、歌行体。"九·一八"事变后,焦老师选了不少陆放翁的长篇歌行让我读,他自己写了不少篇做示范。我于是连续写过二十来篇,最后订成一册。虽谈不上什么创作,但却得到了磨炼。高中时期,在一位樊老师的影响下,专学五古,以《昭明文选》上的诗为模范。偶然还在晚报上发表过。内容大都反映时事。后来到了江南,先后从唐文治先生和章太炎先生学,一心想做学者,终日寝馈于浩瀚的古籍之中,诗词完全不谈了。1937年抗战开始,沪宁吃紧,逃难到安徽泗县。国难日深,前路茫茫,才开始以五、七言律抒情。早在1932年就学山西教育学院时曾听一位张老师讲诗律,他讲得生动活泼、精练扼要、明晰浅显，完全没有一些人故作高深、烦琐神秘的那一套，使我茅塞顿开，但却没有学作。学院规定：每生每月要写两首今体或一篇古风，由院长亲自批阅。我囿于习惯，总是写古风，把格律的听讲，只作为知识储存起来。直到1937年秋，泗县中学一位友人偶以五律见赠，乃试和之。次年春，国事日亟，胸中郁勃之气，更试以七律出之。一时颇为传诵。此后，诸体交互运用，不分律、古。至于词，1943年在离大别山前，戏作过两首《西江月》，以讽刺市侩，1944年在白沙女子师范学院任教时才开始用以抒情。由于我当时主要从事文学史、诗词选、韵文选一类课程的教学，因之对词体不感生疏。

上述简单的写作过程，说明三点：一是在诗词写作方面我没有下过苦功夫，只是"情动""形言"而已。二是我写诗是从古体开始的。认为：律体是从古体发展而来，古体是基础，有了古体基础，稍作声韵上的调整，即成律体；而词，一名"诗余"，实是律变，又是以律体为基础的。三是我从写第一首诗开始，就和时势联系在一起，没有"为文造情"的倾向。我很欣赏旧小说中说话人"怎见得，有诗为证"一语。因而我写诗也颇以"有诗为证"自诩，从未敢以能诗自豪。曾刻章曰"未能高咏"，足见心情。

至于诗、词的格律，我不主张太严。尽管有少数专家格律精熟、出口即合，或虽不精熟，而勤查勤问、精雕细琢，以求毫厘不爽，当然无可非议。但如果过重形式，忽视内容，甚至削足适履，不成言语，以致失掉了诗歌的灵魂，那就不如不作为好。格律起于齐、梁，备于唐，沿于宋，僵于明、清。格于科举功令，不论每一字之声、韵分属是否合理，而只能绝对遵守，应试生员、举子，试卷中有一字不合，即被弃置，就能影响到一生的功名前途！严，是逼出来的。时至今日，我们已没有必要绝对受其束缚。然而，格律之所以能沿用千数百年至今不泯、并出现过不少伟大诗人的事实，说明它在诗歌艺术性的提高和人们的审美要求上有不可磨灭的作用。

所以，不作格律诗则已；如作，那它的节奏、声调、韵、律就不可忽视。只是不应死守而已。诗如此，词也一样。诗圣杜甫有句云："老来渐于诗律细"，可见他平生作诗并不严格要求格律。李白不重诗律，人所共知，所以他对崔颢很自由的《黄鹤楼》诗，大为倾倒。其他大家，此例甚多，不烦缕举。宋词中苏东坡的作品被指为"曲子中缚不住者"，实际是"豪放不喜剪裁以就声律"。而他的名作，常被推为千古绝唱。

　　基于以上理由，我以为要作格律诗、词，就应力求符合格律，但却不必死守，不要犯锺嵘所指"文多拘忌，伤其真美"的错误。我有一首《到永州》七律，前四句是："图南不羡大鹏飞，横绝江湖近九嶷。去国投荒悲柳子，秋风北渚吊湘妃"。韵是支、微通押。有的朋友不以为然，我改为"三晋三湘颢气接，异时异地令名垂"，统一于支韵。但读起来总不如原句好。另一首《晚翠园》五律，次联"妖魔衢路舞，文采宫墙高"，"宫"字平声，不合。有个朋友给改成"上"字，但和上句"衢"又失对，于是把"衢"字也连带改成"横"字。平仄对偶全合了，但意思却很难讲通。因为宫墙，指学宫的墙，实是云南大学东外墙，当时进步师生的"民主墙"。"文采宫墙高"，是指当时的革命传单（大字报）。改成"上墙高"，上什么墙？难通。何况还要牵连上句的"衢"字也得改！这正是削足适履的一个例子。还有1990年的一首《迎春》七绝，首句"九十年代第一春"，如按旧读，全不能用，因为全句只有"年"、"春"二字是平字。可是句子那么自然，我不能放弃，而且按今天普通话的读音，"十"、"一"两字都读平声，只按今读就全合律。因而我只加注"用今读"三字。诗如此，词也一样。我的一首《水调歌头·北戴河》有句"时当三伏炎夏，不等秋风过"。按谱"秋"字平声，宜用仄声，有朋友建议改"秋"为"冷"。合是合了，但与炎夏不联，读起来也不自然，不如不改。这类情况，常能遇到。我以为如能做到情真、感实、思深、语浅，基本合律而流畅自然就行了。这样，既可免掉"戴着脚

镣跳舞"之讥, 也可使美的形式更好地为内容服务。这个集子收集
的我的几百首拙作, 其中也有个别诗迁就格律而削弱了内容的地
方, 但总的看来却是我自己主张的实践, 只是写作水平不高而已。
至于长期以来人们关注的诗体改革, 问题大, 需要多方面的专门研
讨, 这里就不再涉及了。

1995年3月31日

《阎宗临史学论文集》序

我国古代最早谈及海外情况的，当推战国齐国的邹衍。司马迁在《史记·孟荀列传》中记邹衍的言论说："中国名目赤县神州。赤县神州内，自有九州，禹之序九州是也"，"中国外如赤县神州者九，乃所谓九州也"，"乃有大瀛海环其外"。这些话的根据，虽只能是海上居民辗转传来的信息，但已打破了人们固有的封域观念，意识中呈现了各大洲的影子，开始了对广大世界的憧憬。《史记》记黄帝以来讫于汉武获麟史事的同时，又作了《匈奴列传》、《朝鲜列传》、《西南夷列传》等篇，把中国以外周边各国放在视野之内，记述了各国的所在方位、疆界、种族来源、变迁、政权形式、风俗习惯、王族兴衰、存亡和与中国的交往和战等等，成为中国古史的补充。司马迁的创例，后来的诸史一直沿袭下来。《二十四史》中，叙及"四夷"、"外国"的国名接近四百（当然有不少重复）。这些叙述，不但成了中国史籍中不可缺少的部分，也给远近邻国研究它们的古史提供了参考资料。"正史"之外，专写外国史地的，像：宋赵汝愚的《诸番志》、元汪大渊的《岛夷志略》、明张燮的《东西洋考》、清末徐继畬的《瀛寰志略》等专著，都能立足中土、放眼海外以至世界各国。较之诸史所载，前进了一大步。欠缺的是他们搜集资料为多、考察研究为寡，可以增加异闻博识而不足提高到史学高度。当然这应归之于时代局限。

已故山西大学教授阎宗临先生，是继承了中国史家优秀传统而终身致力于世界史研究的著名学者。他早年爱好文学，曾和"狂飚社"的高长虹等人进行过文艺活动，并受知于鲁迅先生。但同时又对中国固有文化深有感情。20年代中期，他勤工俭学到法国、瑞士，专攻世界史。获硕士、博士学位后，先后由国外到国内，在各大学教授世界古代史、中世纪史、世界文化史、中国文化思想史等课。而所做专题研究，则广及欧、亚不少过去很少有人注意过的国家。广度、深度大大超过了已往历代史家叙记的范围。由于立足点是中国，所以他特别注重各国和中国的关系。像《十七、十八世纪中国与欧洲的关系》、《从西方典籍所见康熙与耶稣教的关系》、《清初中西交通若干史实》、《古代波斯及其与中国的关系》、《拜占庭与中国的关系》等等，在考证的基础上进行论述，具有很高的科学性和史学价值。其他对欧洲、法国、西班牙、罗马帝国，以至对巴尔干、巴克特里亚的论述，都从博综史料的基础上，提出自己的独特见解。对读者来说，绝不只开阔眼界、增加知识而已。在史观上，"他运用对立统一的观点研究史学，既重视研究欧洲文化，又批判了欧洲中心论"，"对西方文化的利弊，常有深邃的理解"，"反对一切文化都源于中土说。也批判了中国文化西来说"。（上引师道刚同志语）他对史料的要求非常严格。为了阅读第一手材料，曾刻苦学习拉丁文；为了写博士论文，曾七次到梵蒂冈核对资料，又到英国剑桥大学查阅特藏；为了研究一个重要的学者，同时对其对立面也进行研究，以期不失于偏颇。这种治学精神，是可以永远作为学习榜样的。阎先生晚年在工作之余，还笺注了元刘郁的《西使记》、刘祁的《北使记》和晋法显的《佛国记》。前两种，一般人很少留意；后一种是名著，比唐玄奘的《大唐西域记》早了二百几十年，历来为学术界所重视，曾被译为多国文字。阎先生笺注这几种书既是出于乡土文献的考虑，也和他对世界史的研究相一致。他的所有研究成果，无疑给学术界、文化界留下了一份珍贵遗产。

我和阎宗临先生治学方向不同而志趣一致。我们相识在1951年的秋天。但在相识之前早已闻名。抗日战争后期，我由重庆而贵阳，而昆明，后重返贵阳；他由武汉、桂林而到广州。我们共同的朋友罗季林先生，先和我在重庆、贵阳同事，后到广州任中山大学师范学院院长，而阎先生则任中大历史系主任、历史研究所主任。我们未见面而闻名，实以罗先生为中介。1950年秋，我们的另一朋友梁园东先生，从武汉大学回到山西大学任师范学院院长，而阎先生也从中山大学回到山西大学任历史系主任。梁先生写信要我回来，而罗先生也给我信中说："园东兄已返山西大学，宗临兄也回去了，我虽不是山西人，但山大是历史悠久的老大学，现校长又是邓初民先生，我也预备到山大去，希望你也回去，大家把山大办成更好的大学。"于是我回来了，而罗先生却被留下做了广东教育厅长、省政协副主席。由于以上因缘，所以当我和阎先生在山大师院办公室一见面，一道姓名，即有相见恨晚之感。我是搞中国文史的，对西方的哲学、文学名著虽还读了一些，但谈到世界史却很茫然，偶有所疑，质之阎先生，即可豁然冰释。我对意大利复兴期"三杰"之一的米开朗琪罗的画，十分喜爱，而阎先生谈起这位大师则如数家珍。原来他翻译过罗曼·罗兰的《米开朗琪罗传》，罗氏还为译本写了序。其实阎先生对其他艺术家也非常熟悉，于此可见阎先生兴趣之广。他在新中国成立后的山西大学，除任历史系的主任外，还先后任工会主席、副教务长、研究部主任；在社会上还先后兼任山西省人民委员会委员、山西省政协委员、人大代表、历史学会副会长等职，但为人处事始终不失学者的风度。他对工作、对教学、对科研，一样认真负责，从无疾言厉色，也不轻易臧否人物。对所不知，虚心倾听；对所知则元元本本[①]。他常提到南方水乡的一条谚语："只有船靠岸，没有岸靠船"，以此比喻知识分子和党的关系。他始终认为只有跟共产党走，国家才有前途，个人才有作为。这种思想的指导，使他在"十年浩劫"和染病期间，仍念念不忘民族文化的振兴以至对未来世界的关注。他认为：要了解中国的今天，就不能

---

　　① 编者注："元元本本"同"原原本本"，下文同。为尽量保留原文早年面貌，故此。

不了解中国的昨天和前天；要了解世界的今天，就不能不了解世界的昨天和前天。加强中国史和世界史的研究来为未来的中国和世界服务，是今天史学界的重任。遗憾的是他在"浩劫"之后的1978年10月便溘然长逝！在他逝世十余年后，他散存于世的部分论著，才由他的哲嗣首都师范大学历史系副教授守诚同志搜罗整理成集，并要求我作一序言交出版社出版。在当前出版难，出版学术著作尤难的情况下，几经周折，总算可以实现出版的愿望了。谨把我的所知所想，略述如上，以充书序。

1996年5月5日

双塔永祚寺四百周年记

太原名胜最著者，西南郊有晋祠，城中有崇善寺与纯阳宫，城东南有永祚寺。晋祠去城二十五公里，较远；崇善寺、纯阳宫，占地较隘；永祚寺去城三公里，处重岗①上，高敞空阔，形势独胜。

寺，建于明万历二十七年（1599），迄今已四百余载。其大殿，下五楹，上三楹，形同楼阁而全无栋梁。不用一钉一木，全以青砖堆砌。其明柱、斗拱、横楣、檐牙皆砖雕，工艺之精，鲜有伦比。

此寺肇建之日，即于院内植牡丹数株。四百年来，虽历经劫火，而老干新枝，花大如钵，紫冠黄蕊，不同于红、白、黄、绿而独具风姿。前人名之曰紫霞仙。既著其色，亦示其寿，可谓名与实符②。

永祚寺之所以著名，既在于大殿、牡丹，更在于双塔。建寺之初，即于殿后东南建一塔曰文峰；后九年，又建一塔曰宣文。二塔相去四十余米，西北、东南相呼应。各为八面十三级，同高五十四米余。直上凌空，高耸入云。行旅远来，遥见塔影，即知太原将至。公私外出，回首塔身，渐远渐没，难禁依依之情。唯此双塔，不仅为古城之标识，殆同于多情之主人。以塔故，永祚寺名，竟为所掩。询双塔寺，尽人皆知，而永祚之名，知者已鲜。

时移世易，几度沧桑，寺、塔屡遭劫火，残破不堪。新中国成立之后，古寺亦焕发青春，屡加修缮。西塔炮火创伤，先予修复；东塔地沉塔倾，鼎力扶正。人代天工，旷世稀有。近年又广植牡丹，其

---

① 编者注："岗"同"冈"。为尽量保留原文早年面貌，故此。
② 编者注："名与实符"同"名与实副"，下文同。为尽量保留原文早年面貌，故此。

品五十，其株千余，更建长廊，移嵌五百年前所刻之《宝贤堂集古法帖》，与近三百年所刻之《古宝贤堂法帖》，凡四百九十余石于其间。往古名书，荟萃于此，更为寺塔增辉。

于是，仰观则双峰巍峨，俯察则繁花似锦，旁巡则逸韵悠然。履此地者，不徒游目骋怀，抑亦饱文化之芳润矣。十年前，太原市执政已以双塔为市徽，今值太原解放五十年，亦即新中国成立之五十年，而双塔永祚寺，遐龄四百，适与之相会。隆重纪念，固其宜也。爰于本年七月廿八日，集会共庆。特为之记，以昭永世。

1999年7月令辰姚奠中撰

《宝贤堂集古法帖及释文》序

1998年冬，王鸿宾同志拿他与屈克新同志所作《宝贤堂法帖释文》，求为校定，并为作序。我虽老耄，未能坚拒，前后五个多月，才算把全帖和释文校读完。现将太原市晋祠博物馆珍藏的这一法帖明拓早期的本子缩印，与释文合为一书，以便对照赏玩。下边对这一法帖的价值和释文的作用，略述鄙见于次。

北宋一代，汇集历代法书刻为丛帖最著的有下列几种：

一、宋太宗淳化三年（992），由翰林侍书王著临摹刻版的《淳化秘阁法帖》，简称阁帖。

二、宋仁宗庆历、嘉祐年间（1041—1063），尚书郎潘师旦刻石于绛州的绛帖。

三、宋仁宗庆历二年至三年（1042—1043），慧照大师希白潭刻石于潭州的潭帖。

四、宋徽宗大观三年（1109），由蔡京奉诏主持刻石的大观太清楼帖，简称大观帖。

阁帖集刻最早，摹自御府墨迹，大部分作品来自南唐宫廷所藏。其版虽早毁，但就原拓辗转翻刻的甚多，广布海内，影响很大。

绛帖是最先临摹阁帖的，次序有所调整，内容有所增删，特别是增加了右军书及唐代和宋初各家。虽沿袭了阁帖的一些伪、误，但刻得好，容量大，问世之后，极为艺林重视。虽经分裂补刻，而翻刻之多、影响之大与阁帖相埒。

潭帖时间与绛帖相当，却不是摹自阁帖。虽精，但分量小，流传不广，原石早毁，拓本亦极少见，影响不大。

大观帖也不是临摹阁帖，而是因阁帖原版坏裂，仍直接由御府所藏墨迹摹勒上石的。刻工之精超过阁帖。虽形式上有所因袭，伪、误处多未能纠正，但内容编次，颇有增删、更定。是一般名家公认的最好的丛帖。可惜原石早毁，流传后世的少数拓本，很难见到。

这里要提出的，则是明代晋王府所刻的宝贤堂集古法帖。这部法帖正是直接摹自大观帖。虽晚了几百年，但却不是阁帖的云礽，而是绛帖的昆弟。明晋王府藏有宋拓、宋裱，出于南宋权相贾似道府的大观帖，又藏有绛帖的精拓善本，还藏有绛帖残石五十多块。宝贤堂帖就是以大观为主，参考了阁、绛、宝晋斋寺帖，予以增、删、移、易，特别增加了绛帖所无，时间延到明代，而这部分也是直接从墨迹摹刻。所以宝贤堂帖的价值，远非各种翻刻的丛帖所可比。王鸿宾同志有专文做了详细的考证分析，此不复赘。

宝贤堂帖的价值肯定了，但读起来依然不易。这是从阁帖开始就存在的问题。我在中学时期，曾买到一部阁帖，欣喜之余，急去翻阅，而摆在面前的却是：字不识，句难断，文不明的古董，远不及薛尚功所作有释文的钟鼎款识之类更具吸引力。只好束之高阁，不再理会。从宋刘次庄起，为阁、绛等帖作释文的不少，但大多流传不广，而各家所释，又多歧异，读任何一家，都难于令人惬意。由于魏晋以来，草法从无统一规范，虽有部分常用字，约定俗成，而书家运笔，仍多随意。摹刻上石，技艺有殊，稍一偏差，即成谬误，一再翻刻，去真弥远，或石刻磨损、拓工粗疏，拓片欠晰，难于辨认。凡上种种，大大加深了释文的难度，降低了所释的准确性。王、屈二同志费了数年的工夫，一方面，以明拓宝贤堂帖早期本为主要依据，并参阅明清以来多种拓本及其他有关法帖，既取各帖之长，祛各帖之短，增各拓本之所未见，厘正舛误，或补齐佚漏，使之不失帖文、字迹的本来面貌，不因某拓本、某帖之误而误释；一方面，通考各家释文，比堪、辨析、择优、正误，力求近似。在比堪、辨析过程中，常遇到的是：字似而义不通，或义顺而字不似，句通而上下文不贯……一个字往往反复多次，使错认和疑不能明的字减少到最低限度。释文之外，还加了注解，其注释之详也是过去各家所少有的。这部释文吸收了历代阁、绛诸帖释文成果，使之向前推进了一步，更便读者欣赏、临摹、理解之用。王、屈二同志的辛勤劳动，很有意义、很有价值。

我在校读全书中，除整体肯定、小有参酌补正外，另有几点体会：首先感到在碑帖史上开阔了眼界，增进了知识，接触了长期忽视或没有过问的资料。其二是引起了对摹刻丛帖的前贤深深的敬意。因为历代名家法书，百不存一；即偶有藏品，亦难见到，而丛帖一下子给我们提供大量复制品。其三是拉近了古人和我们的距离。"诵其诗，读其书"，只能"想见其为人"，而面对他们的书迹，却仿佛见到了故人。

最后还要说明的是，宝贤堂法帖明代拓本已很少见，而这里所用的本子是晋祠博物馆珍藏的明拓早期的本子，晚期所拓，在完整和清晰上都不能和它相比。这一本子，先后由清初阳曲张思孝和晚清徐沟王启恩所藏。各卷都有张氏多方清晰的印鉴。张思孝是儒生，是傅山《霜红龛集》最早的辑刻者，是藏书家和刻书家；王启恩是举人，是收藏家、金石家，有专著，帖前也有他的两方印章。他们保存下来的这个本子，就当前来看，已是相当珍贵了。关于王启恩，王鸿宝同志专文第四节有考。以此，我以为此书的出版问世，其嘉惠艺林，当发挥不可估量的作用。

姚奠中行年八十有六
1999年12月20日

《通鉴校补》序

《通鉴校补》一书是宋谋玚同志的一部力著。

我和宋谋玚同志相识，大约是1963年的秋天，记得他那时是解决了"57年问题"后，住在太原的一个招待所，等待新派工作。他来看我，我们便一见如故。从他的口里得知，他在这待职期间，对中华新版《资治通鉴》作了校补，已取得不小成果；连改正标点，也已札记成册。我虽还没有看见他的成稿，但在此时此地对他所做的这一工作，却不禁肃然起敬。后来他被派到山西大学中文系，接着被分到习作教研室。来山大，他是满意的；搞习作，却不合他的胃口。由于谋玚同志是个志气恢宏、胸无城府、心直口快、少所回忌的人，他自以为并未伤害别人，但却不容于众口，遂于1965年秋，在"校补"尚未完成的情况下，下放到长治地区教师进修学校。次年便是"十年浩劫"，他被赶到湖南老家，受尽摧残。可是他在"劳动改造"之余，居然完成了鲁迅旧体诗的注释十余万言，并和一些著名人物进行了书信商讨。1972年全国各校重新招生，他不久回到了长治。但在学校仍不得上课，让他看大门。他于是有暇展开了学术活动。他曾把几首写《红楼梦》的诗寄给我，我回了一首小诗以代柬："不见宋生久，轶才最可思。漫天风雨霁，拭目看新诗"。听说他贴在传达室的墙上。后来他到了太原，又在我家里见了面，依然谈笑风生。尽管周围"左"的压力还不小，而他却处之泰然，并幽默地自喻为"夷门监者"。使我钦佩的则是他的《鲁迅旧体诗注》。我看了全稿，也看了茅盾、周振甫诸公对他的著作所做充分肯定的信札，认为应该争取尽早出版。他说湖南出版社已接受，但过了很久，消息却变了，得到的是种种托词。为了使他的稿子出版，我把它交给副省长王中青，请给予帮助，可是最后还是落了空。原因可想而知。我自己也有这种亲身体验，毫不足怪。后来他调到长治师专，迄今又20多年了。他先后被评为副教授、教授，还做了一段系主任。授课之余，除发表了不少文章外，又投入《红楼梦》研究，成了《红楼梦》专家。而《鲁迅诗注》和《通鉴校补》，便再也没有谈起，可是我对这两部稿子，却从来没有忘记。

谋场同志是个乐天派，无论处在怎样的逆境中，从来没有悲观。对所受不公平、不公正的待遇，也觉得没什么好谈，总是无所谓的样子；而谈起学问，却说不尽的见解，道不完的看法。他是个不知疲倦的人，除六朝以前外接触面相当宽。每抓住一个问题，就钻了进去，抓紧不放，勇于争论，不怕反对。我不赞成他对某些问题钻牛角尖，动辄万言的文章，但却为他的钻研精神所折服。而《通鉴校补》显然不属于那一类。在去年的一个会上，他告我准备把《通鉴校补》问世，嘱我作一篇序。尽管我这些年兼职多、任务重，学殖荒落而年逾古稀，但这序却不能不作。因为从他的"校补"工作开始之时，我就是最早关怀的人之一，它的命运，一直是我20多年来不时萦回于脑际的一件事。前几天，由一位同志送来部分手稿，我也才得抽暇阅读，同时把它和中华新版《通鉴》做了一些对看。

中华新版《资治通鉴》标点本，是1956年6月出版的。参加标点的12位同志，其中4人又组成校阅小组进行了校对。在标点方面，由于过去没有基础，所以他们付出的劳动，对读者读懂原书起了应有的作用，但这部600万字的巨著，疏漏舛误之处，仍在所难免。于是便出现了谋场同志所说，标点一错，甚至弄到"杀错了人"、"找错了凶手"、"两人变了一人"、"人名变了地名"等"笑话"。他随手记下来写成《通鉴标点辨误》10余万字。这是"副产品"，而更重要的正产品，则是他的《通鉴校补》。

中华新版《资治通鉴》出版时，把工作重点放在标点方面，虽成立了"校阅小组",但校阅重点似乎也没有放在对原书的校勘上。他们基本上依靠章钰的《胡刻通鉴校宋记》,除删汰了一些不必要冗文外,把"章校"全部移于注中,不复再校。另外只据《四部丛刊》影宋本《通鉴考异》和胡刻本所附《考异》做了校对。问题是他们没有注意到"章校"尽管对校了宋刊九种,参校了明刊一种,还采用了旧校三种,的确一般很难办到。但遗憾的是:"章校"没有考证。章氏自感年老,心有余而力不足,所以没有做。新版与之对比,不但没有弥补这一缺憾,而所删汰部分,也"缺少旁证,全凭臆断。章校的疏失处继承下来了,又增加了新的差错,有些校记甚至张冠李戴。以原书对校,简直令人哭笑不得"(引文并见宋同志给郭沫若先生信的复印本)。鉴于上述情况,谋玚同志便以中华新版的《通鉴》(即清胡克家刊本的翻版)和《四部丛刊》影宋本、涵芬楼百衲影宋本、《四部丛刊》影南宋的《通鉴纪事本末》互校,校出胡刊本的脱误好几千条,其中有相当一部分,是章钰《胡刻通鉴校宋记》原书所遗漏的。难得的是宋谋玚同志做了一番广泛的考证。《国语》、《战国策》、周秦诸子、《汉纪》、《十七史》等书中,凡与《通鉴》原文直接有渊源的,他都尽量参考到了;同时还参考了严衍的《通鉴补正》,全做了校记。"校记的百分之九十以上的条文,都有一条以上的旁证。证明宋刊不误而胡刻本脱误的,其中的人名、地名、年、月、干支属多数。"(引文同前)就这样他用了四五年的时间,写成了这部《通鉴校补》。原稿八厚册,约60余万字。用力之勤,已可概见。

一般校书,往往但列各本异同而不表态,或偶作是非而不谈依据,谋玚的"校补",则既列异同,又定是非,仍加考证,还保留疑点,这就大大超过了只校版本的范围。像书内第一条《御制序》:"勒成二百九十六卷",原有"章校""乙十一行本(按即章钰所据第七种宋本的简称)'六'作'四'。而不说究竟'六'对还是'四'对"。"校补"则说:"丛刊本(即《四部丛刊》影宋本)'六'作

'四'，当从之。盖《通鉴》实二百九十四卷，非二百九十六卷也。"既表了态，又以事实做了证。又如《周纪》一："莫不奔走而服役者"条，"校补"既列举各宋本"莫"字下都有"敢"字，又指出：有"敢"字文气较畅，有之为是。肯定了各宋本，并说明了理由。当然也有否定宋本的，如"惟名与器"条，"丛刊本"、"百衲本"、"本末本"都作"惟器与名"，《左传·成二年》中亦作"惟器与名"，似乎应该肯定"惟器与名"是对的，"惟名与器"不对，应改。然而《校补》没有就此止步，而是据《通鉴》本身前后文的内证说："《通鉴》前有'名器既亡'云云，后有'名器既乱'云云，各家宋体亦均作'名器'不作'器名'；且此外亦非直引《左传》原文，似不必从宋本"。也就是说明胡本本文用不上改。另一个也是两字正倒的例子：《汉纪》："诏祢（今算字）赀四得官"条，"丛刊"、"百衲"两个宋本"祢赀"二字互乙，都作"蒜赀"。据以改胡刊本文，已不为过。"校补"则再与《汉书·景帝纪》对校，证明亦作"祢赀"，然后加"按：祢为税单位，胡注：'服虔曰：赀万钱，祢百二十七也'，则作'赀祢'方通。'赀祢四'，财产税达四祢也。胡刻误"。通过考证，无可辩驳地否定了胡刻。遇有原文缺漏的，虽有宋本可据，也不轻补，仍必多方参考。如《周纪》二："而欲臣事秦"条，三种宋本"秦"下都有"愿大王熟察之"六字。"校补"照样又查了《战国策·魏策》和《史记·苏秦传》，"秦"下各有一大段话，《史记》那段话后有"愿大王熟察之"语，《战国策》则作"愿大王熟察之也"。然后说明："《通鉴》据《国策》、《史记》而有删节，然此六字不当删去，当从宋本补。"还有，《通鉴》原文不误，各宋本也与之一致，一般就不会出校了，但"校补"参考了别的书后，却发现了问题，提出来供人研讨。如《周纪》"秦伐蜀"条，各本都同。但《稽古录》作"蜀伐秦"，如果是孤说，可以不考虑，但《史记·六国表》秦惠公三十六年有"蜀取我南郑"的记载，就不能不考虑了。于是究竟是"秦伐蜀"，还是"蜀伐秦"，有了问题。再查《史记·秦本纪》

却发现与《六国表》矛盾，不作"蜀取我南郑"，而作"伐蜀取南郑"，《通鉴目录》同。张敦仁《资治通鉴刊本识误》据《稽古录》、《六国年表》判定"秦伐蜀"误。"校补"则说："以当时时势揆之，作'秦伐蜀'恐不误。……蓄此疑，以待达者。"当然对此问题，进一步考证也是可以的，只是离校勘任务更远了。所以只留了个疑问。还有胡刻原文脱误较多的，如"列女不事二夫"条，有两种宋本"夫"下都有"齐王不用吾谏，故退而耕于野"十二字，本可据补，但"校补"仍查了《史记·田单传》和《说苑·立节篇》，作为旁证，然后决定应补，可以说是十分慎重了。

校书，是一种专门学问，过去叫作"校雠学"或"校勘学"。创始于汉代刘向、刘歆父子，宋代郑樵《通志·校雠略》，做了理论的阐述，清代章学诚《文史通义·校雠通义》，更做了全面探讨。从理论到实践，已讲得相当完善。但是今天出版的校点古籍，数量之大，空前未有。而质量上能基本符合上举标准的，却寥寥无几。其原因多半由于：任务重，人力不足，临时组班子集体搞，搜罗存本不够，有些人很少有这方面的专业知识和专业思想。谋场同志这部书，是就章钰的《校宋记》来补校章氏的漏、讹、失误之处的。他独任其事，达五年之久，除重新对校各宋本外，更重要的还在于旁参子、史群籍，加以考证，这是前边已提到的。这才体现了校书的主旨所在，可以对读者有更多的参考和启发作用。虽不能说已"踌躇满志"，但他的辛勤劳动的成果，在广大的读者中，是可产生很大效益的。其中还有一些字句上说得不清的地方，需要在排印时订正。

最后，我还是殷切地希望见到他的《鲁迅旧体诗注》出版。

《河东史话》代序

人类的劳动生存与发展，总是在对过去不断总结、对未来不断探索中前进的。总结探索得越好，进步就越快，而世界文明也就这样一步步地创造了出来。对这种总结、探索全进程的记录，就是几千年的文明史。

"六经皆史"，前人曾认为是卓越的见解。由今视之，就破除传统观念来看是对的，但就整个文化领域来看，则何啻目光如豆。因为，文化史的范围，是包括一切图书馆、博物馆、科技馆、文化馆、艺术馆所汇集收藏的一切文物在内的。过去人类社会一切的存在，无一非史。在当前，信息重于一切，而信息之所以重，不只对今天，还在于它要把人类今天、昨天和前天智力、体力所创造的东西，分门别类汇集起来，为开创新的世界服务，不过把史的部分功能现代化了而已。所以，人们对文化史的掌握，决定着社会文化水平；而社会文化水平决定着文明的程度。我们要建设两个文明，当务之急就是要千方百计地、全面地提高人民的文化水平。在960万平方公里土地上10亿人口的我国，文化上的差距和参差，极端严重。虽然上至世界最先进的尖端科学，下至文盲半文盲，同时存在，但更严重的是先进太少、落后普遍。因此，提高文化水平的任务就是：既要使先进的更先进，争取更多的先进；又要使落后的急起直追，争取早日减少以至消灭落后。在这里，文教部门的责任是艰巨的，而社会各阶层的共同责任也不容轻视。我们必须放眼世界，放眼未来，同时也必须从小处着手，从眼前着手。工作尽管千头万绪，但抓住一点就是一点，只要是为提高社会文化水平的努力，我们就应该欢迎。

　　河东，是华夏文化的摇篮，也是中国文化史的开篇。《尚书·虞夏书》所记，虽出周史"稽古"之作，但若把因无历史观念而把古人合理化、理想化了的成分除去后，氏族部落的真实面目便宛然在目。从此以后，历四千余年，河东在全国范围的历史地位，备见史册。先后居住在这块土地上的人们，生活、生产、创造、斗争，以至对山川的开发和物类的化殖，无不和全国息息相通，相互联系，相互支持，相互促进。它的文化史，是全民族文化史不可缺少的重要组成部分。这里大量的丰富史迹，既见于各类"正史"、"野史"，也存在于民间口头传说之中。而学习这些东西，通过思维活动就会转化为对事物的认识、分析能力，这就标志着文化水平的提高；至于从古人、古事中会受到启发、受到鼓舞，就更是不言而喻的了。

　　运城师专的几位同志编写的这本《河东史话》，正是从浩博的史籍和长期流行的传说中，选取若干资料，使之通俗化、故事化而编写起来的。属于普及文化工作的范围，对整个宏伟的文化史洪流来看，几乎是太仓一粟或银河一星。但虽一粟一星，却仍然会具有营养价值和闪亮的晶光。它是为提高社会文化水平服务的，所以应该欢迎。至于书的具体内容，读者会自己去领略，用不上赘述。因此，我只能就这本书引起的一点感想，提出以上一点看法而已。

《姚奠中书艺》跋

　　我童年习字是在家伯父、父亲手把手教导下开始的。从小学到中学的10多年中，以大小楷为日课，很少间断，每个寒暑假回家，总要交"作业"。从小学到现在已70多年，大体可分三段：初中以前，可以叫作打基础阶段；从初中到开始教书，可以叫作全面提高阶段；教书以后，特别是大学教书以后，可以叫作追求自我阶段。字如此，画、印也基本如此。年月长了，中间虽不免有顺有逆，有起有落，然而由于爱好和积习的驱使，画、印虽长期搁置，而写字数量之多，却已无法统计。记得高中毕业时，有位老师劝我走艺术道路，认为我走这条路一定能成大家；但另一老师却说我"读书多，文字好"，走学术道路才是正经。几经犹豫，终于走了后一条路，而以艺术为余事。近10年来，书法艺术从国内到国外，呈现出一片繁荣昌盛景象。我虽参与了，但却没有考虑过书法是什么艺术这类问题。前几年书法界掀起一场辩论，主要论题是：书法究竟是具象艺术还是抽象艺术？究竟是再现艺术，还是表现艺术？由于论者各自有理有据，所以终于莫衷一是。这促使我对这类问题进行了思考，也初步形成了自己的观点。

　　我以为汉字从造字之始，就具有具象与抽象两方面的特点，也即具有再现与表现两个方面。一切简单的"初文"，都是所谓"依类象形"，基本上是照客观对象的样子作画，有的画得很像，日、月、山、水、羊、马之类，莫不如此。另有一部分却是想画而无法画的，如刀可画而刃不可画，气可画而风不可画，云可画而天不可画。可画的可以象形，画出的东西是具象的，也可以称为再现；不能画的用符号表意，如刃上的那一点，上下的上边下边那一竖，或一横或一点，都是表意而不是具体某个东西。一、二、三、四等数目也都不能画，都是先有数的概念，而后从经常接触的事物中概括出一种共性的特征，作为符号来表意。这就近于抽象的、表现的了。所以"六书"中象形一类，基本上以图画为基础，是具象的、再现的；而指事一类，则以表意为基础，可以说是抽象的、表现的。所以就"初文"来说，已具有不同的两种倾向。随着表情达意的需要，产生了象形、指事孳生出①来的大量的占99%的字。尽管其中的义符、声符采用了象形、指事的"初文"，但距原来"初文"时期所画的对象，都越来越远。它只能是人们表情达意以至叙事说理的工具，而写字本身也根本不是为了画画。进一步随着字体的演变使所有文字越来越远离物象，即使像人、犬、日、月等象形字，也很难看到原来所画对象的影子了，更不要说会意形声字了。如果由于汉字起源于象形，因而就说是具象的、再现的艺术，那是以点概面，不符合实际情况；但也不能由于文字的功用不外表情达意、叙事、说理，而字形发展又越来越远离于物象之故，便认为汉字是抽象的、表现的。因为汉字属于会意、形声的合体字，就每一单个字来说，都是以"初文"为基础，也就是都具有象形、指事的成分。它的结构，不像拼音文字那样只用若干字母固定排列顺序，而是各有独立形体，各自成为一种形象。从甲骨、钟鼎到小篆、隶草，作者虽还没有艺术的意识，但已有艺术的要素。迄于魏晋之际，出现了写字写得好的不少书法家，而书法也从作为工具的文字体系中分化出来，成为另一种独特的艺术。

尽管所写内容仍可起到一般语文的作用，然而从这时起，不少人已自觉地进行着艺术追求、艺术研讨，从而使书法成为独立的艺术品种。因而出现了《四体书势》、《笔阵图》以下一系列理论著作，一直延续到现代。实际上艺术的核心是形象，没有形象就没有

---

① 编者注："孳生"同"滋生"，下文同。为尽量保留原文早年面貌，故此。

艺术。那么，书法所具有的形象和绘画一类形象有何不同？我以为除工具、材料、手法等不同外，最主要的是：绘画摹写的对象是现实存在的"物"，而书法摹写的只是传统的文字。如果说文字中还存在有"物"的影子的话，那也只是间接而非直接地去再现它，书法所直接再现的是历代存留的各体字迹。所以没有任何一个人要从自然物身上去练牛、马、人、兽等字，而是就历代名家所写的牛、马、人、兽字迹来练。画家的基本功是素描、写生（包括摹名画家作品），而书法家的基本功则是摹碑、临帖（包括名家墨迹）；画家的所画对象是山川景物，而书法家所写的对象只是古今文字。素描写生功夫不行，而要成为有所创造的画家很难；临摹功夫不够，而要成为形神完具的书家也不可能。画家头脑中经常揣摩思考的，是客观存在的形形色色的"物"，而书家经常揣摩思考的，则是现存的碑帖中的字和名家墨迹。画家作画，尽管主要是再现物象，但不妨、而且必然同时表现主观的思想感情；书家书法，尽管也再现字象，但也必然要表现他个人的思想感情以至精神面貌。惟其如此，故艺术作品的高低，不仅决定于作者的艺术修养，还进一步决定于作者的知识水平、文化修养和品德修养。画如此，书法尤其如此。这是由于它和中国传统文化的联系更为密切之故。以上就是我的粗浅认识和一些个人体会，写出来就正于方家。

《曾国藩家书全译》序

我在初中时期，就曾经接触过《曾文正公家书》，白纸石印，有句、逗。但当时这类名人笔记、日记、书信之类颇多，所以对此书没有留下鲜明印象。对曾国藩其人，有位历史老师曾大力表彰过，但我只记得他说：清代只有两位"文正"，一位是汤斌，一位就是曾国藩。得这个谥很不容易，曾氏得此谥，不在于他的功业而在于他的学行。这就使他不同于其他文、武将相而高出世表。在高中时期，有位国文老师常说，《昭明文选》、《古文辞类纂》两部书，古今好文章都选进去了，不必另求。但我看到曾国藩的《经史百家杂抄》后，却更为喜欢。因为当时我最喜欢、读得最多的是诸子及《史记》，曾氏《杂抄》经、史、子并选，不像那两部选本排经、史、子于古文之外。在无锡国学专修学校，同班马茂元是桐城派古文大家马通伯的孙子，不同班另一位同学吴常焘，是另一桐城派古文大家吴挚甫的孙子，还有一位同学虞以道，是阳湖人，自认为是阳湖派的继承人。于是便以"桐城派"、"阳湖派"为标榜，而我少年气盛，则以周秦诸子凌驾之。当然这是可笑的。但此后几十年中我偶然翻阅古文选本时，总是以曾氏《杂抄》为主。实际上《杂抄》和《类纂》的不同，绝不是选文范围广狭的问题，而是基本方向之异。因为曾氏着眼点，不是为文而文，而是以经世致用为主旨。以经世致用为主旨，《文选》、《类纂》之不足，就很显然了。我们从曾氏的《家书》中看到他指导诸弟和儿子读书，总是除经典必读外，特别重视《史记》、《汉书》、《通鉴》、《通典》之类。就可以看出他的思想趋向之所在。尽管他对一般古文也同样重视。

自周秦以来，以孔、孟为中心吸收了历代其他各派的优秀传统文化，是中华民族几千年历史中政治、经济、军事、伦理、社会的经验总汇。其中有不少规律性的东西，可供后世遵循或借鉴。然而储存于圣哲著述中的言行、教诫，不但历代儒者很少能付之实践，即使有才、有识、有学、有位的历史人物，也很少能见诸行动而收到实效。而曾国藩却能学用结合，在很大程度上把前人停留在纸面上的一一予以实行。从这个角度上看，可以说他是前无古人的。他既是政治家、军事家，又是理学家和名实相符的诗文作家。他的《家书》，乃是他多方面的、朴实的记录的一部分。然而横在我们面前的，却是对曾国藩其人评价的大问题。一些年来，不少论者指斥曾氏是满清统治者的奴才、汉奸，是镇压"太平天国"运动最大的反革命、刽子手，是革命阵营的头号敌人；他的著作包括《家书》在内，充满了毒素，是对人民有害无益的东西。是不是真是这样呢？鄙见以为：这种论断，是在革命斗争十分尖锐的形势下为政治需要所决定，未免带有简单化、片面性的倾向，并非辩证的、历史的正确结论。当然，从近代史的发展看，满清政府的黑暗腐朽是事实。"洋务"无效，"维新变法"失败，民主革命潮流涌起。而太平天国起事早在1850年，即鸦片战争后不到十年。其力量之大，占领地区遍及半个中国，的确予满清政府以严重打击，其精神为后来民主革命所继承，也是事实。但其政权的实质，却只能是历代农民起义的继续，其所提带有民主、平等的口号，也和过去农民起义差不多。特别是利用宗教来发动、团结群众，方法很落后。借天主教的神权和一些宗教仪式来树立绝对权威，背离了几千年深入家家户户、人人心中的以孔、孟为首的传统文化，这是一般人，特别是知识分子不能接受的。曾国藩出兵之始，所发的檄文正是紧紧抓住这一点，动员群众、组织群众的。因之，一开始就有大批知识分子，包括一些有一定名望的学者参加了他的队伍。毛泽东在广州农民运动讲习所里讲课时说："洪秀全起兵时，反对孔教提倡天主教，不迎合中国人的心理，曾国藩即利用这种手段扑灭了他。这是洪秀全的手段错了。"曾国藩以保卫传统文化的战士自居,生死以之地去为之奋斗。说他是反革命,很难。至于他是否是异族统治者的奴才、汉奸呢?恐怕也很难立论。因为清政权虽然是以满族为主建立起来的,但它基本上继承了华夏文化传统,而且促进了这种传统文化的发展,其繁荣情况,超过了前代。朝野上下,久已承认它是中国封建王朝之一。后来不少革命家的先世以至祖父,都久已充当清王朝的文武官员而且引以为荣。如果说曾氏是汉奸,那何以处理二百年来做清朝官吏的祖先们呢?所以指曾为汉奸是不可以的。当然,对这段历史公正的、准确的评价,还有待于专门探讨。这里不多赘述。

曾国藩是和太平天国战斗的最后胜利者,也是在满清王朝第一个得到军政重任而且得到封侯和世袭职的汉人,他所推荐、识拔的人才,成为封疆大吏的"遍于海内",近代少有,古代也少见。可是在专制朝廷的猜忌下,处境的险恶、条件的艰困,却令人难于想象。原来他只是以侍郎丁忧在家而奉命办团练来保卫地方的,当满清官兵在太平军攻势下不堪一击、局势难于支撑时,才被推上战斗的前线。经几年的艰苦作战,已成为作战主力,却一直没有得到正式统兵权。他只能得到军机大臣转发给他的"上谕",不给他"圣旨",只给他以兵部侍郎衔到某处"办理军务",而不给统军实职;对地方官军全无奏调权;地方官不认为他是领导,只听主管上司的,办交涉很难;名义是兵部的副职,实际还不如驻军的提督、镇守;朝廷下达文件,不直接交给他而由地方当局转;立了功请给官职的,报上去两三年不批;甚至还有些人讥议他是自己要求参战,不应领官饷,曾经革职,不应专折奏事等等。此情备见于他咸丰七年(1857)要求免去"办理军务"回家守孝的奏折中。这倒惹恼了奕詝(咸丰帝),立刻免了他的兵部侍郎,让他回家。他在家住了一年后,由于局势危险,清廷才又不得不重新起用他,而他仍然不计名利,勇担重任。直到奕詝卧病由那拉氏(西后,后来的慈禧太后)代批奏疏后,才得到实职——兵部尚书衔、署理两江总督、钦差大臣。咸丰十一年（1861）七月奕訢死后，光绪载湉即位，太后"垂帘听政"，才更进他为太子少保，节制江苏、浙江、安徽、江西四省的军政大权。他也遂于同治三年（1864）取得了消灭太平天国政权的全胜。《清史稿·曾国藩传》把他和诸葛亮、裴度、王守仁相比。实际上诸葛亮总揽西蜀国家全权，政令全由己出；而裴度、王守仁也都是得到当时皇帝的专任的，曾氏无法和他们相比。而斗争的敌对方面，除诸葛亮任重未能完成外，裴、王二人所平灭的都只是局部叛乱，远不能和太平天国相比。曾氏取胜的难度之大，不超过他们几倍。事实如此，不容怀疑。而有的史学家又从另一个角度对他进行贬责说："曾国藩用同乡、同学、亲友、师生四种关系团结湘军，造成私人军队谁招募、服从谁的作风；同时又奉他为惟一的独裁领袖。""近代军阀军队，从曾国藩开始"云云。(《中国近代史》，人民出版社，1951年，第516页）实际上曾氏原来只在家乡办团练，当然以家乡人为主，不算正式军队。需要补充，全靠自己招募，连军饷也靠"捐"。仅从政府取得几千份捐低级官阶和捐监生的凭照，以空名义换取富人的钱财充饷。其不得不用同乡等"四种"人，乃势所必然。也因此，他周围的人和重用的都是些书生、名士以至学者，人才极盛。打下南京后，他首先大量裁撤湘军而扩大李鸿章的淮军，这种无私的表现，能是军阀的作风吗？他内部的团结，靠的是道义，而与不同系统的少数督抚像骆秉章、胡林翼等人，则是志同道合、同舟共济。《清史稿》本传说曾氏"以忠诚倡天下"，绝非虚誉。

曾国藩的成功之处，首先在于他的品德修养和实践精神。正如《清史稿》本传所说："国藩事功本于学问，善以礼运。公诚之心，尤足格众。其治军行政，务求蹈实。凡规划天下事，久无不验。"他的《家书》一千余封，虽只反映了他言行的一个侧面，但内容极为广泛丰富。从修业进德、经邦纬国、朝政军务、家庭朋友以至日常琐事、养生处世，无不委曲周至，巨细不遗。用今天的话来说，他是最善于处理"人际关系"了。实际上是吃透了儒家的仁、忠恕之道，不尚空言，而见之于行事。他对家庭特别是诸弟，再三强调的是勤、劳、谦、俭，而戒骄、戒惰、戒奢、戒傲。提倡"寒士家风"，绝不能"以势欺人"。他说："既是乡绅，万万不可人署说公事"，"即本家有事，情愿吃亏"——这是对父亲说的。他对管家的四弟说："莫买田园，莫管公事。吾所告者二语而已。"这些很平凡的话，一般人都很难做到。他给已做了重要将领的九弟（国荃）说："吾兄弟但在积劳二字上着力。成名二字不必问及；享福二字更不必问矣。"又说："吾兄弟报国之道，总求实浮于名，劳浮于赏，才浮于事。从此三句切切实实做去。"这种专讲贡献而不计名利的品质，更为难能。他的有名的"八本"说中，像"立身以不妄语为本，做官以不要钱为本，行军以不扰民为本"，都是金玉之言。青年时代的毛泽东，是非常尊敬曾国藩的，在湖南第四师范的课堂笔记中，曾摘录过不少曾氏的《家书》、《日记》，并且在许多时人中"独服曾文正"。1992年第9期《读书》杂志上李锐同志的专文《为什么独服曾文正》对此有详细的论述。事实上毛泽东不只早年重视曾氏，即成为马列主义者共产党员之后，曾氏对他的影响仍然很大。曾国藩有一首《爱民歌》讲军民关系。歌词是：

　　三军个个仔细听：行军先要爱百姓。第一扎营不要懒，莫走人家取门板。莫拆民房搬砖石，莫踏禾苗坏田产。莫打民间鸭和鸡，莫借民间锅和碗。莫派民夫来挖壕，莫到民间去打馆。筑墙莫拦街前路，砍柴莫砍坟前树。挑水莫挑有鱼塘，凡事都要让一步。无钱莫扯道边菜，无钱莫吃便宜茶。更有一句紧要话，切莫掳人当长夫。一个被掳挑担去，一家号哭不安居。娘哭子来眼也肿，妻哭夫来泪也枯。军士与民如一家，千记不可欺负他。日日熟唱《爱民歌》，天和地和又人和。

——从李锐文转引，有节略

如果拿红军、解放军的"三大纪律"、"八项注意",与此歌相对照,就会强烈感觉到它们的性质上的相近。可见曾国藩的影响之大。据说蒋介石也最崇拜曾国藩,常把《曾文正全书》放在手边,用在话里。

为了普及曾氏家书的阅读,以便吸取精华扬弃糟粕,由陈霞村教授等十位同志进行了语译,予以出版。应该是对当前改革开放的现实,为提高人们的处世、做人以至整军、论政的水平,都会有所裨益的。仅就我所想所思,拉杂写来,权充序言。其不当不妥之处,希读者随时指正。

1994年9月9日

杂记篇

课余随笔(1945—1948)

(一)

《庄子·秋水篇》云："庄子与惠子游于濠梁之上。庄子曰：'儵鱼出游从容，是鱼之乐也'。惠子曰：'子非鱼，安知鱼之乐？'庄子曰：'子非我，安知我不知鱼之乐？'惠子曰：'我非子，固不知子矣；子固非鱼也，子之不知鱼之乐全矣。'庄子曰：'请循其本：子曰汝安知鱼乐云者，既已知吾，知之而问我，我知之濠上也'。"

此段辩论，实见庄、惠于事物着眼之不同。惠就个体不能相通处言，则我不知汝，汝不知鱼，为一完整之辩论法。庄就个体之可以相通处言，则汝知我，我亦知鱼，亦为一完整之辩论法。盖人之知识，无尽知，亦无尽不知。于人于物，就经验观察，本可知其一部分，而亦终有不可知之一部分。庄对一切，皆就大处着眼，故云然耳。"既已知吾"，句绝。言子既言汝安知鱼乐，是已知吾也。知之而问我，句绝。言子既知我反问我何以知鱼，我知之濠上也。言我即与子同法，由濠上而推知濠下也。

(二)

道德，是存在于社会的，没有社会，便没有道德；道德是为人的，为己便不是道德而是本能。

《庄子·徐无鬼》："以德分人谓之圣，以财分人谓之贤。以贤临人，未有得人者也；以贤下人，未有不得人者也。"

《孟子·滕文公》："分人以财谓之惠，教人以善谓之忠，为天下得人者谓之仁。"

《孟子·离娄》："以善服人者，未有能服人者也。以善养人，然后能服天下。"

此三节，可谓贤者所见略同。

（三）

9月20日，是中秋节，余在渝，寓杨氏琴韵草堂。是夜，杨君召广播电台刘、吴二君来于小院芭蕉下共饮。刘、吴二君，皆能琵琶，而吾友尤为卓绝。既各奏二曲，而吾友则以《飞花点翠》一曲终之。音声之好，不可言传。彼二人，则自叹望尘莫及也。余以无技可献，乃填《人月圆》一调。次晨，书横幅以赠吾友，其词云："晴空万里悬明月，烟笼万千家。百年羞辱，一朝尽雪，泪满天涯。（吴君言，此夜月明如此，当是胜利之瑞。）月光如水，梧围篱落，蕉影窗纱。最堪记取《飞花点翠》一曲琵琶。"

所写皆实景也。

（四）

旧八月十七日（9月22日），由渝赴筑，应贵阳师范学院聘也。夜宿东溪。以月色可爱，遂出门独步。因以《菩萨蛮》记之云：

"巴山蜀水重重叠，无端更看东溪月。策杖度街头，月光如水流。街头人影乱，客舍明灯烂，万里逐风尘，胡为浪苦辛！"

孤寂之中，殊不禁天涯羁旅之怀也。

（五）

旧九月十五日（10月20日），率师范学院国文系四年级赴花溪，参观私立清华中学。值星期六，该校例无功课。乃相约作二日游。其夜，月色不减中秋。诸生携酒食，席地坐溪侧。欢饮至深夜始归寓所。次日，复相偕游山。再次日，由清华中学校长唐君，导观其图书仪器标本等设备。遂共旁听初中、高中国文课各一时。其任课教员为张某及袁希文。张尚可，袁则大不胜任。下午三时许归院。

　　张某于"翌晨"之"翌"，知其为明日，而不知其所以。本可不解所以，而彼则转作别说，甚无谓也。按"翌日"之"翌"，盖借为"昱"。昱，说文云："明日也"。经传通用翌。《尔雅·释言》："翌，明也。"亦间用"翼"。《书·金滕》"王翼日乃瘳"是也。"翌"之本意，则为飞貌，或作"翊"同。

（六）

　　游花溪之夜，诸生有倡言作诗者，虽未作，余则于就寝时构思欲填一词。既归，田生视民以所为诗来求正，并言同学皆有所作。余为其诗易数字。因遂就前所思，足成《八声甘州》一首云：

　　看溪光月色醉迷离，那得此良宵。正麟山静寂，旗亭冷落，四野悄悄。岸草任他绿减。不须问花娇。但树簇楼飞，髟髟翘翘。

　　应有闲情逸致，俯清流垂瀑，小伫长桥，况良朋携酒，笑傲动云霄。念平生江湖落拓，问壮怀前路复迢迢。徒凝望，晴空如洗，月冷天高。

（七）

　　24日为院庆，国文学会有特刊。余为一文曰《论治诸子》，中分二部，先论古今各家治诸子学之得失，次举宜注意之数点：一曰，入与出。二曰，异与同。三曰，参验与默契。皆就治学之基本功夫而言。此十四、五二日所作也。国文学会又有书画展览会。以诸生之请，余畀以书画十二幅。计行书四幅，魏碑一幅，钟鼎一幅，山水三幅，花鸟一幅，葫芦一幅，奔马一幅。葫芦题词云：

　　种非魏王之遗，当从八月之断。不须惠施之忧，岂求仲尼之叹。壶而有知，或以余为知言也乎？

太白诗云："天生我才必有用。"上所题，即此意也。又题奔马云：

方其电掣云驰，尽其材美，不须伯乐之目，世人当可共见之。支道林云，'贫道爱其神骏。'岂谓此耶！盖寓'不患人之不己知，患其不能也'之意焉。

（八）

中国古代术数极盛，据《汉志》所载分为：天文，历谱，五行，卜筮，杂占，形法六种。余以为此六者中，大可表见中国古人之人生观与宇宙观之一部分。此六者可分二组，卜筮独为一组，余五者共为一组。卜筮所以决疑。中国人不走极端。遇疑事，辄以此决其兴废行止。虽非求进之道，然可以免无谓之争执也。故此事与中庸之道颇有关。余五者皆在察异，皆为探索自然现象之一种方法。其理论，本皆归纳已有现象而得者。其目的，则皆在应用于人事。其方法虽不尽科学，其所论虽不尽可靠，然适足表现中国人以人事为本的宇宙观。偶于授课中念此，他日当就此意研求之。

（九）

凡庄生所谓"内我外物"之类，皆非个人主义，乃所以告人专精之法。以如此造诣始可高也。

（一〇）

"齿"引申为年齿。《广雅·释诂》一："齿，年也。"再引申以年齿定列亦为齿。《礼记·祭义》："壹命齿于乡里。"注："谓以年次立若坐也。"因之不得与人共列者。谓之"不齿"。《周礼·大司寇》："不齿三年。"注："不得以年次列于平民也。"因前参观归，讨论会提及此字，故记之。

（一一）

为国文系四年级拟读书法，录之于次：

一、阅读

1. 须不遗一字；2. 须章句分明；3. 须重复读绎；4. 须即时做札记。

札记内容；a. 摘录：义理之精者，文采之美者，趣味之昌者，新异材料；b. 提要：每节、每章、每篇；c. 联想：人物事理；d. 问题。

二、研究

1. 类别：a. 专题；b. 专人；c. 专书。

2. 方法：a. 纵的；b. 横的。

3. 程序：a. 辑材料；b. 鉴别分类；c. 求要点；d. 系统叙述。

4. 性质：a. 考证；b. 义理；c. 训诂；d. 词章。

三、书籍

1. 基本读物：经史子文之原书。

2. 概论类：如各"艺文志叙论"、《国故论衡》、《国学概论》及今人各种概论等皆是。

3. 工具类：字书、韵书、书目、类书、辞典、表谱、地图、释文及校勘记等。

4. 启发类：如俞樾的《古书疑义举例》等。

5. 参考类：如《读书杂志》、《经义述闻》各书释例，名人札记及前人研究专篇等皆是。

（一二）

善用功者，何时何地何事，皆可用功。不善用功者反此。

今通常举行之座谈会，发言者每止二三人。其不发言者，或对此问题不感兴趣，或初不知讨论何问题，或以此问题不值讨论。此皆懒人，或不善用功者也。盖无论任何问题，如思想能深入，则兴趣自生。如思力集中，则不暇外骛。如思想能细密，则虽极平常之事，亦必有其可研究之处也。

（一三）

凡居大变乱之世，社会一切变者虽多，然必有其沿袭者。凡思想大变之时，其新创者虽多，亦必有其相承者。中国之注重人生哲学、政治哲学等，虽周秦诸子亦承三代而来。至其因时制宜，自为一家，则皆以环境而异。述思想史者，固当两注意之。

（一四）

思与感相对，希腊哲学家已看清二者之分别。在中国，孟子说："心之官则思"。把心与"耳目之官相对待"。照我们的看法，心不止能思，心亦能感。不过思与感之对比，是极重要的。我们的知识之官能，可分二种：即能思者与能感者。（冯友兰《新理学绪论》（三）第二节大意）邵康节观物篇："夫所以谓之观物者，非以目观之也。非观之以物，而观之以心也。非观之以心，而观之以理也。"以目观物，即以感官观物，其所得为感。以心观物，即以思物，然实际的物，非心所能思。心所能思者，是实际的物之性或其所依照之理。知物之理，又从理之观点以观物，即所谓以理观物。此所解释或非康节之本意，不过，无论如何，"心观"二字甚好。又有所谓静观者，程明道诗：万物静观皆自得，四时佳兴与人同。"静观"二字亦好。心观乃就我们所以观说，静观乃就我们观之感度说。（《新理学绪论》（六）第四节）

《庄子·人间世》："无听之以耳，而听之以心；无听之以心，而听之以气。"康节之语，当脱胎于此。《老子》："致虚极，守静笃。万物并作，吾以观复。"（16章）明道语，与此相近。又《庄子·秋水》"以道观之，物无贵贱"，亦可相参。

（一五）

冯友兰《新理学》第一章中于"真际"、"实际"之讨论极详。并说明二者知识上的层次云："我们因分析实际的事物，而知实际；因知实际，而知真际。我们的知愈进，即愈能超经验。"余向读《庄子》，即以为首宜分别"原理"与"事实"二者。原理不受时空限制，谈原理，必超时空。而事实则永远受时空限制，离时空，即无事实可言。与冯氏之说，可以比照。

培根说："宇宙间事物，人若能叫出他的名字，即可使用之。"冯氏云："能叫出他的名字者即知其属于何类也。知其属于何类，则可用人已有对于此类之知识以统治之，利用之。"（科学之任务在此）若人之知，更由知实际而知其真际，则其超经验之程度更大。

（一六）

《老子》所谓道，世人多指为本体论。其实大谬。盖其所言本非解释宇宙之本质，而乃说明自然之理而已。故其所谓道，非心非物。

（一七）

《老子》："有物混成，先天地生。"（25章）似道为一物矣。但所谓混成者，"视之不见名曰夷，听之不闻名曰希，搏之不得名曰微。此三者，不可致诘，故混而为一"（14章）之混也。故所谓物，非物。"先天地生"，则言未有天地，即有此理而已。"道之为物，惟恍惟惚。"（21章）言不可捉摸也。全书言道处皆仅就其性质作用立说，只可作原理看。

（一八）

"道生一，一生二，二生三，三生万物。万物负阴而抱阳，冲气以为和。"（《老子》42章）言万物为道所生，似道为物质矣。然老子又言："天下万物生于有，有生于无。"则是以道为无（无质）也。盖此道即为一切之理，万物自皆依之而生。至物本身究以何为质，老子则不言也。盖物之存在，必藉于[1]感官，故形有尽而理之存在于思维。故可超形也。《老子》34章曰"万物恃之而生而不辞""恃"字最分晓。

（一九）

老聃之老，当为尊称。当其德劭年高，人始呼之。《史记》称其名为李耳。一般称其字者则曰老聃。无老耳连称者。

（二〇）

鲍照《登大雷岸与妹书》有句云："思尽波涛，悲满潭壑。"上句状思之多，下句言悲之深。江淹《为建平王聘隐逸教》有句云："迹绝云气，意负青天。"本以状高人。余则以为上句可状行之超卓，下句可状志之高远。因以四句为联，以自况自励。

（二一）

钱穆《诸子系年》一四五论《庄子·说剑篇》乃庄辛之事云：《世家》惠文二十二年（惠文立时11岁）置公子丹为太子。其时庄子年最少亦逾八十。远道来论剑服，不近情。而《楚策》秦果举鄢、郢、巫、上蔡、陈之地。襄王于是使人征庄辛于赵。秦拔巫，在顷襄二十二年，亦正赵惠文二十二年，是时庄辛留赵。盖传说由庄辛而误为庄周（韩非喻老楚庄王欲伐赵，庄子谏。亦庄辛。而文选卷五十五注引误作庄周）。"又辛系文学之士，其说天子诸侯庶人三剑，层累敷陈，亦与蜻蛉、黄雀、黄鹄、蔡圣侯之喻，取径相似，则文亦疑本出庄辛也。"此说有理。

《楚策》庄辛说楚襄王，有蜻蛉、黄雀、黄鹄、蔡圣侯之喻。以

---

[1]　编者注："藉于"同"借于"，同下文。为尽量保留原文早年面貌，故此。

明止知目前，不知身后之危。而《庄子·山木篇》亦云："庄周游乎雕陵之樊，睹一异鹊自南方来者。翼广七尺，目大运寸，感周之颡。而集于栗林。庄周曰：'此何鸟哉，翼殷不逝，目大不睹？'蹇裳躩步，执弹而留之。睹一蝉，方得美荫而忘其身；螳螂执翳而搏之，见得而忘其形；异鹊从而利之，见利而忘其真"云云。盖本亦一故事，而传说属之二人也。

（二二）

《庄子·山木篇》云："庄子衣大布而补之。正緳系履，而过魏王。魏王曰：'何先生之惫也？'庄子曰：'贫也，非惫也。士有道德不能行，惫也。衣敝履穿，贫也，非惫也。此所谓非遭时也。'"又《让王篇》云："原宪居鲁，环堵之室，茨以生草……子贡往见。原宪华冠绨履而应门。子贡曰：'嘻，先生何病？'原宪应之曰：'宪闻之，无财谓之贫，学而不能行谓之病。今宪贫也，非病也。'"二事相类。岂原宪事，而庄徒亦以之埘庄子与？抑皆无事实耶？

（二三）

《吕览·贵公》："荆人有遗弓者，而不肯索。曰：'荆人遗之，荆人得之，又何索焉。'孔子闻之曰：'去其荆而可矣。'老聃闻之曰：'去其人而可矣。'"余增之曰："庄周闻之曰：'去其得失而可矣。'"

（二四）

胡适叙刘文典《淮南鸿烈集解》谓："整理国故有三途：一曰，索引式之整理。二曰，总帐式之整理。三曰，专史式之整理。"以总帐式之整理与刘氏。余谓整理国故注疏为首。而刘氏之作，未足当整理之名也。其重心不在其一条条之精否，而在其所用方法之精否。盖前人所作，凡不为自然淘汰者，皆有其精处。若刘氏所为，精处最多，亦仅为淮南增一较好注本而已。与前人之为注疏者，无他异也。故今欲言整理注疏，则必先善察昔人注疏之得失，然后定一条例，申其得而补其失。则虽未有一条条之发明，亦犹谓之整理也。余有论整理注疏专文，此不具列。

（二五）

连日夜，月明不减中秋。此状，知去望不远矣。因念七月望日，方在白沙白苍山庄，与罗季林、鲁岫轩、赵竹南诸君共言笑。八月望日，则居渝上清寺琴韵草堂，与杨大钧君饮宴于小院芭蕉影下。九月望日，则来贵阳师院与国文系四年级诸子，夜游花溪。今又近十月望日矣。对玉魄清辉良难为怀也。

（二六）

金圣叹评杜诗于"春来常早起，世事颇相关"一诗，题下评论中有云："张循王园中老卒，日中睡着。循王问之，对曰：'无事可做，只得睡眠耳。'悲哉言也。"云云。老卒之言，堪味，圣叹之言，尤堪味。

今夜月极圆，极明，凭楼阑望之，信口唱一诗曰：

怜君何事到天涯！（刘长卿句）劫火中原亿万家。满目苍生无限泪，筑山风月锁烟霞。

唱时毫未思索。写出后，以平仄故，改四字耳。

（二七）

黔穸山窍宕亭，有赵尔巽篆书集庄为联云："以息相吹，如闻地籁；自崖而反，心有天游。"盖山石多孔，可吹作牛鸣。而亭则倚崖而建当山坡之冲故云。

（二八）

《史记·秦本纪》："戎王使由余于秦……缪公示以公室积聚。由余曰：'使鬼为之，则神劳矣；使人为之，亦苦民矣。'缪公怪之，问曰：'中国以诗书、礼乐、法度为政，然尚时乱，今戎夷无此，何以为治，不亦难乎？'由余笑曰：'此乃中国之所以乱也。夫自上圣黄帝作为礼乐法度，身以先之，仅以小治。及其后世，日以骄淫，阻法度之威以责督于下；下罢极，则以仁义怨望于上。上下交争怨，而相篡弑，至于灭宗。'"是礼乐法度之弊，旧矣。而世人乃以老子有非礼之言，为起于儒家之后之证，岂不悖哉！

近人以老子已发明自然之理，且极力攻击礼法仁义。则孔子不宜仍斤斤于礼法仁义之提倡。以反证老在孔子之后。不知此等判断，最不可据。如今之共产主义，早已盛行，而守旧之士，仍不妨谈其王政，而他哲人，更不妨另做主张也。

同一春秋时代，而反映于老、孔二人之思想中，大不相同。老子盖以史学家眼光，用旁观的看法，因之发现一切变乱之理，因以成其处事治国之理论。孔子则以政治家眼光，就现实上着眼，而发现当时的变乱，全在于政教的崩溃。遂造成其正名之政策也。

（二九）

金圣叹《沉吟楼借杜诗》有七绝一首云："何处谁人玉笛声，黄昏吹起彻三更。沙场半夜无穷泪，不待天明尽散营。"亦见于《圣叹内书》，且有解云：释弓年小，不解这个事。便谓此诗大佳，只是一字未安。问何一字未安？答："既道何处谁人，便不可知其笛之必至也。"这个，若论诗词，可称法眼。只是汝父哪有心情作诗来！因曾为之解说一遍。正如今天是副说话，坿见于此。"何处者，不知其处。然少不得是一处。此谁人者，不知其人，然少不得是一人。假使无此处，便无以着此人。无此人，便无以闻此笛。今日只据吹笛是实。便信其处其人，须宛然自在。"圣叹此话，是论作的诗，与咏的诗不同也。释弓所说，是未注意事实，而只看文字。而圣叹所咏，全在言外。

（三〇）

今夜国文学会于河滨堂开诗歌夜会。首杨某讲《新诗与旧诗》。无论文不对题，即其本身亦谬误百出。余以三语评之：一曰观念不清。诗歌原于初民，无人可以否认。有主张有文字始有文学者，与上语本无冲突。其关键在于学字，彼竟不知也。二曰常识不足。彼于古代歌谣，举《击壤》、《麦秀》、《五子之歌》为最可信。既不知《击壤》之可信程度，不及"明、良、起、喜"；又竟不知《尚书》五子之歌之伪，早为定论。且一本为"五子之观"，即"武观"也。三曰引证不当。彼于说明中用诗特点之一为应用时，引孔子"诵诗三百"、"不学诗"、"诗可以兴"等三节，竟不知此三节，乃说明尔时读《诗经》之用，与诗歌本身之求应用迥殊，亦竟不知引《诗叙》"风，风也，教也"等句为较佳也。其陋妄可笑不一而足。下周将应国文学会请做学术讲演一次。本拟题为"论古今中外"，今则决定为"诗歌的生命与新旧诗的合一"。

（三一）

孔子"正名"之说，可包三义：一曰正名字。此就事物言，一事一物皆须有一正确名称也。二曰定名分。此就政治言，一官一职皆须有其本分也。三曰核名实。此就行为言，一举一动皆须与所负名义相符也。如"君君臣臣父父子子"，君臣父子是名字。君有君道，臣有臣道，是名分。君行君道，臣行臣道，是名实。

（三二）

前在白苍山庄时，承友人鲁岫轩告以计算60%与40%之平均法。日久遗忘，乃又函询，得答，录之于次：

1. 先以欲平均之二数相较。

2. 如占60%者为大数，即以6乘差，加于小数。如占40%者为大数，则以4乘差，加于小数之上，即得平均数矣。

3. 举例：求85×60%及70×40%的平均数。则85-70=15

　　　15×6=90　　70+9=79

简便之至，以其可以一目看出也。

（三三）

顾颉刚《汉代学术史略》第十三章论经书之用云："这种东西的用处就是它的史料价值。汉以前的材料，存留到现在的太少了。除了甲骨文和钟鼎文之外，可见的只有这几部经书了。甲骨、钟鼎的材料，固然可靠，但都是零碎的。而几部经书，则是较有系统的，把这较有系统的书本材料，来连串无系统的地下实物，互相印证，于是我们可以写出一部比较真实的上古史。"此语可谓折衷之论，但全未言及思想内容。

（三四）

谶纬起于汉哀平之后，东汉初共有81篇。其中：河图9篇，洛书6篇（时谓此为黄帝至周文王本文），又别有河图、洛书36篇（时谓孔子作所增演），又七经纬36篇（时谓此为内学而原经为外学）。其篇名有：《禄运法》、《括地象》（河图类）、《西狩获麟谶》（春秋类）、《援神契》（孝经类）、《会昌符》（河）、《甄曜度》（洛）、《钩命诀》（孝）、《璇玑钤》（书）、《乾凿度》（易）之类。其尤奇者，如《稽曜钩》、《帝览嬉》、《皇参持》、《阊苞受》、《帝视萌》、《运期授》、《灵准听》、《宝号命》、《洛罪级》、《考河命》、《准谶哲》之类。其内容或释经，或讲神灵，或讲地理，或讲史事，或讲文字，或讲典章制度。然其中心，则唯依阴阳五行说灾异祯祥而已。中国古人，本不过于迷信，而汉人专造迷信。且使一切学问，皆染以迷信色彩。而教育亦遂成为迷信教育。其影响之大，实有非想象之所及者。

（三五）

《墨子·非儒》下：儒者曰："君子必服古言（依公孟篇作古言服）然后仁。"应之曰："所谓古之言服者，皆尝新矣。而古人言之服之则非君子也。然则必服非君子之服，言非君子之言而后仁乎？"反驳甚是。唯新古非是非之标准，专是古而非今者，与专是今而非古者，皆可议也。

（三六）

《墨子·非儒》下："孔丘（从原本毕本改丘为某）盛容修饰以蛊世，弦歌鼓舞以聚徒，繁登降之礼以示仪，务趋翔之节以观众；博学不可使议世，劳思不可以补民；累寿不能尽其学，当年不能行其礼，积财不能赡其乐"云云，宜与《庄子·盗跖》等篇所云"饰智以惊愚，修身以明污"比照。司马谈"博而寡要，劳而少功"及"累世不能通其学，当年不能究其礼"，语盖本此。

（三七）

《论语》：樊迟请学稼子曰："吾不如老农。"请学圃，曰："吾不如老圃。"樊迟出，子曰："小人哉，樊须也。"此与孟子辟许行之义同。观"上好礼则民莫敢不敬，上好义则民莫敢不服，上好信则民莫敢不用情。夫如是，则四方之民襁负其子而至矣，焉用稼"之言，可知已。盖君子自有其宜为之事，不在能稼也。此樊须之所以受小人之斥。

（三八）

《四库提要·杂家类·墨子》下，引《因树屋书影》云："墨子姓翟，母梦乌而生，因名曰乌。以墨为道。"此盖江琭《读子厄言》以墨非姓、翟为姓之所本。江氏并引孔稚圭《北山移文》"泪翟子之悲，痛朱公之哭”以证其说。钱穆《诸子系年》三二，亦推演其墨非姓之义。实则墨为道术之称，无可否认。是否为姓氏，则难定。以古人姓氏之改易极大也。至姓翟名乌，则妄诞不足论。《北山移文》“翟子”与“朱公”对举。如准江氏之论，则杨朱亦将姓朱耶！

（三九）

王维诗之特点为静，本成定论。而陆侃如、冯沅君合著之《中国诗史》中，乃举其诗中喜用“静”之一字，以证之。竟不知其好处全在境界之静，与字面无与也。试诵“渡头余落日，墟里上孤烟”，“深林人不知，明月来相照”，“返景入深林，复照青苔上”，其静可见。

（四〇）

比喻的根据，至多是数方面的相似，绝不是各方面的相同。

思与想的分别：思，思议；想，想象。想象的内容是象，即意象；思议的内容是意念，或概念。想象的对象，是具体的、个体的、特殊的东西；思议的对象是普遍的、抽象的。（金岳霖《论思想》）

（四一）

诗歌的境界，是意境的表现。而意境，是情感与思索想象的融合所生。“明月几时有，把酒问青天。不知天上宫阙，今夕是何年。”明月、酒、青天、宫阙等，都是旧有的象。回忆此象，而推测天上宫阙等象，是想象。于无穷事物之概念中，提出此明月等数象之概念，联系之，这是思索。而此思索，与想象之活动，则情感促使之。

（四二）

《庄子·齐物论》“乐出虚，蒸成菌”二语，初疑为平列，继乃知二语适反。“乐出虚”，喻有出于无；“蒸成菌”，喻无可成有也。

（四三）

《墨子·公孟篇》，子墨子与程（繁）子辩，称于孔子。程子曰："非儒，何故称于孔子也。"子墨子曰："是亦（俞云丌之讹，丌古其字）当而不可易者也。"盖墨子非儒为事实，于孔子则间亦称之也。若《非儒篇》则已甚矣。

（四四）

《墨子·鲁问篇》子墨子曰："昔者三代圣王禹、汤、文、武百里之诸侯也，说忠、行仁取天下；三代之暴王桀、纣、幽、厉仇怨行暴失天下。"俞曲园云："怨字，乃忠字之误。言与忠臣为仇也。"今按：仇，即售字。上言说忠、行仁，忠、仁，同类。此言售怨、行暴，怨、暴，同类。不烦改字。

（四五）

《墨子·鲁问篇》："吴宪谓子墨子曰：'义耳义耳，焉用言之哉！'子墨子曰：'子之所谓义者，亦有力以劳人，有财以分人乎？'"云云。此墨子衡义之标准也。故《墨经》曰："义，利也。"

（四六）

《墨经》上："仁，体爱也。（《间诂》引张云：以爱为体。按：此读体群臣之体，俗云体贴。）义，利也。礼，敬也。忠，以为利而强君（此字从《间诂》改）也。孝，利亲也。信，言合于意也。勇，志之所以敢也。任，士损己而益所为也。"诸名之释，皆足见墨学之特点。

（四七）

黄季刚尝言："治经之法，略有五端：一宜存大体，玩经文；二宜有师承，守家法；三宜兼通他经，以证本经；四宜融会传文，贯通前后；五宜屏除今文，勿使淆乱。"余谓二、五两条，宜有限制。盖欲识其真，则不得不取径于此。然终守之，则适成其陋。一、四两条，最要。盖今世多有不读其书，而遂腾口说者。矧能识全书之指归乎！三条宜扩大之，不独限于经也。

（四八）

季刚云："诵清人经解万卷，而不能读注疏一卷。陋儒之学也。"盖自尝甘苦之言。季刚云："如治《毛诗》，当以阮刻《十三经注疏》为主本，而用三色笔圈点之，作为简单之索引。例如：《毛传》用红笔；《郑笺》用绿笔；《孔疏》之中，凡申毛者用红笔，申郑者用绿笔，其出于己意者用墨笔。校读之后，关节焕然。开卷之际自能一目了然矣。"

（四九）

方回词《捣练子》有云："寄到玉关应万里，戍人犹在玉关西。"犹义山"刘郎已恨蓬山远，更隔蓬山一万重"诗句意也。

（五〇）

孟子谓："我知言，我善养吾浩然之气。"公孙丑乃引"孔子云：'我于辞令，则不能也。'"因以"然则夫子既圣矣乎"折之。实则《论语》已有"不知言，无以知人也"之语。"知言"为知人之基本条件。孔子之自承"知言"可知。至公孙丑所引，乃"能言"与"知言"不同。

（五一）

朝鲜李熙朝，政教衰颓。国人谣曰："金樽美酒千人血，玉盘佳肴万姓膏。烛泪落时人泪落，歌声高处怨声高。"如闻悲痛之声。

（五二）

诗中之韵脚、平仄、对仗，皆有其客观存在之价值，不容抹杀。盖平仄音韵等皆足增进抒写及感人之力也。果于此道有精深之研究，则固可以于此三者皆应用于至善至美之境，自可创新体为新格也。至如律诗之拘，盖已失三者之意义矣，此后新诗似当出于此途。

（五三）

《汉志》载《子思子》23篇。《孔子世家》云："子思作《中庸》。"沈约云："礼记：中庸、表记、坊记、缁衣，皆取于《子思子》。"《中庸》首言："天命之谓性，率性之谓道，修道之谓教。"似纯为性善论者。而王充《论衡·本性篇》于世硕、宓子贱、漆雕开、公孙尼子之论性，皆尝提及，而不及子思。令人疑怪。岂《中庸》果不出子思与？

（五四）

《论衡》云："周人世硕以为'人性有善有恶。举人之善性养而致之，则善长；恶性养而致之，则恶长'……作《养书》一篇。宓子贱、漆雕开、公孙尼子之徒，亦论性，与世子相出入。"是诸子犹未有主性善者。设子思主之，则不宜不提及也。

（五五）

《史》、《汉》中"阏氏"一词，友人徐复云：即今蒙语"阿塔"是也。亦如中土太太之称。单于之后若母，称大阏氏，亦通称阏氏。阏，古为喉音，如阿。氏，古音氏，近塔。故阏氏，即阿塔也。

（五六）

《汉书·苏武传》："于轩王，赐武马畜、服匿、穹庐。"友人徐复云："服匿，瓮也。今蒙文作□（蒙文字，原文遗漏），音铺惕。服，古音蒲；匿、惕，音近。音固未变。"

《苏武传》："蹈其背以出血。"友人徐复云："蹈，疑为焰之讹，即灸也。《元史》成吉思汗负伤时，亦以此法治之。"未查《元史》，姑记之。

（五七）

英国文豪吉柏灵云："下笔为文以前，我们要考虑到六个 W。即你是谁，在何时，在何地，为什么要做，要如何做，做些什么。"

（五八）

《庄子·齐物论》："未成乎心而有是非，是今日适越而昔至也。是以无有为有。无有为有，虽有神禹，且不能知，吾独且奈何哉。""是今"之"是"，"是以"之"是"，二字平列，皆承"未成乎心"一句。

（五九）

《孟子·离娄》下，人之所以异于禽兽者几希；《告子》上："告子曰：'生之谓性。'孟子曰：'生之谓性也，犹白之谓白与？'曰：'然。''白羽之白也，犹白雪之白；白雪之白，犹白玉之白与？'曰：'然。''然则犬之性，犹牛之性；牛之性，犹人之性与？'"此二节，指明孟子之论性，乃就人与禽兽之别一点立论。盖人性之中，固有与禽兽相同部分，然此部分，只可谓人的兽性，而非人的人性。就人之所以为人者言，全在其有禽兽所无之人性。此人性，即一切道德之原，故曰善。

（六〇）

孟子所言命，无明显界说。所谓"莫之致而至者，命也"者，则命为一无可奈何之力量。（然非命定论）人除尽己力之外，唯听之耳。故曰："夭寿不贰，修身以俟之，所以立命也。"故曰："尽其道而死者，正命也；桎梏死者，非正命也。"

（六一）

王驾吾先生言：“蔡孑民每与人信写好后必留一日始发。故少误事。”可以为则。因忆梁园东先生言：“友人告彼：教书大事，即书极熟，课前亦必准备。”此亦知甘苦之言也。

（六二）

清龙翰臣《字学举隅》分“辨似”、“正伪”二者。附“摘误”。于今日文字龙乱舛讹之时，仍大有用。唯其书亦多陋处。如芉下云，芥本字。彊下云，同强。之类是也。盖龙氏文章之士，于小学容有未深也。

芉下宜云，“草芥”本字。盖芥另为一字，非芉之俗体也。彊下宜云，相沿以强为之，盖强亦另一字，非彊之俗体也。

（六三）

《汉志》：“《曾子》18篇。”亡佚已久，内容不可知。《大戴记》有《曾子·立事》以下十篇，文多笃实平易，盖多曾子之言行，而门人记之者。然亦有乐正子春之门人所记。其言孝处，亦有不同。暇当与《孝经》并读之也。

（六四）

张孝祥《于湖词·西江月》有：“意行著脚到精庐，借我绳床小住。”余在皖、泗，常卧绳床。读此惘然忆故。

（六五）

《齐东野语》：“外大父文庄章公。（良能，字达之，宋宁宗时人）自少好雅洁……亲朋或讥其龌龊无远志。一日大书素屏云：陈蕃不事一室，而欲扫除天下，吾知其无能为矣。”

（六六）

南宋张良臣有云："水禽有名信天公者，食鱼而不能捕。凝立沙上，俟他禽过，偶坠鱼于前。然未闻有饿死者。"（见楼钥《攻愧集》）语至有趣。

（六七）

姜白石诗云："自喜（一作"作"）新词韵最娇，小红低唱我吹箫。曲终过尽松陵路，同首烟波十四桥。"（砚北杂志）隐士，实是清客。

（六八）

旧说《易》有"简易"、"变易"、"不易"三义。冯友兰《新理学》云："变易，即变。不易，即不变。简易，谓执不变以说变。"于《易》可谓得一的解。

（六九）

俗以一事之成为葳事，字当作"葳"。说文无此字。（大徐本新坿有之。云从草，未详。引《左传》以葳陈事。杜预注云：葳，救也。《广韵》上二十八："犹有葳，备也，一曰去货。"二书并云丑善切。段玉裁、朱骏声皆不录此字。）又《左·宣十二传》"执事顺成为臧"，是事之成，可用臧事也。又"以葳陈事"，为《文十七年》文。又曾点字子晳。《史记·仲尼弟子列传》点作葳。《说文》亦无其字。葳、蒇音近，岂葳本从蒇省声，训去货耶？

（七〇）

《庄子·齐物论》云："自彼则不见，自知则知之。"此由彼此观点不同，言人所以见理不明之故。《秋水篇》云："夫自细视大者不尽。自大视细者不明。"乃就大小言，与上文相发。

《庄子·秋水》："井蛙不可以语于海者，拘于虚也。夏虫不可以语于冰者,笃于时也。曲士不可以语于道者,束于教也。"亦可与上节相参。

(七一)

《庄子·天运》:"形非道不生,生非德不明。"《天道》:"泰初有无,无有无名。一之所起,有一而未形。物得以生,谓之德。未形者有分,且然无间谓之命。留动而生物,物成生理,谓之形。形体保神,各有仪则,谓之性。性修反德,德至同于初。同乃虚,虚乃大,合喙鸣,喙鸣合,与天为合。其合缗缗,若愚若昏,是谓玄德。同乎大顺。""谓之性"以上,为德、命、性、形之界说,以下为修养之理。

(七二)

《庄子·秋水》:"是故大人之行,不出乎害人,不多仁恩;动不为利,不贱门隶;货财弗争,不多辞让;事焉不借人,不多食乎力。……(此处疑脱一句)不贱贪污;行殊乎俗,不多辟异;为在从众,不贱佞谄。"昔解此段,于不贱"贪污、佞谄"二事,几不能解。今按:此14句皆两两对言者。上句就对己言,下句就对人言,皆极宽恕之意。盖乱世政教尽弛,贪污佞谄,皆有其社会背景。大人者,自当就其根本着想,而不注意此小事也。

(七三)

《庄子·至乐》云:"名止于实,义设于适,是谓条达而福持。"适字,最精。

(七四)

齐泮林先生托撰联挽任可澄先生,因集《老》、《庄》语应之。其词云:"薪尽火传,寓诸无竟"(《庄子》),"功遂身退,死而不亡"(《老子》)。任先生,黔中人望也。

（七五）

《淮南子·主术训》："古之为车也，漆者不画，凿者不斫。工无兼技，士不兼官。各守其职，不得相奸。人得其宜，物得其安。"分工何密邪！

（七六）

《庄子·养生主》首节："以有涯随无涯殆已。""殆已"二字，指知识言。已详论于《庄子内篇间绎》中。其下"缘督以为经，可以保身，可以全生，可以养亲，可以尽年"数句，各家所解，亦未惬意。今谓：督《释诂》训"正"。《方言》训"理"。全句言因理以为常，犹《齐物论》"和之以天倪，因之以曼衍"也。该篇下即言"所以穷年也"。此篇下文亦言"可以保身"等四句，文意一致。盖养生之道，首在知识之卓越。知识卓越，乃能"和之以天倪"，乃能"因理以为常"也。而养生之效果，乃可得言。

（七七）

上引，"可以保身"四句，皆养生之效。"保身"，指形体言。"全生"，指性灵言。"养亲"，指所受于父母之气血言。"尽年"，即"穷年"，指所受于天之分命言。

（七八）

明日元旦，今日仍上课。诸生有心不安者。因重申：愈处乱事，心宜愈定。下午大扫除，或言可不上课。余谓未得教务处通知，自宜如常。以为凡此细事，人固多随便者。盖未思其影响也。

（七九）

1946年元月元日，为抗战胜利后第一个新年，而各省战患仍烈。翘首云天，不胜惘惘！

（八〇）

冯友兰《新理学》固多宏通之论，而于道家之"无为"，仍以为"为放弃人为，纯依天然"。殊未会老庄之旨也。

冯友兰《贞元四书》其中心在《新理学》，而《新理学》之中心观念，则为性善。虽与孟子以来之性善论不尽同，而实归纳分析诸家而得者。故亦可名之曰新性善论。冯氏论性善，专就人之所以为人者立论。故《新原人》之四种境界，以道德、天地二境界为归也。

（八一）

李白《赠汪伦》诗："忽闻岸上踏歌声"，刘禹锡《竹枝词》："闻郎江上踏歌声"，"踏歌"二字，似为当时成语。所以谓之"踏歌"，或以步为节奏耶。

（八二）

《庄子·齐物论》："道之所以亏，爱之所以成。"爱，即爱憎之爱。以，由也。爱憎，亦即好恶也。

（八三）

《孟子》："尽其心者，知其性也。知其性，则知天矣。存其心，养其性，所以事天也。夭寿不贰，修身以俟之，所以立命也。"朱注："尽心知性而知天，所以造其理也。存心养性以事天，所以履其事也。不造其理，固不能履其事，然徒造其理，而不履其事，则亦无以有诸己。"事、理二字最分晓。

（八四）

《大学》："致知在格物。""格物"，是"致知"之法。格字之训，当依《仓颉篇》训量度。量度者，思维辨别也。上文"物有本末，事有终始，知所先后，则近道矣。"即"致知"、"格物"之具体说明也。又"各"之本义为"异词"。"异"为分别。"诸"之本义为论讼，"论讼"为辨别。"略"之本义为"经略土地"，"经略土地者，谓分其疆界"。义皆相因。冯友兰谓"对于实际的事物之分析是'格物'"，义亦不错。

（八五）

佛书言："能为今世、他世、自他顺益者，曰善。能为今世、他世、自他违损者，曰恶。"景昌极云："利他者必归于两利，害他者必归于两害"，"利他者为善，害他者为恶。"

（八六）

景昌极云："命之本义为天命，与人力对。凡人力无所施而不可奈何者，谓之天命。孟子所谓'莫之为而为者天'，庄子所谓'知其不可奈何，而安之若命'是也。知人力之有所能有所不能，是曰知命。力所不能者，不事强求，是曰安命。力之所能者，尽其心力以为之，是曰立命。"此引孟子语，当用"莫之致而致者命"句，盖二"为"字，二"致"字，义殊不同也。

（八七）

《孟子·尽心》下："口之于味也，目之于色也，耳之于声也，鼻之于嗅也，四肢之于安佚也，性也，有命焉。君子不谓性也。仁之于父子也，义之于君臣也，礼之于宾主也，知之于贤者也，圣人之于天道也，命也，有性焉。君子不谓命也。"盖言性者，谓发于内心；命者，谓缘于外力。口于味等，固发于内心之欲，然亦必藉外物之力以定之。仁之于父子等，虽亦由于外境，然亦必有内心之爱，欲人为善。故君子之言乃有取舍。依此，孟子性善之说，诚有教育之目的也。

（八八）

《庄子·大宗师》："离形去知，同于大通。"下句《淮南·道应

训》作"洞与化通"是也。郭以"旷然与变化为体"释之。似郭本与
《淮南子》同也。又下文"仲尼曰:'同则无好也,化则无常也'",
即释"洞化"二字。"同"亦"洞"之残。

(八九)

友人湖南陈寄生来,携有自倮倮族所得之簧二只,以竹为之。
中开舌为簧。置口腔前,鼓之,有金属音,甚温厚。陈君谓即《诗》
所谓"吹笙鼓簧"之"簧"也。

(九〇)

友人汤炳正、景麟,由南充寄所著《语原研究》第六篇来,中
多前人未发之论。如:以文字不本于语音论。直尽反清乾、嘉以来
诸儒之说。其见至为卓特。容当细读之。

(九一)

《曾子·大孝篇》(《大戴礼记》第五十二)有云:"养可能也,
敬为难。敬可能也,安为难。安可能也,久为难。久可能也,卒为
难。"此以"安"为事亲之最高标准也。《庄子·天运篇》云:"以敬
孝易,以爱孝难。以爱孝易,而忘亲难。忘亲易,使亲忘我难。使亲
忘我易,兼忘天下难。兼忘天下易,使天下兼忘我难。"其功夫之
深,远非曾子所及。

(九二)

美国人班兹(H.E. Barnes)《新史学与社会科学》中,谓:"今世
对于历史现象之解释,约有八派。一曰私人或伟人论,一曰经济或
物质论,一曰联合地理或环境论(与经济论极密切),一曰精神或
唯心论(与伟人论关系最近),一曰科学论,一曰人类学论,一曰社
会学论,一曰综合或集体心论,而以最后一种为最能代表新兴史
学。"(董之学译本,第26页)其实,分类过细,反难反映史实。

（九三）

美国人詹姆士(William James, 1842—1910)之《伟人与其环境论》文中有云："社会进化，为两元素交互作用之结果。个人，此一元素也。社会环境，此又一因素也。"（董译《新史学与社会科学》，第92页）此与吾国昔人所谓"英雄造时势，时势造英雄"之言，若合符节。唯其目的，一则在解释进化史，一则在勉人因时努力而已。

（九四）

缅甸以二、三、四、五月为春，六、七、八、九月为夏，十冬腊月为雨，凡三季。（以夏历言）五月为岁首。（陈寄生缅甸语汇自注）

（九五）

陈寄生云："中国语可分三大系（盖指长城以南）：一汉语系，二泰语系，三西藏语系。其不同处：藏处以实词置动词之前，与汉异，与泰异；泰语以形容词置于名词之后，与汉异，与藏同；汉以形容词置名词之前，与藏、泰皆是。故泰与汉一异一同，汉与藏二皆异。例："我有笔"，泰同，藏作"我笔有"；"好笔"，泰、藏皆作"笔好"。

（九六）

陈寄生云："安南语：洽，音哈，二也。屁音巴，三也。罞音本，四也。皆于汉文义外加声。又如煛音炬，火也。亦然。类此者极夥。"

（九七）

中国民族为一大混合种，殆属事实。春秋时各国之戎狄杂处，即其实证。且今数千年之后，各地仍多保有不同之言语、风俗、习惯，亦足为证。后人以为黄帝以来，即有大一统之国家者，殊未是。

然如尧之"分命羲和"等至四方,则绝为可能之事。盖众族之中,文化较高者,自可向外发展,各族亦可与之相通,而不必如后世之统一也。至舜、禹之平水土,当为渐趋统一之一大助力。盖洪水之害,各族皆罹之。舜、禹成此大功,遂俨然视各族为一家。于是巡狩自此始(巡狩,不能谓为"巡所守"),命牧自此始,九州之画自此始,各族之朝贡自此始。禹会诸侯于塗山,执玉帛者万国。诸侯者,诸族之长,愿与禹联合者也。至此始有统一国家之规模。至后世史官记实事,则更直视之为一矣。由今《尚书》寻之,其迹至著。

(九八)

《曾子·立事篇》:"君子爱日以学,及时以行。难者弗辟,易者弗从,惟义所在。"阮元注"易者弗从",云:"若事易行而可立虚名者,君子不为也。"迂曲难通。今谓:"从"即"纵"字,谓放也。同篇:"君子祸之为患,辱之为畏,见善恐不得与焉,见不善恐其及己也。是故君子疑以终身。"阮注末句云:"疑惑辱及身。"今谓:疑者,恐惧也。与上文二恐相应。《礼记·杂记》"皆为疑死"注:"疑,恐也"。盖借为懝。《说文》:"懝,惶也。"阮说非。同篇:"众信弗主,灵言弗兴。"阮注云:"位非君卿,不当主众信。极知鬼神,曰'灵'。"今谓:信盖议之讹。卢辩注此云:"佥议所同,不为主。"是不为议之主,非不为信之主也。卢本当即议字。至灵之通令,通良,乃常训。此处"灵言"亦即"令言",亦犹美言也。

(九九)

《本孝篇》:"君子之孝也,以正致谏。士之孝也,以德从命。庶人之孝也,以力恶食。"孔广森云:"恶食,言养以甘美,自食其恶者也。"迂曲之甚。且与力字不应。今谓:恶本盖作"亚",《易》:"言天下之至赜,而不可恶也。"荀谓本恶即作亚。是其比。亚者,次也。见《释言》。次,置也。

（一〇〇）

《立孝篇》："可入也（"入"本作"人"，从阮改），吾任其过。不可入也，吾辞其罪。"阮注："辞者，自以为辞。"今谓：辞，请也。《鲁语》："鲁大夫辞而复之。"注：辞，请也。

（一〇一）

《事父母篇》："从而不谏，非孝也；谏而不从，亦非孝也。"阮注："强谏而不从，不善谏也，亦非孝道。"今谓：从，谓顺从。二句两"从"，同意，乃指子言，非一指子，一指父也。

（一〇二）

《曾子·制言》上，曾门弟子或将之晋，曰"吾无知焉"云云。按此段语气，乃他人所记，既非曾子，又非曾门弟子，亦非曾门弟子之弟子也。岂或游、夏之弟子与？首句与《论语》"子夏之门人，问交于子张"同例。

（一〇三）

《曾子·制言》云："君子进则能达，退则能静。岂贵其能达哉，贵其有功也。岂贵其能静哉，贵其能守也。夫惟进之何功，退之何守，是故君子进退有二观焉。""何功何守"，卢辩"如"字解之。今谓：何，本义"儋何"。凡做语词、问词者，皆当作"可"。可从丂为气之舒，从口。故金文问词"何"即作"可"。此处两"何"字，亦"可"之误也。

（一〇四）

《曾子》十篇中，专论孝者四："本孝"、"立孝"、"大孝"、"事父母"是也。唯《大孝篇》以孝括一切道德，如庄、忠、敬、信、勇及仁、义、忠、信、礼等，与《孝经》以孝统一切者同。而与余三篇则异。如《本孝篇》即首以忠为孝之本也。其大别，则三篇言多平实,此篇则论有专主。似当为较后人所作也。又唯《大孝》一篇,记有乐正子春与其弟子之问答,晁公武《郡斋读书志》已疑之。是足证此篇之后作矣。《孝经》与此极有关。

(一〇五)

《曾子·大孝篇》文,备见于《礼记·祭义篇》。似原由《祭义篇》节出者。唯字句间有不同。

(一〇六)

东晋谯人戴逵(安道)居会稽剡县。尝著论云:"儒家尚誉,本以兴贤也。既失其本,则有色取之行,以容貌相欺,至于末伪。道家去名者,欲以笃实也。苟失其本,则有越检之行,情礼俱亏,至于末薄。夫伪薄者,非二本之失,而为弊者,必托二本以自适。夫道有常经,而弊无常情。苟乖其本,圣贤所无奈何。"(晋书·列传七十六)论虽不深,亦可谓知探其本者。

(一〇七)

李斯《琅琊台刻石》文,有曰:"古之帝者,地不过千里。诸侯各守其封域。或朝或否,相侵,暴乱,残伐不止。犹刻金石,自以为纪。古之五帝三王,知(疑政之误)教不同,法度不明,假威鬼神,以欺远方。实不称名,故不久长。其身未殁,诸侯倍判,法令不行。"此段叙古帝王之情形最近理。盖所谓帝王云者,实一较大、较强、较文明之族,为他族拥戴而已。而他族之君长,皆自若也。故朝否、侵伐,皆得自专。至政教法度之不统一,尤为当然之事。至假鬼神以欺远方,则今更多存文字证据,如《书·甘誓》是也。故上世皇帝,本非真正统一,由后世之统一观之,诚所谓实不称名也。故《始皇本纪》李斯论始皇为自古以来未尝有,五帝所不及也。《始皇本纪》议帝号一段,与此大同。

自禹平水土,会诸侯,盖为中国渐趋统一之第一步。商周以来,以武力平其不服者,为中国渐趋统一之第二步。至秦始皇真正统一,故谓五帝所不及。非尽唐大之辞也。

孟子于天命之界说云:"莫之为而为者,天也。莫之致而致者,命也。"此二语亦可施之于庄子。即"存其心,养其性,所以事天也。夭寿不贰,修身以俟之,所以立命也"亦与庄子相通,特存养性、修身之法不同而已。

(一〇八)

《说文叙》:"奇字,即古文而异者也。"此说殊不辞,其界说,即为与古文不同者,则是无定体也,无定体不得为书之一种。

(一〇九)

容斋洪氏《随笔》曰:"嘉祐六年,司马公以修起居注,同知谏院。上章乞立宗室为继嗣。对毕,诣中书,略为宰相韩公言其旨。韩公摄明堂,殿中侍御史陈洙监祭。公问洙:'闻殿院与司马舍人甚熟。'洙答以'顷年曾同为直谏'。又问:'近日曾闻其上殿言何事?'洙答以'彼此台谏官,不往来。不知言何事'。此一项,温公私记之甚详。然则国朝故实,台谏官元不相见。"(《通考53》)此事极有道理。闻今监察院弹事,皆由会议通过。因之重大之案多至阁置。大失监察之效。

(一一〇)

朱筠祭章实斋之母史孺人文中,有曰:"姊迁其言,父曰耐思。"日本人内藤次郎的《章实斋年谱》乃云:"母史氏,会稽人,耐思之第九女。"以耐思为人名,极可笑。(实斋外祖名义遵,颍州府知府。见《史府君铭》及《家谱》。)

何炳松序胡适《章实先生年谱》云:章氏于中国史学之贡献:

一、记注与撰述的分家。引《书教篇》"易曰：筮之德圆而神，卦之德方以智"。间尝窃取其义，以概古今之书籍；撰述欲其圆而神，记注欲其方以智也。夫"智以藏往，神以知来"。记注欲往事之不忘，撰述欲来者之兴起。故记注藏往似智，而撰述知来拟神也。藏往欲其赅备无遗，故体有一定，而其德为方。知来欲其抉择去取，故例不拘常，而其德为圆。二、于通史的观念之正确。引《文史通义·答客问篇》曰："史之大本，原乎春秋。"春秋之义，昭乎笔削。笔削之义，不仅事具始末，文成规矩而已也。以夫子"义则窃取"之旨观之，固将纲纪天人，推明大道。所以通古今之变，而成一家之言者，必有详人之所略，异人之所同。重人之所轻，而忽人之所谨。绳墨之所不可得而拘，类例之所不可得而泥。而后微茫秒忽之际，有以独断于其心。及其书之成也，自然可以参天地而质鬼神，契前修而俟后圣。此家学所以可贵也。

（一一一）

《庄子·养生主》："泽雉十步一啄，百步一饮。不蕲畜乎樊中。神虽王，不善也。"旧解多不得其旨。余谓：首二句，言得食之难也。三句承之，言得食虽难，然不求入笼。王者，向往也。故末二句谓：虽向往于美食，而终不善笼中之居也。《韩诗外传》戴晋生与梁王语，有曰："君不见大泽乎（疑为之字）雉乎，五步一喝，终日乃饱。羽毛悦泽，光照于日月。奋翼争鸣，声于陵泽者何？彼乐其志也。援置之困仓中，常喝粱粟，不旦时而饱。然犹羽毛憔悴，志气益下，低头不鸣。夫食岂不善哉，彼不得其志也。"可与庄语相证。

（一一二）

《说苑·正谏》：景公有马，其圉人杀之。公怒，援戈将自击之。晏子曰："此不知其罪而死，臣请为君数之。令知其罪而杀之。"公曰："诺。"晏子举戈而临之，曰："汝为吾君养马而杀之，而罪当死；汝使君以马之故，杀圉人，而罪又当死；汝使吾君以马故，杀人，闻于四邻诸侯，汝罪又当死。"公曰："夫子释之。勿伤吾仁也。"此与《滑稽列传》所载同类。世传晏子事，此类正多。盖战国时，非常情况下之产品也。

（一一三）

《吕览·贵因篇》："禹通三江、五湖，决伊阙，沟回陆，注之东海，因水之力也。"孟子言："禹之治水也，行其所无事也。"皆善言古事。

（一一四）

《尧典》："宅嵎夷，曰旸谷"，"宅南交"，"宅西，曰昧谷"，"宅朔方，曰幽都"。历来说解不一。今谓：嵎夷为东方夷族之一种（旧有谓为莱夷者，太炎先生谓即倭夷音转）。非地名。宅西，宅朔方，皆指言方向，并非地名。而曰旸谷，曰昧谷，曰幽都者，则皆新立之地名。盖羲仲等四人之宅四方，无他目的。仅为测度日之出入及行历，为授时之根据而已。故所至之地，无名者，即为立新名。独"南交"本为地名，遂不复立。此本极近情理之事，不容以汉人之言乱之也。且"宅"一本作"度"，即测度也。非为镇抚其地。而以此遂证尧之四境所至，盖亦诬矣。且四人任务，与今之探险家不殊，故亦不能谓其不能至甚远之地。中国各地民族极复杂，尧舜之时，其分布盖极溥遍。冀州与南海虽不相通，而重译则仍可至。其后遂连各族以成治水之功者，未始非羲和之命之有以促成之也。（《尧典》此数语中宜注意何以重叠嵎夷、旸谷等地名）

（一一五）

《尧典》："正月上日，受终于文祖。月正元日，舜格于文祖。"马融释"上日为朔日"。郑玄云："舜正建子，此时未改尧正，故云正月上日。即位乃改尧正。故云月正元日。"姚方兴及《正义》皆以

"元日仍是上日"为解。王引之谓"上日为上旬吉日"（用《蔡传》说），"元旦为吉日"。按：皆非也。盖二句皆当作正月元日。上，古作二，与元字上同。元剥"儿"即为"二"矣。故上者，元之剥文。月正者正月之倒，此甚易见。古书中，从无书正月为月正者。郑说"改正"，本于《诗推度裁》不足据。而王引之则增"旬吉"二字矣。

（一一六）

《尧典》叙事，前后错乱殊甚。或夏史官但就所有史料拉杂记之，或秦火而后书简失序，故尔。今按："舜让于德弗嗣"后，尤多舛互。疑本次当如下：

"正月上（上，当作元）日，受终于文祖……班瑞于群后"为第一节。

此初受任后。

"舜曰：咨四岳有能奋庸熙帝之载……庶绩咸熙"为第二节。

盖受于摄政之后，第一事即为用人。故咨四岳者为舜，而命官仍为尧。观"熙帝之载"句，可知。而太史公乃改诸帝字皆为舜，未为善读古书也。又孟子叙尧举舜、舜举禹、稷、皋陶，皆为治水一事。岂尧荡荡洪水方割之后，历二十八载，舜始举禹等治之乎？必不然矣。

"分北三苗"为第三节。

此节容有夺文，然此事为"未窜三苗"前之事，可知也。

"二十八载……达四聪"为第四节。

因巡守为舜即位后之事，故此叙尧崩当在此处。

"流共公于幽州……四罪而天下咸服"为第五节。

此盖为舜即位后之第一事。天下咸服者，言天下怨此四凶也。

"岁二月东巡守……惟刑之恤哉"为第六节。

此盖为水土既平后之事。禹平水土，为中国渐趋统一之第一步，而舜之巡守，则渐似天下之共主矣。协时、月、正日，及同律度量衡，乃以中国文明教诸族也，修五礼则除以文明教之外，更有赠物。宜其能为诸族所拥戴也。

"肇二十有二州……浚川"为第七节。

《禹贡》九州，为平水土时所划，非夏制也。洪水前有无，亦不可知。至舜出巡后，则增并、幽二州。或以水土平、地加多之故乎。此极近情理者。

"象以典刑……惟刑之恤哉"为第八节。此难明其时之先后。

"咨十有二牧……蛮夷率服"为第九节。

此不能在"庶绩咸熙"之前。盖"咸熙"仅朝政，而"率服"则及于诸族也。且非水土平，巡守后，不足语此。至立牧亦当始于是时。

"舜生三十征庸……陟方乃死"为第十节。

（一一七）

《书·皋陶谟》："娶于涂山，辛壬癸甲，启呱呱而泣，予弗子。"史公说："辛壬娶于涂山；癸甲生启。"其他各家于"辛壬癸甲"四字，异说纷纭。实则此四字，只指娶后留家之日而言。当用《吴越春秋》"娶，辛壬癸甲，禹行"及《吕览》"自辛壬癸甲，四日，复往治水"之文解之。"启呱呱而泣"乃后事。因自述辛苦，故并述之耳。

《皋陶谟》"予创若时"，史迁说为舜言，属上；一说为禹言，属下。实则当从史公。创，《说文》"伤也"。言予伤其若是也。指丹朱之绝世而言。

（一一八）

今文家谓古文祖《周礼》，今文祖《王制》。《周礼》固不必为周公之书，而《王制》则秦汉之际之儒者为之。（孔《疏》）卢植且云："文帝令博士诸生作。"以为根据，一何可笑。

（一一九）

《管子·牧民》："政之所兴，在顺民心。"此"顺"字，为中国政治家所常言。《孝经》首言"先王有至德要道，以顺天下"，《礼运》故明于顺，然后能守危也。（后段亟言顺）唯顺之之道不同耳。

（一二〇）

《檀弓》陈澔引刘氏，言篇首言子游，及篇内多言之，疑是其门人所记。今按：是篇言及之人，较后者，自子思、曾元、曾申、乐正子春。子思至子上，于仲尼固皆再传矣。而穆公之母卒条，且称曾申为曾子。篇内子游事，亦殊不多。非子游之徒所记也。

（一二一）

《小戴记》一书，至为纷杂，可分别观之。《冠义》、《昏义》、《乡饮酒义》、《射义》、《燕义》、《聘义》六篇为一组，皆本《礼记》之传；《丧服》、《四制》、《服问》、《间传》、《问丧》、《三年问》、《祭法》、《祭义》、《祭统》、《大传》十篇为一组，亦当视为《礼记》之传。唯《仪礼》中阙"祭礼"耳。《丧服大记》、《丧服小记》、《丧大记》、《奔丧》、《杂记》、《投壶》、《少仪》、《内则》、《明堂位》、《玉藻》、《深衣》、《郊特牲》、《曲礼》十三篇为一组，可补《仪礼》之阙。虽间有议论，然大体以记事为主。《檀弓》、《曾子问》、《哀公问》、《仲尼燕居》、《孔子间居》、《文王世子》、《坊记》、《表记》、《缁衣》九篇为一组，皆杂论礼事者。《王制》、《月令》、《大学》、《中庸》、《乐记》、《学记》、《儒行》、《礼运》、《礼器》、《经解》十篇为一组，皆专著。各有独立系统。

（一二二）

《论语》："夏礼吾能言之，杞不足征也。殷礼吾能言之，宋不足征也，文献不足，故也。足则吾能征之矣。""殷因于夏礼，所损益可知也。周因于殷礼，所损益可知也。"《中庸》："吾说夏礼，杞不足征也。吾学殷礼，有宋存焉。吾学周礼，今用之，吾从周。"上三条所言夏、殷礼，虽不能征，然"能言"，能知"损益"，能"学"，则其大体必不昧也。《礼运》言："我欲观夏道，是故之杞，而不足征也，吾得夏时焉。我欲观殷道，是故之宋，而不足征也，吾得坤乾焉。"语气与《论语》同，而义则异。昔人疑《礼运》语为依仿《论语》者，或然。

（一二三）

《论语》"曾子将死，召门弟子曰"，"子夏之弟子，问交于子张"。记此文者，皆不必后于曾子、子张。而《礼记》中引七十子之弟子之语，或称字，或称子，则其晚出极审。《汉志》谓是书出七十子后学，盖不诬也。

《经解》先论六经，继则专论礼。《礼运》亦先论大同、小康，继亦专论礼。其旨以礼为中心可知。

（一二四）

《礼运》大同，誉之者以为真孔子之传。非之者（宋儒）以为老庄之论。实皆不然。就孔子平生言论、行动言，鲜有与大同合者。而此篇主旨全在于礼。如大同为孔子之理想，则下文不宜转移中心也。道家思想，固极开阔，然于实际社会政治，则仅多破坏而少有建设之论。大同之说，与"小国寡民"既相背，与"其卧徐徐，其觉于于，一以己为马，一以己为牛"亦不侔也。盖大同为有意识的创成者，而道家所描画，则无意识的状态也。

《礼运》大同，与孟子王政之说极合。其书则出于孟子之后。以其全篇以礼为中心。虽以大同为"大道之行"，而所希蕲者则"三代之英"而已。"今大道既隐"之"今"字，明今时与上古不同。故下文全就礼为说矣。其书当属荀派儒者所为。

孟子"法先王而道仁义",荀子"法后王"而重礼。仁义为孟子之学说,礼为荀子之学说,故《礼运》为荀派学者之所作,极有可能。

（一二五）

《庄子》:《汉书·艺文志·诸子略》:"《庄子》52篇"。晋代司马彪、孟氏皆有注。唐代陆德明谓其"言多诡诞,或似《山海经》,或类《占梦书》,故注者以意去取。其内篇众家并同,自余或有外而无杂"(《经典释文·叙录》)。郭象就52篇中,取33篇,其余各篇遂佚。故今读《庄子》者,除各家并同之7篇外,外、杂26篇,多不为时人所信。实则外、杂各篇,虽多驳杂,然其出庄周之手者,当尚不少。盖内7篇既为其晚年自成体系成熟之作,而中年以前,不容竟无论述遗留。余以为无外、杂篇,则不能见庄生思想之发展;无外、杂篇,则内篇之思想无所根据。盖庄周初曾服膺于儒,但已每予以新解,继则从社会现实中深感仁义礼智之弊之害,遂揭发之,抨击之;于是转信老聃之言,遂誉扬之,论证之;进而由解除人世桎梏而解脱精神桎梏,以达于"内圣外王"之道。其弟子、后学之所增益,亦当以此为衡而参证之。

（一二六）

郭向将《庄子》分内、外、杂的根据是:(一)将庄子书内上乘作品——老年定编——列为一类,名之曰内篇。此类作品,精深博大,体系完整。(二)将庄子中等作品及其弟子所集语录之一部,列为一类,此类思想或儒或道,虽时多精语,而体系未立,故名之曰外篇。此类作品虽未能建立体系,却与内篇之主旨相近,故置于内篇之后。(三)将其初期浮浅之作,及其弟子所集语录之一部,列为一类,名曰杂篇。此类作品,不独无第一类之精深,亦无第二类之美萃。志既庞杂,语又愤激。其为少年庄子无疑(此少年,以著作前后论,非指庄子之年岁。若指庄子之年岁,则由儒入道时,已50余矣）。

吾人试将"四库"中"集部"略一翻检，内集、外集之订定者，比比皆是。大抵内集皆其得意之作，而外集则多不自慊之作。外集多少年作品，内集多老年成熟作品。

依上理，分庄子学说为如下三期：（一）由儒入道之后，以入主出奴之见，对儒家学说予以反唇相讥者。这一期之作品，于驳儒时，所举儒家之言，尚皆不失其本来面目。（二）解老、释老、学老聃未成熟之期。这一期的著作，极端推尊老聃，然而气已趋平，志已趋定，已不似反驳儒者时。但也正是与儒家逐步相远之期矣。（三）此期思想最为成熟，发为文章，灏博无涯涘。如黄钟、大吕之叠奏，喤喤盈耳，绚烂满目；非老、非孔，亦老、亦孔，辩证的庄周于是乎出。又不似第二期张口老聃，闭口老聃矣，即偶举老聃、列御寇之说，亦是批评其学说，非盲目的尊崇之矣。内7篇均此期作品。

上文为李衍隆说，与予见略同，可以互补。

（一二七）

《庄子·齐物论》："自彼则不见，自知则知之。"此由彼此观点立足点之不同，说明人所以见理不明之故。《秋水》云："夫自细视大者不尽，自大视细者不明。"乃就大小而言，与上文相发。

（一二八）

《庄子·天运》："以敬孝，易，以爱孝，难；以爱孝，易，而忘亲，难；忘亲，易，使亲忘我，难；使亲忘我，易，兼忘天下，难；兼忘天下，易，使天下兼忘我，难。"今按："孝"为儒家思想之核心，儒家言之，不厌其详，然未有如庄子之深远者。"使亲忘我"以下，且更"扩而充之"至于天下矣！《曾子·大孝》（《大戴记》第五十二）云："养可能也，敬为难；敬可能也，安为难；安可能也，卒为难。"其言"孝"，层次虽多，实止于"安"而已。全未涉及思想、感情与精神,与庄子而论,悬殊甚远。

（一二九）

《庄子·秋水》:"井蛙不可以语于海者,拘于虚也;夏虫不可以语于冰者,笃于时也;曲士不可以语于道者,束于教也。"按:"拘于虚"为受空间局限,"笃于时"为受时间局限。"笃",固也。(见《尔雅·释诂》)本篇下文:"夫自细视大者不尽,自大视细者不明。"则为受大小局限,有所局限,即有所蔽。

（一三〇）

《庄子·秋水》:"河伯曰:然则吾大天地而小毫末可乎?北海若曰:否。夫物量无穷,时无止,分无常,终始无故。""物"字统摄下四句。量,就物所占空间言。时,就物所占时间言。分,指与物之分际定。终始,犹死生成毁也。上四事,既不能定,则物之大小莫由分。故其结论曰:"又何以知毫末之足以定至细之倪,又何以知天地之足以穷至大之域。"

（一三一）

《徐无鬼》篇云:"以德分人谓之圣,以财分人谓之贤。以贤临人,未有得人者也;以贤下人,未有不得人者也。"

《孟子·滕文公》篇云:"分人以财谓之惠,教人以善谓之忠,为天下得人者谓之仁。"又《离娄》:"以善服人者,未有能服人者也。以善养人,然后能服天下。"可以相参,盖贤者所见略同,皆总结经验所得。

（一三二）

《人间世》篇云:"无听之以耳而听之以心,无听之以心而听之以气!"宋邵庸《观物》篇云:"夫所以谓之观物者,非以目观之也,非观之以目而观之以心也,非观之以心而观之以理也。"语来自《庄子》而义有别。庄所谓"气"，即虚，谓扫除一切成见，邵所谓理，谓食物规律，谓根据规律，可以识物也。

（一三三）

《韩非子·奸劫弑臣篇》云："商君说秦孝公以变法易俗，而明公道，赏告奸，困末作，而利本事。当此之时，秦民习故俗之有罪可以得免，无功可以得尊显也，故轻犯新法。于是，犯之者其诛重而必；告知者，其赏厚而信。……民后知有罪之必诛，而告奸者众也。故民莫犯，其刑无所加。是以国治而兵强，地广而主尊。"信赏必罚，为法家之真精神。商君之成功在此，而其失在于忽视教育。

（一三四）

《荀子·劝学》"其教则始乎诵经，终乎读礼"者，盖以经者，即书、诗之属，皆所以广知明理。而礼，则法、类之纲，所详独在行止、动静之间。准"入耳，著心、布四体、形动静"……节次言之，自宜"始经"、"终礼"也。

荀子所谓"成人"："权利不能倾，群众不能移，天下不能荡。生乎由是，死乎由是，夫是之为德操。德操然后能定，能定然后能应，能定能应，夫是之成人"。与孟子所谓"大丈夫，富贵不能淫，贫贱不能移，威武不能屈，此之谓大丈夫"旨意相合，而其致之之道则异。孟子由人有恻隐等端"扩充"而来；荀子则诵教、思索、为其人、除其害、"积学"而来。一则由内而外，所谓"自诚明"也；一则由外而内，所谓"自明诚"也。观荀子"德操然后能定，能定然后能应"之语可见。

（一三五）

《诗》有"六义"：一曰风，二曰赋，三曰比，四曰兴，五曰雅，六曰颂。说者以风、雅、颂，体也；赋、比、兴，用也。然六者平列，不容异释。或又说六者皆各有篇什。特赋、比、兴不可歌，故不在三百之数。余以毛、郑以来各说咸有未安。《诗序》上文言诗之效，则曰，"正得失，动天地，感鬼神，莫近于诗。先王以是经夫妇，成孝敬，厚人伦，美教化，移风俗。"继言"故诗有六义焉"云云，是此六义乃承效用而言，言有此六者，皆有小效也。然则六义者，谓其旨有六。而此风、赋、比、兴、雅、颂，皆指作用。风者，风刺。赋者，述志。比者，比拟。兴者，启发。雅者，矫正。颂者，赞美。统言诗可以有此数种作用，与今诗中分类之风、雅、颂无关。孔子曰："诗可以兴，可以观，可以群，可以怨。"所举虽不同，而其意则不殊也。《周礼·春官》"大师掌教六诗，而谥之曰六德。……"犹六义也。详德、义二字之旨，则知旧说之不通矣。《诗叙》下文，又另释风、大雅、小雅、颂为"四始"者，盖编诗者即因古六义之言，而分诗为四部分（原本或为六部分亦不可知），号为"四始"耳。与六义各有所明，不冲突也。

（一三六）

逸《周书》所载"乃召昆吾冶而铭之金版藏府而朔之"的话，是否就可以证明夏民族是一个精于冶铜艺术的民族？（《诗经》"韦顾既伐昆吾夏桀"，昆吾乃夏民族之一个部落）我总觉得是夏禹治水之时及其后农业之发达，金属物必然是开始采用了。我们只于殷墟之发掘就承认殷本纪之正确性，而夏代物不曾由地下掘出来，便说殷本纪不可信，这是过分唯物，这比顽固派还要无理的顽固……据我想象，甲骨那种书刻，若非金属物已非常发达及灵活的运用后，那种东西是不会产生的。

"中央研究院"王琎君曾将殷墟之铜镞加以化验，发现其中含有10.71%之锡的成分，其他器具也都如此，真正的铜器原少，而铜范却多。英国皇家矿物大学教授卡盆特（HCH Carpent）也曾在显微镜下断定这些铜器是由范铸而成。

根据刘屿霞君在安阳发掘报告第四期中一篇殷代冶铜术研究

可以列举数事如下：

镞的化学分析的结果：纯铜59.21%；锡10.71%；铁1.14%；矽酸7.37%；其余为水、泥质、二氧化碳。

刀的显微镜下估计的结果：纯铜85.00%；锡15.00%。

戈类的显微镜下估计的结果：纯铜80.00%；锡20.00%。

当然可以明白，这些青铜时期的殷商为文化相当古老时代了。如就其种类、形式、花纹各方面亦可举其要者如下：

礼器：瓠、爵。

兵器：戈、矛、镞。

用具：针、锥、锛、小刀。

装饰：贝纹装饰、饕餮纹装饰。

此外尚有彝、尊、壶、爵、罕、敦、鼎、盘、鬲、觯等金属物于甲骨文中随处可见。但如许多杀人的武器及在河北保定出土的"商三句刀"（参照观林堂全集卷十八商三句兵跋）都可以去认识这个殷商的青铜器时代。（姜蕴刚《中国古代社会史》第一章第二节）

（一三七）

《僖四年·公羊传》："古者周公东征，则西国怨，西征则东国怨。"《荀子·王制篇》："周公南征而北国怨，曰，何独不来也；东征而西国怨，曰，何独后我也。"按此二书皆袭孟子之文。或可视为通用歌颂之词，固不必有此事实也。

《中国大百科全书·中国文学》辞条二则

荀 子

荀子名况，是战国后期的思想家、散文家。当时人尊称他为荀卿。"荀"与"孙"音近，因之也被称为孙卿。他的生卒年难于确考，但他一生的重要活动，则在赵惠文王元年（公元前298）到赵悼襄王七年（公元前238）间①。荀氏是古郇国（今山西临猗县）之后，从《左传》以来，习惯用"荀"代"郇"。荀氏是春秋时晋国的世族，名人辈出。三家分晋，荀氏遗族在赵，故为赵人。

荀况年五十，才游学到齐国。齐自宣王以来，招致天下学者于稷下，号列大夫。不管政治，专事议论。到齐襄王时，荀况"最为老师"，曾三次成为列大夫的首领——祭酒，因被谗，离齐适楚。楚相春申君用他为兰陵令（今山东枣庄市东），不久，又被猜忌，去楚归赵。曾在赵孝成王前和临武君议兵。一度聘秦，见到应侯范雎和秦昭王。他认为秦国在商鞅辅秦孝公变法以来治理得很好，惟一缺陷，就是没有儒。归赵，再返楚，重为兰陵令。春申君死（公元前238），荀况失官，家居著书，终老于兰陵。他的著作今传32篇，称为《荀子》。

荀况是儒家学派的大师。他的思想，继承孔、孟而有不少发展和修正，对其他各派学者，也有所批判，有所吸收。他是在长期战乱逐渐走向统一的社会基础上，也是在长期的"百家争鸣"的基础上建立他的学说的。荀况的主要思想，重在政治、伦理方面。他的中心思想是"礼"，和"礼"相辅而行的"正名"。礼和正名，都是孔子提倡的。但孔子的礼，是要恢复周礼；而荀况的礼，则是从人类

---

① 据汪中《荀子年表》。

社会共同利益的观点出发，来建立一种新的秩序。尽管他要建立的秩序，不出封建等级制的范围，但他否定了"世官"、"世禄"，而以能否实行礼作为阶级地位升降的标准。他认为王公子孙不能行礼，就降为庶人；庶人能行礼，则可升为卿大夫。而且他所谓礼，已含有"法"的内容。他常把礼、法并举，而以"刑"、"赏"保障礼的实施。这就大大发展了儒家关于礼的学说，是与新兴地主阶级的政治要求相适应的。

孔子的"正名"，也是以周礼为标准来正名分；而荀况的"正名"，则在于"制名以指实"，目的是"明贵贱"、"辨同异"。"明贵贱"是明确封建等级，"辨同异"是明确事物之间的联系与区别。这样，就可以统一认识，统一思想。"名定而实辨，道行而志通"（并见《正名》）。和孔子的"正名"，已有很大不同。

荀况具有朴素的唯物主义思想。他否定了儒、墨对"天命"、"天志"的说教，吸收了道家把"天"解释为"自然"的观点，认为一切自然的变化并不决定人事，从而反对了一切鬼神迷信，强调了"人"的力量。人可以"制天命而用之"（《天论》）。他认为人有认识能力，而事物是可以认识的。通过"天官"（感官）和"天君"（心即脑）的作用，就可以得到较高的认识。他反对"蔽于一曲"（片面化）而"暗于大理"。（《解蔽》）对认识和思维规律，做了有益的探讨。

荀况主张"性恶"。因为声、色、利欲等不学而能，必须用"礼义法度"来"化性起伪"（人为）（《性恶》）。但和孟子的"性善"说一样，都不能算是对人性做了科学的研究，都只着眼于建立伦理教育的体系。因而，他们论点相反，却得到了相同的结论："人皆可以为尧舜"（孟），"涂之人可以为禹"（荀）。荀况主张"法后王"，和孟轲主张的"法先王"对立。但荀主要是针对思想界"呼先王以欺愚者"的风气而发。后王比较接近现实，是实，但《荀子》书中提到先王、推崇先王的地方并不少。他崇拜三代，特别是周，和孟轲无原则区别。只是以"法后王"为口号，则有一定进步意义。

　　总之，荀况把儒家学说推进到一个全新的阶段，对后来统一的封建王朝的建立和巩固，起了促进作用。而儒家经典《诗》、《礼》、《易》、《春秋》，也都是通过荀况传授下来的。

　　《荀子》一书，既是先秦重要的哲学著作，也是重要的散文集。全书基本上都是独立的专题散文，每篇都有题，作为各篇内容的概括。其中《大略》、《宥坐》等最后6篇，疑为门人弟子所记。

　　荀子认为言论、辩论十分重要。他说："志好之，行安之"，还要"乐言之"，所以"君子必辩"。(《非相》)他的文章长于说理，尤长于辩驳。正面论述时，往往从一个问题发端，演绎开去，分析、比较、综合，层出不穷，论据充实，颇具声势。有些论文，先提出论点，后加反复论证。如《天论》，首先提出"天行有常，不为尧存，不为桀亡；应之以治，则吉，应之以乱，则凶"，作为全篇的中心论点。然后把属于天的各种现象和属于人的各种行动之间既相区别、又相联系的关系，做了详尽的论述，从而引出"制天命而用之"的论点。又如《性恶》，以"人之性恶，其善者伪(为)也"立论，然后从正面、反面反复论证辩驳。这种集中论证的方式，是很具有说服力的。荀子进行辩驳的文章，更富特色。有的先列谬论，然后以"是不然"三字作为转折，加以驳斥，如《正论》各段都是如此。有的只强调正面理由，令人先行信服，然后点出反对者，达到不辩而胜的目的，如《乐论》对墨子的批评就是如此。他用充满感情的调子，一再说："墨子非之，奈何！""而墨子非之！"让人感到墨子"非乐"简直不可理解，也不值一驳。《非十二子》批评了12个学者，手法是先举错误后点名；而《正论》对宋钘、《富国》对墨翟，则是对其学说的中心，进行深入的分析批判。尤其值得注意的是《解蔽》和《天论》各有一段对战国诸子的评论，高度概括地指出其得失，成为学术史上很有价值的资料。

　　荀子的文章，不少地方运用对偶式的句法，以铺列论据做论证，已开骈俪先河。尤其是重点所在，往往连续使用排比手法，显得笔墨恣肆，气势雄浑。荀子散文中，特别善用比喻。比喻在诸子、《战国策》中，都占着重要位置，而荀子却用得最为集中灵活。如《劝学》千余字中，连续使用了60多个比喻，比喻套比喻，比喻证比喻，大大增强了文章的生动性。

《荀子》中，还有《成相》和《赋》篇，基本上都是韵文。《成相》是以"三三七、四四三"为节奏的六句四韵体。内容虽是总结历史的盛衰成败、经验教训，而形式上却开创了一种新文体，清代卢文弨认为《成相》为弹词之祖。

至于荀卿所写之赋，《汉书·艺文志》说有10篇，现仅存《赋》5篇，末附《傀诗》2首。篇中描述了礼、知、云、蚕、箴五种事物的性质情状，用的是四言韵语的问答体。这是中国文学史上最早以"赋"命名的作品，但它与后来铺张扬厉的赋体有异，"遁词以隐意，谲譬以指事"带有谜语的色彩。

此书比较重要的注本有唐代杨倞《荀子注》、清代王先谦《荀子集解》，近人所作有梁启雄《荀子简释》。

韩非子

《韩非子》是韩非的论文集。韩非（？—公元前233），出身韩国贵族，曾和李斯同学于荀况，李斯自以为不及非。当时韩国国力衰弱，韩非多次上书韩王，提出富国强兵、修明法制的主张，不被采纳，退而著书，成十余万言。他的著作传到秦国，秦王嬴政读后十分钦佩，于是发兵攻韩，索要韩非。韩王派遣韩非入秦，秦王却又不加信用，后又听了李斯、姚贾诬陷，将他拘囚下狱，李斯送毒药使他自杀于狱中。

《韩非子》为法家重要著作。据《汉书·艺文志》所载，共55篇。今传本正合其数。不过今本除《史记》中所举《孤愤》、《说难》等十篇外，多有窜入文字。

韩非是先秦法家学说的集大成者。他从主张变革、反对复古的历史观出发，宣扬君主集权，任法术而尚功利。与此相适应，他主张行文写作必须以"功用"为目的。他的说理散文在先秦诸子中具有独特的风格，思想犀利，文字峭刻，逻辑严密，具有很强的说服力。

在阐述一个重要论点时，韩非经常使用类似归纳的方法，即先举论据，再做论证，最后得出合于逻辑的结论。例如《五蠹》，先提出上古、中古和近古历史发展的事实，说明"今有构木钻燧于夏后氏之世者，必为鲧禹笑矣；有决渎于殷周之世者，必为汤武笑矣"，继而转入本题："今有美尧、舜、汤、武、禹之道于当今之世者，必为新圣笑矣"。在做了这些充分的论证之后，即顺理成章得出结论："圣人不期修古，不法常可，论世之事，因为之备"。后文的"世异则事异"、"事异则备变"、"赏莫如厚而信"、"罚莫如重而必"等著名论点，也都是使用同样的论证方法得出的。

韩非的辩难之作也很有特色。他并不像荀子那样用"是不然"的断然口气，动辄否定论战的对方，而是从容、冷静地分析问题。对不同的意见，总是用"或曰"来提出异议，有时还连用几个"或曰"，客观地列举几种说法，引导读者共同进行分析。《难一》至《难四》诸篇，可作为这类辩难体的范例。韩非在论辩中，还善于运用逻辑上矛盾律的原理，"以子之矛，陷子之盾"（《难势》），使对方进退失据。《诡使》、《六反》诸篇，可作为这种论辩方法的代表。

先秦后期散文，在议论中使用寓言故事以增强形象性和说服力，已成为一时风气。《韩非子》中的许多篇章，对寓言故事的运用已经进入自如的境地。《说林》、《内储说》、《外储说》就集中记录了大量的寓言故事。"郢书燕说"（《外储说左上》）、"守株待兔"（《五蠹》）等，更成为后人常用的成语典故。

今存《韩非子》版本以宋乾道刊本为最早。注本中较完备的有清代王先慎《韩非子集解》，今人梁启雄《韩非子浅解》、陈奇猷《韩非子集释》及周勋初等《韩非子校注》。

《诗经》其书

夏商两代实际上没有保存下什么诗歌作品，但到了周代，却一下子给我们留下了305篇诗，也就是汉代称之为《诗经》的一部书。真是非常值得庆幸的。这部书是从周代初年到春秋中叶（约公元前1134—前597）近600年的诗歌总集。它从多方面反映了西周盛世、衰亡，东周解体、列国争强，各历史阶段的社会现实，也从多方面取得了艺术成就。

《诗经》的编者，汉人说是孔子，但没有确据，不可信。编排次序是，先"风"次"雅"后"颂"。"雅"又分为"大雅"、"小雅"。对"风、雅、颂"的解释，汉以来有不少穿凿附会，不必管它，只有从音乐角度来解释"风、雅、颂"才可能是接近实际的。

"风"，是音调的别名。《吕氏春秋》所说的涂山氏作"南音"和《左传》上所说"南风不竞"的"南风"，就是一回事。《左传·成公九年》说楚囚锺仪鼓琴"操南音"，而范文子说他"乐操土风"，可见"风"就是"音"。所以《诗经》中邶、鄘、卫、王、郑、齐、魏、唐、秦、陈、桧、曹、豳的风，就指用这十三个地区的音调所写、所唱的歌子。这些地名，只指地区，不是指国，像邶、鄘、卫三风，都是卫国的；魏、唐二风是晋国的；王，是周王所在地区，也不能称为国；豳，是周代祖先发祥的地方，也不存在国的问题。至于"周南"、"召南"，是"南音"，即南方调，指的是当时湖北一带的音调。可能是和周公有关或周公采集的，就叫"周南"；和召公有关或召公采集的，就叫"召南"。所以一般把"风"部分诗叫十五国风是不正确的。但习惯上叫十五国风，而实际上是十五个地区，现在我们称十五国风是个习惯，虽不正确但也可以。

"雅"，是"秦声"、"秦音"。"雅"在《说文》上和"鸦"同字。古音、义也和"乌"全同。李斯《谏逐客书》说："歌哭乌乌快耳者，真秦之声也"；杨恽《报孙会宗书》说："家本秦也，能为秦声……仰天抚缶而呼乌乌"。可见"秦声"的特点，是以"乌"这个元音为基调的。秦所占的，就是周的故地，所以"秦声"就是周都的音调。因此，用这种音调作的诗歌，就可以称为"乌"，也就是"雅"了。

"雅"既是周都的音调，对四方来说，是最标准的。所以雅字可以解为正。后来的"雅乐"、"雅言"、"文雅"，都是从这里引申的。

"雅"诗分为"大雅"、"小雅"，这是由于应用场所不同之故。"大雅"用于重大的宴会典礼（飨礼），"小雅"用于日常生活饮宴（燕礼）。场合不同，当然所用的乐器也自然不同。

"颂"，原来是容貌的"容"的本字。容貌是面容，引申为仪容、舞容。"风"、"雅"诗，可以配合音乐、舞蹈，而"颂"诗更是以和乐舞结合为特点的。由于"颂"是用于祭祀大典，故以歌功颂德为基本内容。对此，清代阮元的《释颂》有较好说明。

所以，"风"是从各地方收来的，民歌占主要地位，当然也包括贵族们用这种调子写的诗在内；"雅"有宫廷的乐歌，以贵族们创作为主，但也吸收了一些民间的歌词；"颂"是纯粹朝廷的东西，仅具有一些史料价值。从《诗经》的总的价值来看，"风"最重要，数量最多，占305篇中的一半以上（160篇），但不能笼统地说都是民歌；"雅"次之（105篇）；"颂"最少（40篇）。从创作的先后来说，"颂"最早（除鲁颂），"雅"次之，"风"的一部分很早，多数很晚。诗的作者，最早的应是周公姬旦，但不能确证。召公姬奭，也难指实。从诗中能看出可信的只有"雅"中的家父、寺人孟子和尹吉甫，"风"中的许穆夫人等少数人。其余都已不可考了。

《诗经》中的"颂"和"雅"

自从生气勃勃的周氏族取代了腐朽的殷商统治后，建立了更为强大的奴隶制王朝，使经济和文化都得到了空前的发展，而这些成就他们认为要归功于"天恩祖德"。于是，大量颂歌便出现了，主要创作于武、成、康、昭四代。他们尊天敬祖，继承着"巫术"的传统，在严肃的乐曲、稳重的舞蹈中，虔诚地唱着"维天之命，于穆不已"一类赞歌，而这种公式化的枯燥的歌子，便是后来两千多年各封建王朝郊庙祭歌的典范。于文学上，是不可能有多少价值的。只有像《噫嘻》、《丰年》、《载芟》、《良耜》等篇，为了"祈谷"或"酬神"等有关农牧的歌子，还反映了一些奴隶制生产关系的现实。

"雅"与西周相始终，实分前后两期。昭王、穆王以前的诗，旧称为"正雅"，昭、穆以后的诗，旧称为"变雅"。前者是宫廷作品，以宴会、田猎为主要内容。而其中几篇歌颂先世祖先的，可以称为英雄史诗，是其中最值得重视的篇什。让我们先看贵族生活的诗，如：

呦呦鹿鸣，食野之苹；我有嘉宾，鼓瑟吹笙。（《小雅·鹿鸣》）

有酒湑我，无酒酤我，坎坎鼓我，蹲蹲舞我！（《小雅·伐木》）

既醉以酒，既饱以德，君子万年，介尔景福！（《大雅·既醉》）

这种以饮宴为基本中心的欢乐的气氛，反映着统治者很高的物质文化生活，其中也隐藏着奴隶们的无尽的血泪。但从"颂"的宗教歌到"雅"的宫廷歌，却也有从神向人转化的新因素。"大雅"中的史诗、《生民》、《公刘》、《绵》以及《皇矣》、《大明》等篇，写出了一部周族的发展史。《生民》记述周族始祖后稷的故事，先写了他的出生，接着再写他在农业上的创造成绩，最后写到对上帝的祭祀。古书上记载这个农业伟人的，再没有比这篇更具体的了。《公刘》叙述周发展中期的英雄首领公刘开辟豳地的事迹；《绵》叙述古公亶父（太王）由豳迁岐建立国家到文王兴起的事迹；《皇矣》写文王伐崇等事；《大明》写文、武之生到牧野之师……这些诗篇幅长，故事集中，是记事也是歌颂，记事中饱和着赞颂的激情。

属于后期"变雅"中的政治讽谕①诗，是西周后期贵族诗歌的优秀部分。这期间，以厉王、幽王为代表的最高统治者，昏聩、残暴、腐朽、荒淫，引起了被压迫阶级的普遍反抗，厉王的被流放、幽王的被杀，就是这种反抗的直接结果。政治黑暗、国危民困，促成了统治阶级内部的矛盾和分化。一些不得势、受排挤打击的忧国忧民的贵族，为了抒发自己的痛苦、忧虑和愤慨，写出了一些思想性、斗争性较强的诗篇，《小雅》中的《节南山》、《正月》、《十月之交》、《雨无正》……；《大雅》中的《民劳》、《板》、《荡》、《瞻卬》、《召旻》等篇都是代表。以《节南山》为例，作者一开始写道：

> 节彼南山，（那个高峻的南山，）
> 维石岩岩。（石头高高地竖起。）
> 赫赫师尹，（你这威风的掌权者，）
> 民具尔瞻。（大家都在瞧着你！）

接着便列举这个掌权者，如何不管国家危险的现实，如何因不公正而造成混乱，又如何推诿责任、使用小人。于是，他喊道：

> 不吊昊天，（不慈悲的老天，）
> 乱靡有定。（祸乱无法平定。）
> 式月斯生，（反随着日月增长，）
> 俾民不宁。（使人民不得安宁。）
> 忧心如酲，（使我忧愁得像害酒病，）
> 谁秉国成？（谁掌握着国家权柄？）

---

① 编者注："讽谕"同"讽喻"，下文同。为尽量保留原文早年的面貌，故此。

不自为政，（自己不亲行政令，）

卒劳百姓。（以致苦害百姓！）

最后指出，这个骄恣任性、不听好话的"师尹"，就是祸乱的罪魁祸首。这篇64行的长诗，是自称为"家父"的作品。他当然是贵族中的一员。其他像《小雅·北山》的反对压迫，《大雅·瞻卬》的反对掠夺，问题就提得更加尖锐。所以这部分诗，是贵族作品中最值得重视的佳作。另外，反映宣王"中兴"时期的人和事的一些诗，以署名为尹吉甫的《崧高》、《烝民》为代表，也达到较好的水平。

《诗经》中的"风"

"风"标志着诗歌由宗庙到朝廷到社会的发展，是《诗经》中的精华所在。其中，有生动的情歌，像《郑风·萚兮》：

萚兮萚兮，（落叶呀落叶，）

风其吹女。（风儿把你吹落。）

叔兮伯兮，（弟弟呀哥哥，）

倡予和女。（你唱我来和。）

这是情歌对唱的开端，生活气息很浓厚。再像《郑风·山有扶苏》：

山有扶苏，（山上有苏木，）

隰有荷华。（水里有荷花。）

不见子都，（没看见漂亮的子都，）

乃见狂且。（却看见你这傻瓜！）

随口编出，嘲弄对方，情趣如见。还有像《邶风·静女》中"爱而不见,搔首踟蹰"所表现的焦急,《郑风·子衿》中"纵我不往,子宁不嗣音"所表现的埋怨,都写得十分真切。至于像《鄘风·柏舟》中"之死矢靡它! 母也天只,不谅人只"那样坚定的誓言,《召南·行露》中"虽速我讼,亦不女从"那样反抗迫婚的呼声,更表现了青年们高尚的情操。

"风"诗中有大量反徭役、反战争的作品,在西周初期就已出现了。《豳风》中的《破斧》、《东山》就是代表。从厉、幽到东周,这一问题,更加严重。见于作品的,像《卫风·伯兮》、《王风·君子于役》、《唐风·鸨羽》、《魏风·陟岵》和《邶风·击鼓》之类,从各个侧面反映了人民的痛苦和不满,而收入《小雅》的《何草不黄》写得尤其真挚。试举《陟岵》为例:

> 陟彼岵兮,(上了那个山崖啊,)
> 瞻望父兮。(想着我的爹呀。)
> 父曰:"嗟! 予子,(爹说:"唉,我的儿子出外服劳役!)
> 行役夙夜无已。(你去行役早晚不得休息。)
> 上慎旃哉,(千万小心呀,)
> 犹来无止!"(能回来就不要停留!")

用征夫回忆父亲临别嘱咐的话,以表达他深切的痛苦,十分感人。而《豳风·东山》和《小雅·采薇》一样,更是这类的长篇名著。

"风"诗中反压迫、反剥削的诗,为数也不算少。它接触到了当时现实的本质,意义更为重大。像《豳风·七月》中,发出一连串苦难声音,读起来,如在耳边。长期的苦难,逼着人们走向反抗,那就是《魏风》中有名的《伐檀》、《硕鼠》一类诗产生的社会基础。《伐檀》指责剥削者"不稼不穑"、"不狩不猎";而《硕鼠》则喊着"逝将去女,适彼乐土",用逃亡来做消极反抗。显然这已到了起义的边沿,如有一把火,便会造成燎原之势的。这类诗把《诗经》

的价值,提到了空前的高度。其他像写家庭问题的《邶风·谷风》、《卫风·氓》,反对人殉的《秦风·黄鸟》等,都是有意义的、难得的好作品。

《诗经》的写作艺术

汉代人把《诗经》的写作方法,总结为赋、比、兴。赋,直叙式;比,比喻式;兴,联想式。其实,这几种方法的使用,常常交错在一起,很难截然分开。从上举各篇的例子中,就可以深深地感到,不需讲述。概括地说,《诗经》的艺术特点,主要在于:大量的形象化的语言,结合着极为丰富的词汇(鸟、兽、草木之名多达250种);大量使用各式各样语气词和不拘格式的叶韵,使它在抒情、叙事以至说理上,都达到了纯熟的程度,至今尚有不少值得吸取的地方。《诗经》是以"四言"即四字为主的诗体,但同时也大量使用着杂言、长短句。所以在句法上既要看到"四言"句法的整齐,也要看到杂言句法的灵活。尤其令人惊叹的就是在部分作品中,有细腻的外形描写,像《卫风·硕人》写美人的手、皮肤、脖子、牙齿、头发、眉毛,而最后两句则是"巧笑倩兮,美目盼兮"——轻巧的微笑多么俊俏呀,美丽的眼睛多么生动呀!十分传神。也有生动的动态描写,像《小雅·无羊》把牧人的活动和羊的动态写得非常逼真。还有象征性的寓言诗,像《豳风·鸱鸮》写一只老鸟在鸱鸮的侵害下,如何为了保护巢、保护儿子而发出的号叫,以表现保护家园的心情。

总之《诗经》的创作,早在2800年前,已为后来的诗歌史奠定了深厚的基础。

《史记》的《律》、《历》本为一书说

《史记》的《律》、《历》本为一书。

今《史记》八书《礼》、《乐》、《律》、《历》、《天官》、《封禅》、《河渠》、《平准》并列,实际上《律》、《历》应为一书,而另有《兵书》。理由如下:

一、《史记》谈律历,经常二者相连。《张丞相(苍)列传》:"张苍者……好书律历","故汉家言律历者本之张苍","无所不通,而尤善律历","张苍文学律历为汉名相"。《韩长孺列传》:"太史公曰,余与壶遂定律历。"盖律历二者密切相关,本不可分。

二、今《律书》本文也是律历连文。一则说:"律历,天所以通五行八正之气。"再则说:"自上古建律运历造日度,可据而度也。"足见《律书》也是律历并谈。

三、《太史公自序》,今《历书序》,本是《律历书序》。《序》说:"律居阴而治阳,历居阳而治阴。律历更相治,间不容翲忽。五家之文怫异,维太初之元论,作《历书》。"《正义》解末句道:"维太初之元,论历律为是。"显然《序》中所说是律历而不仅是历。"作历书"三字本应是"作律历书"。

以上说明司马迁言律必及历,而律历应为一书。班固《汉书》多承《史记》,也正是律历同篇,名《律历志》。

那么,为什么《律》、《历》分为两书了呢? 这是因为《史记》原来的八书缺了《兵书》,后人(也许是褚少孙)就割《律历书》中一部分结合《兵书》的佚文,凑成《律书》,原《律历书》剩余的就叫《历书》。证据如下:

一、《汉书·司马迁传》说："（《史记》）十篇阙，有录无书。"《张宴注》说："迁没之后，亡：《景纪》、《武纪》、《礼书》、《乐书》、《兵书》……元成之间，褚先生补缺……"班固、张宴都知道《史记》有兵书目录，而文字却缺了。那么八书的名目，应该是：《礼》、《乐》、《律历》、《兵》、《天官》、《封禅》、《河渠》、《平准》。

二、《太史公自序》，今《历书序》说："非兵不彊，非德不昌，黄帝汤武以来，桀纣二世以崩，可不慎欤！《司马法》所从来尚矣，太公、孙、吴、王子，能绍而明之。切近世，极人变，作《律书》第三。"显然这序是《兵书》的原序。末尾的"作律书"三字，和序的内容全不相干，应是"作兵书"，而作伪者改"兵"为"律"。

三、今《律书》自"王者制事立法"至"何足怪哉"谈律的问题。自"兵者，圣人所以讨彊暴"至"孔子所称有德君子者邪！"所谈纯属兵事。自"书曰：七正二十八舍"以下，则又完全谈律。"兵书"一段，该是《兵书》佚文，其余和兵毫不相干的部分，就是从原《律历书》中分出来的。

四、《兵书序》（今《律书序》）所提到的司马、太公、孙、吴、王子等兵法，就是原《兵书》的内容，现在看不见了。

五、《太史公自序》末段："礼、乐损益，律历改易，兵权、山川、鬼神天人之际，承敝通变，作八书"。"兵权"和"律历"等并列。《索隐》按："兵权，即《兵书》也。迁没之后，亡。褚少孙以《律书》补之。今《律书》，亦略言兵也。"司马贞的话与张宴合。但他认为褚少孙另作《律书》，不知系从《律历书》中分出；说《律书》"亦略言兵"，也没有看出篇中文字内容的矛盾。

自从作伪者用《律书》填补了《兵书》的空子，又改了八书的序后，好像已天衣无缝，连张宴说《兵书》缺了，人也不信。博学如颜师古，也竟根据今《太史公自序》而说："序目本无《兵书》，张宴云亡失，非也。"清代作《史证考证》的张照等，仍然相信颜说，认为

《史记》本无《兵书》，也就是说：《律书》、《历书》都无问题。因此，这一问题就被长期遮盖起来了。

1956年7月

《史记》中《日者》、《龟策》两传中的问题

《史记·太史公自序》："齐、楚、秦、赵为日者，各有俗所用，欲循（总）观其大旨，作《日者列传》"，"三王不同龟，四夷各异卜，然各以决吉凶。略窥其要，作《龟策列传》"。是《日者》、《龟策》二传，有显著不同的内容。

今本《日者列传》一开始就写道："自古受命而王，王者之兴，何尝不以卜筮决于天命哉？其于周尤甚，及秦可见；代王之人，任于卜者；太卜之起，由汉兴而有。"这里说的"卜筮"，全是"龟策"而非"日者"。"卜"用"龟"，"筮"用"策"，所以《龟策传》写"卜筮"事，与"占候时日"的"日者"（见《文选·刘孝标〈辩命论〉李注》）毫不相干。下文接着写司马季主事，而司马季主也是"卜于长安"的"卜者"，而非"日者"。司马答宁忠、贾谊的话，也屡称"卜筮有何负哉"，"且夫卜筮者"，"今夫卜筮者"，"今夫卜筮者之为业也"等不一而足。篇末"太史公曰：'古者卜人所以不载者，多不见于篇，及至司马季主，余志而著之'"。完全没谈到"日者"！

《日者列传》篇目下，《集解》引《墨子》："墨子北之齐，遇日者，日者曰：'帝以今日杀黑龙于北方而先生之色黑，不可以北。'墨子不听，遂北至淄水，墨子（按：二字衍）不遂而反焉。日者曰：'我谓先生不可以北。'"（按：系《墨子·贵义》篇文）这才真是日者，和传内所写多么不同！但裴骃《集解》不考虑这个矛盾，因见传所写为卜筮，便代为解释道："卜筮、占候时日，通名日者。"多奇怪！如果裴骃、司马贞的话是对的，即"卜筮"、"日者"相同，那司马迁何必写两篇《列传》，而且在《序》内把界限划得那样清楚呢？

很显明，司马迁的《日者列传》，在今本《史记》内，是没有了。

而今本《史记》内的《日者列传》，却是《龟策列传》的轶文①。《自序·索隐》："按《日者传》亡，无以知诸国之俗。今褚先生唯记司马季主之事也。"说"亡"，对的；说"褚先生唯记司马季主之事"，与本文不符。本文明有"太史公曰"云云，就是司马迁的手笔。褚先生也没有假冒，因褚少孙的话照例另标"褚先生曰"，本篇亦无例外。另外，值得注意的是褚少孙的话中先谈到了"卜筮"；后又谈到：黄直、陈君夫等的相马，留长孺的相彘，褚氏的相牛；下又谈到"孝武时聚会占家问之"，却都是"日者"的事。可能保存了褚少孙读《龟策列传》后的原跋文，后来《日者列传》亡，不知谁把《龟策列传》一部分轶文充作《日者列传》，也把褚先生的话增加了谈卜筮的部分。因之使裴骃、司马贞也糊涂起来。

　　关于《龟策列传》，据本传跋文"褚先生曰：'臣往来于长安中，求《龟策列传》不能得。故之太卜官问掌故文学长老习事者，写取龟策卜事编于下方。'"是褚少孙时《龟策传》已失。《太史公自序·索隐》因之也说"其书既亡"云云。可是今本《史记·龟策列传》一开始就是"太史公曰：'自古圣王将建国受命……'"，后段且有"余至江南，观其行事，问其长老"云云，全是司马迁自己的口气。内容也全和《自序》中叙《龟策列传》语合，连同今《日者列传》中《龟策列传》的轶文，《龟策列传》存在部分，已不为少。这部分司马迁原文，都有《集解》、《索隐》、《正义》，说明裴骃、司马贞、张守节都是看到了的，不知何故仍然说这是"有录无书"（《索隐》、《正义》同说）《龟策列传》，"褚先生曰"以下，相当芜杂，与《传》内不大相同，这自然是褚未见《龟策列传》原文时所写，后来《龟策传》的轶文有了，而他的话，仍附于后。如果只看《索隐》和《正义》的说法，就很可能误会为今《龟策传》原文，也是褚少孙所补。那是错误的。

---

① 编者注："轶文"同"逸文"，下文同。为尽量保留原文早年面貌，故此。

《龟策传》中，司马迁对"龟策"虽不全否定，但却强调"轻卜筮无神明者悖，背人道信祯祥者鬼神不得其正"。显然"人道"占着重要位置，而且传中对"今上"（武帝）亦有微词，这都和他《史记》全书中的思想感情相合。再看褚少孙补文，就有什么"能得名龟者，财物归之，家必大富"，什么"王者得之，长有天下，四夷宾服；能得百茎蓍，并得其下龟以卜者，百言百当，足以决吉凶……"，充满了迷信色彩。所以褚补与马迁原文，绝不可混。

据上所述，可知：《日者列传》，亡，仅有部分褚少孙跋文；今该传中的本文，乃《龟策列传》轶文。又可知《龟策列传》现存有不少部分，褚少孙所补内容甚芜杂，与马迁原文无涉。

1956年7月

司马迁与旅游

司马迁——这个代表中国古代文化一个光辉阶段的巨人，他的526500字的巨著《史记》，是辉煌的史学名著，也是辉煌的文学名著。他虽然生在两千年前（公元前145），可是两千年后的我们，在读他的作品时，感到无限亲切，钦佩他在文化事业上付出的巨大劳动，更震惊于他的知识的无比丰富。他的不朽著作已成为古代读书人的知识宝库，而旅游则是他吸取知识的重要来源之一。

我们从《史记》第一篇《五帝本纪》读到《秦本纪》，已可以约略感到他对古代史迹的熟悉；再从秦并六国、秦楚之际，到汉兴以来的一些纪传里，更可以感到他对一切战争形势、关塞险阻、军行战线是怎样地了如指掌；在他写的全部传记中，我们也会感到他随时应用着民间流传的奇闻、轶事[①]、传说和谣谚；至于《封禅书》、《河渠书》、《平准书》、《货殖列传》等篇中，他更全面地叙述了名山大川、宗教礼典、交通水利、经济财货、都会工商、物产风俗，并做了深入概括的研究，予以贯通有力的解释。上述情况，显然都和他的实地考察、亲身体验分不开。宋朝苏辙说："太史公行天下，周览四海名山大川，与燕赵间豪杰交游，故其文疏荡颇有奇气。"实际上司马迁的旅游，不只看看"名山大川"，而是有更重要的追求目的；也不仅"与燕赵间豪杰交游"，而是在民间到处进行访问。他的成就，当然绝不限于"文"，不限于"文"的"疏荡颇有奇气"。

司马迁从20岁开始游历。他这次旅游，可能是从长安出发，因他父亲司马谈正做着太史令。根据他在《太史公自序》里所说，他是从江淮（江苏北部、长江淮河下游），东南到会稽（浙江绍兴），

---

① 编者注："轶事"同"逸事"，下文同。为尽量保留原文早年面貌，故此。

西南到九疑（湖南南部，宁远县境），过湘水、沅水，折向东北到鲁（山东曲阜）、齐（山东东北的临淄），转回到邹、峄、鄱、薛（山东西南部）、彭城（江苏徐州），取道梁楚（山东西南，江苏、安徽北部，河南东北部）回来。他虽然没有详细地说明路线，但大概的轮廓是可以看到的。结合他在其他各篇中提到的"游踪"，我们就可以进一步知道他在这次旅游中的重点和收获。

在《淮阴侯列传》里他提到：他在淮阴听当地人说，韩信早年穷困的时候，母亲死了，葬不起，但却找了一个很宽阔的地方埋，预备在那里可以住一万家人。司马迁亲自去看了那个墓地，证明是实。

在同篇传里，还写到韩信少年时由于没饭吃，到处受气，只有在河边洗衣的一个老太婆（漂母），一连供给了他几十天饭；淮阴市上的恶少年欺侮韩信，说："你要有胆量，就拿刀来杀我；没有胆量，就从我腿下钻过去！"韩信看了一会儿，就趴下从他腿下钻了过去。——这个后来的大英雄是不和这些人计较的。这两个故事，当然也是从民间打听来的。

在《河渠书》里提到他上过庐山（江西九江），观察过大禹所疏通的"九江"，又上过姑苏台（在江苏苏州西），眺望"五湖"——这个旧吴国的所在地，是吴王阖闾、吴王夫差、伍子胥的一些故事集中的处所。写在《吴太伯世家》、《伍子胥列传》中的动人事实，应该是从这里得来的。

在《春申君列传》里提到这个有食客三千人、上客都穿着珍珠镶的鞋的极端奢侈的贵族，在毁废了的吴城旧址上，重建起新城，作为他自己的都邑。司马迁说他曾专门去看了春申君的"故城宫室"，真惊叹于它的富丽。

他到了会稽，首先是上会稽山（绍兴县南），他听说这里是大禹会诸侯的地方，大禹在这里核计了诸侯们给他的贡赋，所以山就叫会稽，会稽就是会计的意思。大禹死在这里，也就葬在这里。这是写在《夏本纪》里的。会稽山上有一个洞窟，传说大禹曾进去过，所以叫"禹穴",司马迁便也探视了一番。

越王勾践被吴王夫差打败后,"以五千人栖于会稽山",终于灭吴称霸,范蠡帮他成了大功后逃走,后来成了陶朱公。写在《越世家》、《货殖列传》的故事,也是在会稽取得实际材料的。这里还有秦始皇的立石,当然他也读了。

司马迁从浙江的会稽,一下又转到湖南的九疑山,显然是为了来看虞舜的古迹。《五帝本纪》里说舜巡狩到南方,死在苍梧之野,葬在九疑山。

在他北返的途中,顺湘水到了长沙。在《秦始皇本纪》里记始皇到了湘山祠(湖南湘阴北)遇到大风,几乎无法渡过,他问博士们:"湘君是什么神?"博士告他说:"听说是尧王的女儿,舜王的妻子,死后埋在这里。"始皇听见是这样的女神,大怒,就派了三千罪人,把湘山的树全部砍伐,使它变成一片赤色荒山。可以看出这个大皇帝的气焰!

这中间他还到过洞庭湖西面沅水一带,也许是看屈原《涉江》所写的地理背景的吧。

在《屈原贾生列传》里说他到了长沙,考察了屈原投江自杀的地方(汨罗江),印证了他读过的《离骚》、《天问》、《招魂》、《哀郢》等屈原的作品,受到很深的感动。而他的前辈学者、诗人贾谊,也曾谪官在这里,他也印证了贾谊的《吊屈原赋》、《鹏鸟赋》等作品,无限感慨。

司马迁旅游了南方几省后转到北方,他走的路线虽不清楚,但在《河渠书》里说他曾行淮、泗、济、漯、洛渠。那时江、淮是相通的,泗水又入于淮,济、漯二水,是黄河分流的两条渠,从山东西部向东北入海。他可能从淮到泗以至济、漯,考察了这些河流。过了汶水、泗水(山东曲阜以南,此泗水即入淮的泗水的上游),到了鲁都(曲阜)。这里是周公的封国,孔子的故乡。他在《孔子世家》中说:他在这里看了孔子的"庙堂、车服、礼器",还看了一般儒者按时节学习礼仪的情况。接着又到了齐都（临淄），这是姜太公的封国，齐桓公、管仲称霸诸侯的根据地，也是齐威王、宣王时学者聚会的地方。汉朝开国以来也有许多经学家是齐国人。所以他在这两个都会请教了许多书本上的问题。

转回头他又到了邹（山东邹县），上了峄山（邹县北），在这里学习了"乡射"仪式。再到鄫（山东滕县）、薛（滕县西南）。邹是孟子的家乡，峄山有秦始皇的刻石，薛是战国有名的孟尝君的封邑。在《孟尝君列传》中说他到了薛，这里的风俗和邹、鲁的儒风大不相同。说"闾里多暴桀子弟"，他访问当地人，人家告他说：这是孟尝君曾"招致天下任侠奸人六万多家"到这里的缘故。

他到彭城（徐州），更大量地收集了秦末汉初的史料。在《樊郦滕灌列传》里说：他到了丰沛（徐州西北），访问那里的遗老们，看了萧（何）、曹（参）、樊哙、滕公（夏侯婴）的墓，了解了他们贫贱时的生活，得到许多意想不到的材料。这些人都是汉高祖刘邦的"佐命"功臣，出身都很微贱：萧曹是县衙门小吏，樊哙是杀狗的屠户，夏侯是沛郡官马房的赶车的。这些事他都写进他们的传。而彭城、丰沛一带是刘邦的故乡，还有许多功臣都是这一带人，所以他采访的当然不止上边那几个人。尤其《高祖本纪》里所写刘邦的那些生动的故事必然也是做了重点收集的。彭城又是西楚霸王项羽的都城，项羽是下相（江苏宿迁县西）人，在彭城东边不远。他用三万人击溃刘邦的56万人的一次大战，也是在这里进行的。当时第一个农民领袖陈涉起义的大泽乡，近在沛郡蕲县（徐州西南）。张良"圯桥受书"的地点，就在下邳（徐州东），韩信封楚王后的都城也在下邳。他在这一带可能做了详细的调查，所以才能把这批人的纪传写得那么好。

最后从梁楚（山东西南、河南东北、安徽北部、江苏北部）地区转回关中。

在《魏世家》和《魏公子列传》里都说到他到大梁（开封）的

废墟，打听到梁亡的情况，是秦兵引黄河灌城，"三月城坏"。又专去寻访所谓"夷门"，了解到夷门就是城东门，深被信陵君和侯嬴的故事感动。

在离洛阳不远的地方，他上了箕山（河南登封县东南），去看了传说中不接受尧王让位的高士许由的墓。《伯夷列传》里曾经提到。

他这次旅游，前后可能用了近十年的时间，因为他一面旅行一面还带有"游学"性质。他的收获显然是巨大的。

司马迁做官以后，仍没有放松旅游的机会。

在《太史公自序》里说他做了"郎中"后，曾奉使到巴蜀（四川）以南，南到邛（前西康西昌东南）、筰（四川、汉源）、昆明。他在《西南夷列传》里概括地介绍了西南各少数民族概况，指出那几个代表的大国：夜郎、滇、邛都、筰都、冉駹、白马，以及庄跻王滇、唐蒙等通西南的经过。

在《河渠书》里说他还亲到那时所认为的长江发源地——岷山，到成都看了秦时的蜀守李冰开凿的离碓。说李冰挖了两条江穿过成都，让它在避免了水灾之外，既可行舟，又可以灌溉。而当时老诗人司马相如的故事，大概也在这里得到了解。这次由于有出使的任务，所以不到一年就回来交差了。

此后几次旅游，他都是跟着汉武帝到"封禅"经行的地方。他在《封禅书》里说：他曾经随从"巡祭天地诸神名山川"并且参与了"封禅"大典。这种巡祭封禅，一两年出动一次，前后12年，"遍于五岳四渎"。元封元年（公元前110）汉武帝第一次出发巡祭时，司马迁还是郎中；元封三年（公元前108），也就是他父亲死后的第三年，他继承他父亲的职位做了太史令，更有责任随从皇帝，所以汉武帝巡祭所到的地方，他也一定都到了。当然他忘不了他作为一个史家的职责，仍然到处做了采访、调查。他随汉武帝经行的地方，大概如下：

首次，从缑氏（河南偃师），到中岳太室（嵩山），上泰山，巡行海上；回头封泰山，禅肃然（泰山旁小山）；重转海边，折北到了碣石（渤海西北山）；再东北到辽西（锦州）；折向西顺着边塞一直到九原（内蒙古自治区西边五原境）；返回甘泉（陕西淳化西北）。

二次，又从缑氏到东莱（山东黄县境）；归来路过祠泰山；于是到了瓠子（河南濮阳南），参加黄河堵口工程（那时汉武帝命令随从百官从将军以下，都要去背柴草塞河）。

三次，先到雍（陕西西部）郊祀五帝，巡行回中道（陕西和甘肃的通道）；折向东北直到鸣泽（在河北西北部），然后由西河（山西河津）回来。

四次，先向南郡到江陵（湖北江陵），顺江而下，上潜（安徽潜山县境）的天柱山（亦名霍山，大别山主峰），然后再到浔阳（江西九江），便道过枞阳（安徽桐城东南），过彭蠡（鄱阳湖）；又折向东北到琅琊（山东诸城东南）。顺海边北行，回到泰山"修封"。

五次，东至海，回头禅于高里（泰山旁），再临渤海。

六次，又到海上。

七次，又到泰山修封。

八次，又到泰山修封，回来的路上到了恒山（山西浑源南）。

这么多次的旅游，使司马迁掌握的材料，积累更多。他在《齐太公世家》里说他到齐国从泰山一直到琅琊，北边到渤海，在这两千多里肥沃的土地上，人民气量阔达，多智慧。显然他做了全面观察。

他在《蒙恬列传》里说他到了北边，从"直道"（从九原到甘泉道路）回来（所指就是首次巡祭的归途），一路看了蒙恬替秦帝国筑的长城和岗亭、短墙，他深被这种"堑山湮谷"的工程所惊，认为使用人民的力量太重了。

他在《河渠书》里还说他曾跟着百官背柴草塞宣房（瓠子决口，塞起来后，在上边建了一个宫叫宣房）。又说他曾观察过洛汭

（洛水入黄河处）、大邳（河南浚县东，那时黄河从洛汭就折北流经大邳山下）。瓠子也离大邳不远。又说他还曾从龙门（陕西韩城，司马迁的家乡），到朔方（河套）。不知是哪一次去的。

在《五帝本纪》里说："余尝西至空桐（甘肃平凉以西），北过涿鹿（河北怀来，这两边都是黄帝的古迹所在），东渐于海，南浮江淮矣。至长老皆各往往称黄帝、尧、舜之处，风教固殊焉。"这是他用概括的话说明他旅游的地域之广，而且是以访求史迹为目的的。

作为一个伟大的史学家和文学家的司马迁，他也是一个游遍了全中国的旅游家，而且是最踏实的旅游家。从这一点我们可以理解他对上古、近古以至当时史料访求的辛勤，可以理解他对社会现象、人民生活所做的调查的广泛，也才可以进一步理解他的伟大作品之所以伟大。

在全世界旅游事业空前发展的今天，我们来看两千年前司马迁这位史学家——旅游家通过旅游进行社会调查，从而在文化史上做出的巨大贡献，是可以得到不少启发和鼓舞的。

1956年1月稿，1986年9月改定

中国的"角斗士"

——《庄子·说剑》所反映的史实

《庄子》外杂篇,除多有其早期作品和后学所记外,还存在别人作品孱入的情况。《说剑》篇即是其中之一。钱宾四说此篇所写"庄子",是庄辛而非庄周,是合乎情理的。庄辛后于庄周几十年,故其反映的史实,当属战国后期。

《说剑》中的故事,主要是说:赵文王(即惠文王)喜欢看斗剑,常让"剑士"互斗,动不动死伤成百人,致使国家元气大伤。他的太子悝,十分忧虑,便征求能谏止这一惨事的人。于是,"庄子"应太子命,用巧妙的说辞,一席话使赵王陷入沉思。终于结束了这一悲剧。

一般读者很容易把赵王的"喜剑"看成尚武、比武,而不注意它的实质;或只留意篇中作为"策士"的说辞,而忽略它所指的事迹,遂使这一历史存在,不为世人所知。

首先,赵王"喜剑",养着"剑士""三千余人"之多,既不是保卫国家的一支劲旅,甚至也不是一支强悍的卫队,而只是为了"戏"。让他们"日夜相击于前","死伤岁百余人"。"如是三年",导致了"国衰,诸侯谋之"的严重后果。可见赵王对此事的"好之不厌",完全是一种残忍的癖好。而"庄子"想要"绝王之好",竟还要冒"受刑而死"的危险。问题的实质,下文已做了明确答复,那就是"无异于斗鸡"!根本"无所用于国事"。我们对历代统治者的斗鸡、斗蟋蟀、斗鹌鹑之类,应不陌生,而且知道那些弊政、虐政的危险之大,但对以人命为戏的斗剑(其残酷比之斗鸡之类何止千倍),

却几乎一无所知。《说剑》篇所透露的消息，以中外历史相稽，只有古罗马的"角斗士"与之相符，可以称之为"中国的角斗士"。

再从文中所写具体情况来看，更和罗马的"角斗士"完全相合。试看：所养"剑士"之多——三千余人；住处是王宫近侧——"夹门而客"；有固定"剑服"和装扮——"蓬头、突鬓、垂冠，曼胡之缨，短后之衣"；表情奇异——"瞋目而语难"；斗起来非常残酷——"上斩颈领，下决肝肺"。这些人的来历和身份，文中没有说，但从他们的任务，只是斗，只是斗给王看，就可断定不是自由人。当然不排斥个别武艺高、无出路，而愿意到这里混饭吃的人在内。公元101年，罗马奴隶主曾把镇压奴隶起义中的一千多名俘虏，逼作"角斗士"，而后来著名的起义领袖斯巴达克斯，也是在战场被俘，才被卖充"角斗士"的。罗马奴隶主贵族们为了欣赏"角斗士"相互格杀中生死挣扎的惨状，便成立了集中管理、训练的机构和演出场所，而我国比罗马早百余年的赵国，竟也存在着和罗马一模一样的情况，岂不令人惊叹！

《说剑》篇说，赵王为了对付自来比剑的庄子，便先用七天时间，让剑士们校斗选拔一次，死了79人，最后剩下五六个最强者，准备恶斗。但赵王被庄子一说，吃不下饭了，竟然"不出宫三月"。剑士们则终于全部自杀——"皆服毙其处"。这一惨剧，在赵国也许就此结束了。其他史籍上再没有看见有这类记载，可能历史上也从此绝迹了。只有《庄子·说剑》留下仅存的"角斗士"的痕迹。

唐诗札记五则

"夜入吴"

寒雨连江夜入吴，平明送客楚山孤。洛阳亲友如相问，一片冰心在玉壶。（王昌龄《芙蓉楼送辛渐》之一）

1962年，李汉超同志分析这首诗（载6月21日《光明日报》）时，认为首两句是说："在一个寒雨的夜晚，诗人陪着即将分手的友人同舟进入吴地"，"等到天色已明，雨声渐收，再看那云气晓雾中孤峙的楚山，感到格外的孤单……"。1978年社科院文研所编的《唐诗选》解这首诗的头两句时，也认为"写寒雨之夜，（诗人）陪客进入吴地，次日清晨客去以后，只见一片楚山孤影而已"。和李同志的说法基本一致。其实这样的理解是很成问题的。

首句"寒雨连江夜入吴"的主语是"雨"而不是人。"连江"形容雨势；"入吴"是"雨""入吴"，根本没有谈到人。怎能说是："诗人和友人"一起，还"同舟""入吴"呢？或者说（诗人）"陪客进入吴地"呢？两说都犯了"增字解经"式的毛病。何况王昌龄当时正任着江宁丞，而送客的芙蓉楼在镇江城西北，镇江和江宁都在吴地，又怎能从吴地"入吴"呢？诗题清楚地指明送客地点是"芙蓉楼"，又怎能把地点移到船上，而且竟送了一夜呢？完全说不通。其实首句只是说：夜来寒雨（这时是秋天，次首诗可证）降落吴地，弥漫江上。次句"平明送客楚山孤"，"平明"是"送客"的时间，主语当然是诗人，省略了。"送客"地点在芙蓉楼上，由于在楼上，因之，举目遥望，就只见雨霁后的楚山孤影，增人惆怅而已。"吴"、"楚"对言,自然"吴"指江南,而"楚"指江北。从镇江北望,仪征、天长间的山,是可以看到的。写景应不是空想,而是实有所见。后两句"洛阳亲友如相问,一片冰心在玉壶",解释没有分歧,却很具特点。他没有写和辛渐的离情别绪,关心的却是"洛阳亲友",而主要关心的是"洛阳亲友"对自己这个远谪东南的友人的关怀,然后以胸怀磊落如玉壶冰来告慰他们。曲折深沉,无以复加。

"大漠孤烟直"

王维《使至塞上》"大漠孤烟直,长河落日圆"一联,为千古名句,而后人理解颇有分歧。赵殿成于"大漠"下注云:"班固《燕然山铭》:'经碛卤,绝大漠。'李翰注:'大漠,沙漠也。'"未指明何地。"孤烟直"下注云:"庾信诗:'野戍孤烟起。'《埤雅》:'古之烽火,用狼粪。取其烟直而聚,虽风吹之不斜。'或谓:'边外多回风'。其风迅急,袅烟沙而直上。亲见其景者,始知直字之妙。"两说并陈,不分轩轾。"长河"则无解。

其实,"大漠"、"长河",必须落实所在,不然,作者没有实际感受,如何能写出那样具体形象的好诗?奇怪的是:作者所写"孤烟"与"沙"何干?而"或谓"却轻轻地用"袅烟沙而直上"一句,把"沙"字夹带出来,和"烟"合在一起。实有偷梁换柱之嫌。

中国社会科学院文学研究所的《唐诗选》对这两句诗的注释:"大漠"无解,"孤烟"则明确指为"烽火与烟燧",没有把"烟"和"沙"混在一起,是对的。但"燧"和"烟"连起来,却有小误。因为"烽火"一词相当于"烽燧"。乃包昼夜而言。"昼则举烽,夜则举火"(《墨子·号令》),也是说昼则燃烽烟,夜则举燧火,可以统称为"烽燧"或"烽火"。唐段成式《酉阳杂俎》和宋陆佃《埤雅》都说"烽火,用狼粪",虽然笼统了一些,却不能说"燧烟燃狼粪"。"长河"注为"黄河",指实是应该的,但方位不对。因为看"落日"要向西看,就河西走廊来说,黄河在东,与"落日"的方向相反,如何能画出"长河落日圆"的景象！

最近王秉钧同志又以这两句诗为题，写了文章（《唐诗探胜》，中州古籍出版社，1984年），他把"长河"指实为弱水，即额洛纳河，黑河，很对。这样"大漠"也可以指实为"武威"以西的"大戈壁滩"，也合于情况。但对"孤烟直"的解释，却采用了赵殿成注内的"或谓"，解"孤烟直"为"边外多回风。其风迅急，袅烟沙而直上"。并指实回风即旋风、龙卷风、羊角风，而且以自己"亲去新疆，路经河西戈壁滩，亲看其景"为证。但王同志没有注意，"烟"与"沙"并不是一回事。因为他认定："烽燧只有遇到敌警时才点燃；而龙卷风却是大漠中经常出现的。王维这次亲临塞上，是为了慰问打了胜仗的将士……河西距战场远在千里以外，戍楼上没有点燃烽火的必要。因之，说成指烽火，就不符合实际，在大沙漠里也不典型"云云，似乎很有理。但却没有考虑：这样一来，"大漠孤烟直"不要变成"大漠孤沙直"了吗？那就必须证明：原诗"烟"为"沙"误，或"烟"可解为"沙"！鄙见以为：用龙卷风、旋风，来解释王之涣的"黄沙直上白云间"[①]，是恰当的，却不能用来解"大漠孤烟直"一句。秉钧同志由于坚信"烽烟只有遇到敌警时才燃"，排斥了"烟"的可能，才采用赵注"或谓"一说而予以论证的。其实，"烽燧"并不是"遇到有敌警时才燃"。相反，在唐代，没有敌警时才燃，有敌警时，反而不燃。《资治通鉴·唐纪》说：肃宗至德元载（即玄宗天宝十五载）六月，哥舒翰潼关已败，其"麾下来告急，上不时召见。但遣李福德等将监收兵赴潼关。及暮，平安火不至，上始惧"。什么叫"平安火"？胡三省注引《六典》说："唐镇戍烽候所至，大率相去三十里。每日初夜，放烟一炬，谓之平安火。"显然这是无警点燃烽烟来报平安，有警，反不燃烽火，使知形势严重。《六典》署唐玄宗李隆基著、李林甫注，是这一制度至晚起于玄宗时

---

　　① 见本书174页《关于凉州词》。

期。席豫《奉和圣制送张说巡边》诗有云："春冬见岩雪，朝夕候烽烟。"这烽烟就是平安火，朝夕各一次。元稹《遣行》诗有云："迎候人应少，平安火莫惊"，姚合《穷边词》之二有："沿边千里浑无可，惟见平安火入城"。说明这种制度一直未变，所以王维所写的"大漠孤烟直"正是指日暮的"平安火"，即"烽烟"。而此烽烟正是段成式《酉阳杂俎》、陆佃《埤雅》所说"古边亭举烽火时用狼粪，以其烟直上，风吹不斜也"的写照。

于此，我们可以得到结论："大漠孤烟直"是描写河西走廊西部大戈壁滩傍晚特有的狼烟直上的壮美景色。"烽火"从周代以来，一般都是报警，而唐代却转用为报平安，这是边庭战争频繁的情况下的产物。而这一变化，每为人忽视，遂使王维的这一名句，难于解通。明白了这一制度，才感到豁然冰释。

山东兄弟

王维《九月九日忆山东兄弟》一诗，诗题中的"山东"两字，一般都认为是指作者的故乡蒲。社科院文研所《唐诗选》此诗注中也说："山东，指在华山以东作者故乡蒲（今山西省永济县）地。"其实这是大有问题的。首先，王维的故乡是否为蒲州，也值得研究。因为说他是蒲州人，根据的是《旧唐书》本传。原文说他是"太原祁人。父处廉，终汾州司马，徙家于蒲，遂为河东人"。汾州所在，即今汾阳，去太原很近，去祁县尤为密迩。因在汾州做官，乃徙家于一千多里之外的蒲州，实在说不通。故本传所说他父亲的"徙家于蒲"和"终汾州司马"，可能并无联系。这是一点。本传所说"蒲"，究指何地？唐代的蒲州，领河东、河西、临晋、猗氏、虞乡、万泉、龙门、荣河等八县，治所在河东县，其中无蒲县。而隰州领蒲、石楼、永和、大宁等六县，其中有蒲。故"徙家于蒲"，就文字看，应是徙家于隰州的蒲县，而非蒲州。如果蒲是指蒲州，河东指县，那与"遂为河东人"也有抵触。因河东仅是蒲州所属八县之一，蒲州人不一定是河东人。如河东指河东道，而河东道范围包括今山西全省，连汾州、祁县都包括在内，又太大了。"遂为河东人"一语，也成了空话。足见旧史叙事的疏失不确造成疑案。只有把河东指为河东郡较合。因此地秦、汉、晋、隋皆为河东郡而唐初改蒲州，开元八年（720）又改河中府，仅天宝年间一度改州为郡，沿用河东为郡名而已。所以把他的故乡指为永济，殊为勉强。这是第二点。把"山东"解为"华山以东"，并指为蒲州（永济），也很牵强。因蒲州在华山之东北，而且北大东小，很难说成"山东"。诗人如果家在蒲州，直说蒲州或河中（开元八年改蒲州为河中府），甚至按习惯或按方位称为河东，都无不可，何故来一个不太明确的"山东"呢？问题是一般注者都没有深考王维当时的家究竟在哪里。我认为当时王维的家，根本不在蒲州这一带，而在嵩山之阳。《王右丞集》中有几首关于嵩阳的诗，其中有云："迢递嵩山下，归来且闭关"（《归嵩山作》），可见他家住在嵩山之南；又云："无才不敢累明时，思向东溪守故篱"（《早秋山中作》），"春风何豫人，令我思东溪"（《座上走笔赠薛璩慕容损》），可见他家具体地点是东溪。东溪在哪里？就在今河南登封县东北五渡河的上游。《水经注·颍水》："颍水又东，五渡水注之，其水导源密（崇）高县北太室东溪。"开元间，隐士卢鸿被玄宗召至洛阳授谏议大夫，固辞不就，回嵩山筑"东溪草堂"（遗迹在今登封县东卢崖寺），定居讲学，极一时之盛。诗人李颀也住在这里。李有诗说："我家本颍北，出门见维嵩"（《与诸子游济渎泛舟》），"十年闭户颍水阳"（《缓歌行》）。诗人崔曙也住在那里，有《颍阳东溪怀古》诗。可见东溪在颍水之北、嵩山主峰太室脚下。而王维的家就住在这里。所以他的诗里也说"开轩临颍阳，卧视飞鸟没"（《留别山中温古上人兄并示舍弟缙》）。他和李颀友善，同时和画家张谭也很好。他的《赠五弟谭》中说："闭门二室下，隐居十年余。"张谭是先住少室，后又住在太室山下的。所以说"二室"。《唐才子传》卷二《张谭传》说："张谭初隐少室山下"，又说他"与李颀友善, 事王维为兄。皆为诗酒丹青之契"。所以王维家居嵩山之阳、颍水之北的东溪边上, 在今河南登封县东北, 是确凿无疑的。这里在函谷关以东, 称为"山东", 是非常自然而且符合秦汉以来把关东称为山东的习惯。

这里还要指出的是: 上举王维各诗, 都是他在离济州司仓曹参军任后所作, 约当开元十五六年, 他二十七八岁。《九月九日忆山东兄弟》诗, 原注"时年十七", 那么王维是否二十几岁以前就住在东溪呢? 答复是肯定的。因为上引那几首诗内, 就一则说"归来且闭关", 再则说"思向东溪守故篱", 三则说"令我思东溪", 可见东溪不是新居而是他入仕以前就有的故居。所以, 当他17岁准备应举住在长安而怀念住在登封东溪的兄弟是合情合理的。又诗题所谓"兄弟", 都是谁? 按《新唐书·宰相世系表》云: "父处廉, 汾州司马, 五子: 维、缙、绅(江陵少尹)、纮、纭(太常少卿)。"是王维胞兄弟五人, 而维居长, 没有哥哥, 与称"兄弟"不合。但他的《偶然作》六首之三有云: "小妹日成长, 兄弟未有娶", 可见有兄弟。盖唐人习惯兄弟常就大排行言。储光羲有《答王十三维》诗, 是王维上有十二兄。岂此诗题所谓"兄弟"中, 还包括住在那里的堂兄在内吗? 是可能的, 无法深考。

王维生年

《旧唐书·王维传》称维卒于"乾元二年(759)七月",《新唐书·王维传》则称维"上元初卒, 年六十一"。《王右丞集》有《谢弟缙新授左散骑常侍状》, 末署写作时间是"上元二年(761)五月四日"。近人据此, 都认为"上元初", 当指"上元二年", 由"年六十一"逆推, 维当生于武后大足元年(701), 似乎已乎定论。但按《新唐书·王缙传》称缙"建中二年(781)卒, 年八十二"(《旧唐书》同)。以此逆推, 王缙当生于武后久视元年(700)。这样, 王缙比他的哥哥王维大了一岁, 岂非怪事!

按《旧唐书》称维"乾元中迁太子中庶子,中书舍人,复拜给事中,转尚书右丞","乾元二年七月卒"。乾元只有二年,如乾元中为乾元元年(758)而王维即在二年七月卒。那就等于说在一年中连迁四官,这是不可想象的。《新唐书》记王维自获降职为太子中允(758),"久之,迁中庶子,三迁为尚书右丞"。时"缙为蜀州刺史,未还,维自表已有五短,缙五长……久乃召缙为左散骑常侍"。上元初(实为二年)(761)卒,年六十一。前后不过五年,五年中任五职。升迁之快,已很少有,但比《旧唐书》所载一年中连升四官尚为合理。《新唐书》在写卒后,又补叙维"疾甚,缙在凤翔,作书与别,又遗亲故书数幅,停笔而化"。《旧唐书》也载此事,文字基本相同。这就又出了个问题,即:王维去世时,王缙究竟在朝任散骑常侍,抑在凤翔?两书都说在凤翔,王维《谢弟缙新授左散骑常侍状》作于上元二年五月,与《新唐书》"久乃召缙为左散骑常侍"相合。与"缙在凤翔"、"作书与别"、"投笔而化"矛盾。意者"缙在凤翔",盖指其任凤翔尹秦州防御使时,或此时维曾病革,遂书与缙别,实未即卒,"停笔而化"乃系传讹?此时盖在乾元二年七月,故《旧唐书》遂以此时为维卒之年月。《新唐书》说:维迁尚书右丞后,"缙为蜀州刺史,维自表已有五短……"(见《王右丞集》卷十七《责躬荐弟表》,年月已佚),但缙被召为左散骑常侍,维作谢表,则署"上元二年五月四日",实属确凿无疑。《新唐书》踵《旧唐书》所据传闻之讹,遂写了"缙在凤翔"一事,殊未深考。

就上所论,王维卒年已确定,王缙生卒年也无问题,那问题在于王维不能生于其弟王缙之后一年。如非异母兄弟(其母裴氏,他们兄弟非常孝友),则王维卒时"年六十一"必有误,至少应为六十三,即生于武后圣历二年(699)。

《河岳英灵集》

殷璠《河岳英灵集》，原本如何，很难确考。即书前一序，诸本亦颇多异同。最难统一者，如《全唐文》卷四三六所载此序只举作者："王维、王昌龄、储光羲等三十五人，皆河岳英灵也。"此集即以河岳英灵为称。又举作品："诗一百七十首，分为上下卷"；所记编出时间："起甲寅，终乙酉，论次于序，以品藻各冠于篇额"。明刊本《河岳英灵集序》文与此却大有不同。作者三十五人，减成二十四人，诗一百七十首加成二百三十四首，时间由乙酉变成癸巳（毛晋《常建集·跋》提到殷璠此集，作者、诗数、年代，皆与明刊本同）。两个本子相差很远，《全唐文》必别有所承，不可能是传抄之误。

显然《全唐文》所据的本子最早，始"甲寅"，为开元二年（714）；终"乙酉"，为天宝四年（745）。是殷氏初步选定的本子，原序即作于此时。明刊本所据是殷氏"癸巳"天宝十二年（753）重订本，序文也根据重订本而改定。于是"三十五人"，砍掉了十一人，成了"二十四人"；诗却从"一百七十首"除与作者一同砍掉者外，增至"二百三十四首"；成书时间也把"乙酉"改为"癸巳"，推后了八年，这是显而易见的。说明殷在天宝四载编好《河岳英灵集》后，仍不断增删，甚至增删幅度很大，而序则并不另写，只做相应改动。

1958年12月，上海古籍出版社出版的《唐人选唐诗》（十种）中的《河岳英灵集》，系用商务《四部丛刊》影印明刊本。作者二十四人，诗二百二十九首（实二百二十八首），与序不同。以毛斧季和何义门两校本校之，除字句不同者相当多外，诗篇也小有出入。此系传抄之误？抑或殷氏天宝十二载之后还有所删补？未可知也。

又《河岳英灵集》世传各本"序曰"下，俱有"夫文有神来气来情来……"，而《文苑英华》前此尚有一段："梁昭明太子撰《文选》后，相效著述者十余家，咸自称尽善。高明之士，或未全许。且大同至于天宝，把笔者近千人，除势要及贿赂者，中间灼然可尚者五分无二。岂得逢诗辄赞，往往盈帙！身后立节，当无诡随。其应诠拣不精，玉石相混，致令众口销铄，为知音所痛。"今读全"序"，此段实不可少。可见传抄既久，竟至舛讹如此！

综上所述，篇章增删，主要由于编选严格。殷氏既批评了过去一般选家"诠拣不精，玉石相混"，又宣称"璠今所集，颇异诸家。既闲新声，复晓古体，文质半取，风骚两挟"。（见书首《集论》）对不够格的作品，毫不迁就。并宣称"如名不副实，才不合道，纵权压梁窦，终无取焉"。所以标为"河岳英灵"，足见他的主旨所在。我们今天读了仍会感到它在诸家选本中，的确是相当难得的一种。

这里我们还要提出一个问题，即殷璠在天宝四年选的《河岳英灵集》改成后，又不断进行增删，那在天宝十二载重订之后是否还可能有所增删呢？看来还是可能的。因为作者对他的选本是那样认真严格，如他不死，那遇到好的作品就会增，而对已选者有不尽满意的篇什也可能删。这就是现在各本中篇什和"序"中所统计的不同和各本之间篇什也有多少之故。我们虽没有发现三订的本子，可能还没有三订，但随时增删仍属可能。司马迁《史记·自序》一则说"卒述陶唐以来至于麟止"，也就是说他的《史记》止于汉武帝获白麟，改元元狩（公元前122）这一年，再则说"余述历黄帝以来至太初（公元前100）而讫"，比上语更明确。但据今可考，他的记事一直延至天汉，以至征和三年（公元前97）。也就是说在他未去世前，虽早已作好《序》，但仍不断有所增删。殷璠之书，亦同此例。有些同志拿《河岳英灵集》入选与否作为判断某一作品写作年代的确据，实际是不可靠的。

1984年

杨玉环之死

安史乱起，玄宗西去，杨贵妃缢死，史无异说。然综观诸史所记却非常模糊。试看下引资料：

一、《旧唐书·卷九玄宗本纪》："即命力士赐贵妃自尽。"

二、《旧唐书》卷五《玄宗杨贵妃传》："与妃诏，遂缢于佛堂。时年三十八。瘗于驿西道侧。上皇自蜀还，令中使祭奠。……上皇密令中使改葬于他所。初瘗时以紫褥裹之。肌肤已坏而香囊仍在，内官以献，上皇视之凄惋。"

三、《新唐书》卷七十六《后妃》上，《玄宗杨妃传》："帝不得已与杨妃诀。引而去，缢路祠下。裹以锦茵，瘗道侧，年三十八。帝至自蜀，道过其所，使祭之。……密遣中使者具棺椁，它葬焉。启瘗，故香囊犹在。中人以献，帝视之凄感流涕。"

从以上资料看：

一、杨玉环死，是实。

二、瘗处却不同：缢于佛堂，瘗于驿道西侧；缢路祠下，瘗道侧。虽小异，无关。以紫褥裹之，裹以锦茵，基本相同。

三、问题是：玄宗归来后，"令中使改葬于他所"。葬了没有？语气当是"改葬"了，但下面却说"肌肤已坏，而香囊仍在"。"香囊"应该就是裹尸的"紫褥"或"锦茵"，尚在，那尸骨跑哪里去了？奇怪的是时间不到一年而"肌肤已坏"，"肌肤坏"了，应该如何处理尸骨，文中却不言"尸骨"而只说"香囊仍在"、"香囊犹在"，香囊显然只是裹尸的东西，"内官""中使"拿这裹尸的物事，"以献"，显然中使们"启瘗"后，只有包尸的东西，没有别的。两书都先说"改葬，具棺椁葬焉"，而后才说"启瘗"，前边说"改葬"、"葬焉"只是命令，"启瘗"后发现的只是"香囊"！"肌肤已坏"，而"香囊还在"、"仍在"。可见只有香囊即裹尸的东西，没有尸骨实即没有死人！为什么史官们写得这样不明白？这样闪闪烁烁？不能不令人猜测贵妃没有死，是被救去了。而《长恨歌》里，白居易就说得明白了："马嵬坡前泥土中，不见玉颜空死处"，"空死处"三字，不能做别的解释的。玄宗原来认为杨贵妃真死了，至此，可能才起了疑心，后来要人找，就是为此。《长恨歌》、《长恨歌传》所写，就是在此基础上演绎来的。

关于《莺莺歌》

　　唐传奇小说中,《长恨传》与《会真记》为最著。《长恨传》有白居易的《长恨歌》相配,遂使李隆基、杨玉环的故事,传播最广,影响至深且久;而元稹的《会真记》,也有李绅的《莺莺歌》相配。崔莺莺与张君瑞的故事,流传之广,直到近代仍活在舞台戏剧中,而李绅之歌,却几于全佚,不能不说是憾事。一般见到的李绅《莺莺歌》,《全唐诗》所收仅下列八句:

　　伯劳飞迟燕飞疾(一作:东飞伯劳西飞燕),垂杨绽金花笑日。绿窗娇女字莺莺,金雀娅鬟年十七。黄姑上天阿母在,寂寞霜姿素莲质。门掩重关萧寺中,芳草花时不曾出。

　　这一段与董解元《西厢记诸宫调》所引第一段全同。唯前句用"一本"。但细查,董所引此歌尚有如下各节:

　　河桥上将亡官军,虎旗长戟交垒门。凤凰诏书犹未到,满城戈甲如云屯。家家玉帛弃泥土,少女娇妻愁被虏。出门走马皆健儿,红粉隐藏欲何处?呜呜阿母啼白天,窗中抱女投金钿。铅华不顾欲藏艳,玉颜转莹如神仙。

　　下又引:

　　此时潘郎未相识,偶住莲馆对南北,潜叹恓惶阿母心,为求白马将军力。明明飞诏五云下,将选金门兵悉罢。阿母深居鸡犬安，八珍玉食邀郎餐。千言万语对生意，小女初笄为姊妹。

下又引：

丹诚寸心难自比，写在红笺方寸纸。寄与春风伴落花，仿佛随风绿杨里。窗中暗读人不知，剪破红绡裁作诗。还把香风畏飘扬，自令青鸟口衔之。诗中报郎含隐语，郎知暗到花深处。三五月明当户时，与郎相见花间语。

显然未完。是金代所见《莺莺歌》已不全。董引原题为《莺莺本传歌》，因为金代《会真记》名为《莺莺传》，而此歌与之相应，故名"本传歌"。

金圣叹《第六才子书》卷三所附此歌，亦止于"与郎相见花间路"。当从董解元《西厢记诸宫调》抄来。末字作"路"不作"语"，义长，应本作"路"。李绅原歌应全与《莺莺传》一致，惜金代已阙佚不全。诚一憾事。如存，当不让《长恨歌》擅名千古也。

关于登鹳雀楼

《全唐诗》中唐诗人畅当《登鹳雀楼》："迥临飞鸟上，高出世尘间，天势围平野，河流入断山。"敦煌文物唐诗中此诗为畅诸所作，且为八句："城楼多睃极，列酌恣登攀。迥临飞鸟上，……。……，……。今年菊花事，并是送君还。"畅诸为开、天时的诗人，与王维、王之涣等人有故，此诗作者应属诸。高适有《睢阳酬别畅大判官》，当即畅诸，《唐人行第录》以为畅当，误。又王仲闻云："'迥临'诗，亦见宋无名氏《墨客挥犀》卷二，亦止四句"，但"云畅诸作"。盖畅诸原诗八句，流传中被摘中四句，再传遂误为畅当作。疑畅当摘畅诸八句诗中四句，题鹳雀楼上，人们遂认为畅当作。

关于凉州词

王之涣"黄河远上"一绝，流传极广，且有"旗亭画壁"故事。然字句实误。郭茂倩《乐府诗集·横吹曲》收此诗为"黄沙直上白云间，一片孤城万仞山。羌笛何须怨杨柳，春光不度玉门关"。与流传本异三字，与计有功《唐诗纪事》卷二十六同。此应为原作。敦煌文物唐诗中则作"一片孤城万仞山，黄沙直上白云间。……""黄沙直上"不错，但已把次句与首句易位，致使平仄不合。当因乐曲流传中传唱偶误，续传者不察所致。（据王重民《补全唐诗》）芮挺章《国秀集》卷下，收王之涣《凉州词》二首，其一即此是。首句亦为"一片孤城……"，而次句则讹为"黄河直上白云间"，"沙"变成了"河"，此盖今日"黄河远上"之祖，然"直"字尚未变"远"字。也许后人感到"黄河直上"不妥而进一步改为"远上"邪？芮氏《国秀集》编于天宝三载，理应接近原作，但显然尚不及敦煌所传而承敦煌之失。可见这些名作唱得多，传得远，以致辗转传误而不可究诘。

《全唐诗》高适诗《和王七听玉门关吹笛》："胡人吹笛戍楼间，楼上萧条海月闲。借问落梅凡几曲，春风一夜满关山。"岑仲勉《唐人行第录》王之涣条谓"王七"即之涣。可见王曾到玉门。

又《国秀集》卷下又载"白日依山尽"一诗，但却置于朱斌名下，题为《登楼》。不知何以又有如此舛错。

旌儒庙，骊山附近有坑儒乡，唐玄宗开元末，命有司于坑儒处建旌儒庙，贾至为之记，见《全唐文》卷三百六十八。